순서의 문제

顺序的问题

〔韩〕都振棋 著

曹雪城 李会卿 译

新 华 出 版 社

图书在版编目（CIP）数据

顺序的问题 /（韩）都振棋著；曹雪城，李会卿译.
——北京：新华出版社，2014.12
ISBN 978-7-5166-1342-9

Ⅰ.①顺…　Ⅱ.①都…　②曹…　③李…　Ⅲ.①推理小说—韩国—现代
Ⅳ.①I312.645

中国版本图书馆CIP数据核字（2014）第278661号
著作权合同登记号：图字：01-2014-5054

顺序的问题

作　　者：	（韩）都振棋	译者：	曹雪城　李会卿
出 版 人：	张百新	责任印制：	廖成华
选题策划：	黄绪国	责任编辑：	曾　曦
封面设计：	图鸦文化		

出版发行：新华出版社
地　　址：北京石景山区京原路8号　邮　　编：100040
网　　址：http://www.xinhuapub.com　http://press.xinhuanet.com
经　　销：新华书店
购书热线：010-63077122　　**中国新闻书店购书热线：010-63072012**

照　　排：图鸦文化
印　　刷：河北高碑店市德裕顺印刷有限责任公司

成品尺寸：135mm×200mm　1/32
印　　张：14　　　　　　　字　　数：230千字
版　　次：2014年12月第一版　　印　　次：2014年12月第一次印刷

书　　号：ISBN 978-7-5166-1342-9
定　　价：29.00元
　　　　　　　　　图书如有印装问题请与出版社联系调换：010-82951011

目录

CONTENTS

顺序的问题

今年的冬天，寒风凛冽刺骨，这个几十年不遇的寒潮，让多年都不曾结过冰的汉江在整整一月里都完全处于封冻状态。即使是躲在驿三洞万丽酒店①后面，遍布着酒馆的幽深小巷子里，也躲不掉这来自四面八方的寒气的夹击。

"没想到啊，还来了个这么帅的司机呢。"

一个坐在夜总会霓虹灯招牌底下，蜷缩着身子的醉汉。他打电话叫来的代驾司机镇久一出现，便先抛出了这么一句。可以看出，这个

---

① 万丽酒店（Renaissance Hotel），五星级豪华酒店，隶属于世界著名的万豪国际酒店集团公司。

年轻英俊的代驾，多少让他感到有些意外。

"这么冷的天，您怎么还亲自到外面等啊。听说您要去京畿道的德沼？"

镇久"呼呼"地向手里呵着气，象征性地问了一句，便从那男人的手里接过车钥匙。那男人开的是一辆黑色轿车，像刚打过蜡似的光亮如新。

镇久兼职做代驾已经一月有余，顾客们每每看到他那瘦高瘦高的身材，白皙的瓜子脸，还有那单纯善良的眼神，即使醉意蒙胧，也都会感到很放心。在女顾客那儿，他更是颇受欢迎，现在已经有好几位回头客了。

镇久的脸好像被冻僵了似的，面无表情地用钥匙打开车门，坐在司机的位置上。那男人也没有再多说什么，自己打开后车门，爬上了后排靠右边的座位。一上车，身体又紧紧地缩成一团。

镇久选了一条最快捷的路线。他将车驶上奥林匹克大道，然后沿着汉江边走了一会儿。穿过美沙大桥，最后开上了直通德沼的高速公路。此时已是夜里 11 点钟，旁边反方向的车道上，还有不少要赶着进城的车辆，但沿着汉江逆流而上去往德沼的车却寥寥无几，一路畅行无阻。

等那男人再次开口说话的时候，镇久刚刚驾车驶上江一洞立交桥。

"哎，司机，你有没有兴趣赚点外快啊？"

镇久被这突如其来的一问吓得一哆嗦，用眼睛瞥了一眼后视镜，看到了后排那个男人的脸。他仔细一端详，才发现这个男人其实并不比自己大几岁，充其量也就刚过30的样子。不过，他那黯淡无光，却又棱角分明的面孔让他看上去有些显老。镇久一察觉到两人年龄差距并不大的情况，刚才那男人对自己略显无礼的称呼，便让他隐隐有些不快。后视镜里的这个男人一副自信满满的样子，好像自己是个什么显赫的人物，身体像运动员一样魁梧又结实。见镇久没搭理自己，那男子便用两手抓住副驾驶的座椅，身体前倾，然后又说：

"绝对不是什么坏事，就是个简简单单跑腿儿的活儿。"

"跑腿儿？去干吗？"

"我到时候会给你一部手机，你只需要赶到原州①，然后用这部手机再给我打个电话就好了。事成之后，我会直接给你50万，怎么样？打个电话就能赚50万，即使刨掉来回的路费也比你做一天代驾强哩！"

镇久听完，没有马上回答。好奇怪啊，竟然会有人花钱雇

①原州，韩国东北部江原道的一个地级市，距首尔直线距离约90公里。

人给自己打电话。他本想反问那男子为什么要雇人做这样的事，但欲言又止。面对这个看似是天上掉馅饼的赚钱良机，他犹豫了片刻，马上又幡然醒悟过来。单从这多达 50 万的报酬来看，这就绝不是一件正常的差事。这个男人不仅和镇久素不相识，而且看上去也不像是什么正派人物，他不会是因为自己心虚才这么做的吧？可如果自己非要刨根问底的话，说不定他就不愿再提这事儿了，所以镇久决定不再询问事情的个中缘由。

"做就做咯！"镇久略加思索，无意间嘴里冒出来这么一句。男子听到镇久的回答，暗暗笑了一下，看来他对镇久的态度感到很满意。

"我果然没看错人！上回我问一个出租车司机的时候，他一个劲儿地问为什么，为什么，最后把我问烦了，就不想和他说了。不就是打个电话吗？又不是什么伤天害理的事儿，你说呢？"

男子收起脸上的笑容，将自己的具体计划一口气向镇久和盘托出。

"切记，一定要等到了原州之后再给我打电话。你坐个长途班车到原州汽车站，在那儿打就好。我先给你预付 10 万，等你从原州回来，我再把剩下的 40 万给你。"

车驶过德沼汽车站和瓦阜邑，已经进入了陶谷里的地界。不知不觉间，路两旁一座座幽静的农家小院便映入了眼帘。透过车窗向外望，虽然还可以看到依稀亮着的星星点点的灯光，但这静谧的氛围和景致，却无一不在向人们诉说着这个村子的偏僻。那男人的家坐落在一座小山坡上，虽然只有一层，但看上去颇为洋气，山坡底下稍远的地方便是汉江。和夜晚相比，这里白天的景色也许会更富有生气和韵味儿吧，但那男子家里漆黑一片，不曾透出半点光亮，不知为什么，总让人觉得有些阴森森的。

车一停在用篱笆圈起来的停车场里，那男子就给了镇久3万块的代驾费，然后又从怀里掏出一部手机和10万块钱递给了他。可能是为了博得镇久最起码的信任，他把自己的名字也告诉了镇久。说自己叫"姜玄"，是个少见的单字名，之后镇久也告诉了他自己的名字。

"我叫金镇久。"

"好，我相信你，老兄。之前我打电话叫代驾的时候还留有你的号码，所以你的手机号我现在也是知道的……"

"您不用担心，只要去一趟原州就能再赚40万，我怎么可能拿了您10万块就跑了呢？"

镇久一边接过钱和手机，一边虚情假意地说。明天下午只要跑一趟原州，用这个叫姜玄的人交给自己的手机给他打个电话，然后就能来他家拿钱啦，镇久得意地盘算着。

第二天，镇久便在首尔东汽车站坐上了前往原州市的长途班车。其实他完全可以哪儿都不去，等到下午，选个合适的时间给那个姜玄打个电话，假装自己就在原州，对方也不知道。不过，姜玄早就看出镇久不像是个耍花招的人，不然也不会那么放心地把这件事托付给他。

在驶往原州的班车上，镇久仔细地研究了一下姜玄交给他的那部手机。那是一部三年前的老款手机，已经旧得不成样子了。又来来回回翻看了几遍，也没有发现里面有任何可疑的信息和内容。通讯录、电话簿、短信，甚至是手机信息等手机上所有的东西全都被清除了。镇久用这部旧手机给自己打了个电话，并把来电显示的号码存在了手机里，然后删除了旧手机上的通话记录。

班车抵达原州时，已经是下午 2 点 40 分了。镇久独自一人在原州汽车站里闲逛了一会儿，等到差不多快 3 点的时候，他用那部旧手机拨通了姜玄的电话。

"哦，干得好，你现在就在原州汽车站？"

"对，我刚到。"

"那你让我听一下车站的广播，我好确定一下你是不是真的在原州。"

原来，他特意把打电话的地点定在汽车站，就是为了让自己能确定镇久是否真的按照他的指示赶到了原州。

为了找到一个车站播放广播的地方，镇久在车站里转了好几圈。原州汽车站的一层大厅被各种大型的商家和店面占据着，小小的卖票窗口则蜷缩在一角，并没有什么专门的广播设施。镇久停下脚步，想了想，然后拿着手机向卖票窗口走去。排队买票的乘客中有去首尔的，有去忠清道堤川的，他们与售票员之间高声的对话一直在大厅里回响。镇久把手机往售票窗口附近放了一会儿，然后又重新放回耳边。

"怎么样？我没骗您吧？"

"好，我听到了。你现在先别挂电话，等两分钟之后再挂。下午，你拿着那个手机来德沼找我就好，我们到时候再联系吧。"

镇久把手机拿在手里，发了会儿呆，两分钟之后便按照姜玄的指示挂断了电话。

在回首尔的班车上，镇久攥着那部对之一无所知的手机，陷入了沉思。姜玄这么做的目的到底是什么呢？凭着他现在所掌握的情况，想要推测出这个问题的答案还远远不够。但镇久那敏锐的直觉告诉他，这就像木偶一样被人操纵着，在不明就里的情况下来到原州打了个电话，50万就到手了的差事背后，肯定还有什么值得一探究竟的"故事"。

镇久虽然长得白白嫩嫩的，但却有着与外貌完全不相称的大胆，这常常让他在同龄人中间得以鹤立鸡群。镇久已然对普通人千篇一律的生活丧失了兴趣，他虽然也在为遇到自己生命中的那位"贵人"而做着各种努力，但他却不想做个甘愿被人踩在脚下的石子，像大多数人那样碌碌无为地过一辈子。他考上大学之后，选修了经济学和法学专业，因为他觉得这些东西以后可能多少会对自己日后的发展有所帮助，但念了三年之后他便退学了。虽然没向学校递交过什么正式的退学申请书，但他既不注册，也不去学校上课，所以自动就被学校除了名。可他一点都不为此感到愧疚和遗憾，反正当初选择上大学时，也不是冲着以后找工作去的。从大学的教材中，他也没能找到那把能开启他走向成功之门的钥匙。对于整日念叨着的道德和法律的生活，他完全提不起兴趣。在他看来，那些东西都不过是人类用来粉饰自身的一种伪善。即使不足以称其为伪善，但也绝不是什么所谓的"绝对范畴律令"①，不过是这个世界既定的游戏规则罢了。面对这样的游戏规则，有的人选择了顽强地

---

①绝对范畴律令 (categorical imperatives)，哲学术语，由著名的德国哲学家康德提出，即"要这样做，永远使得你的意志的准则能够同时成为普遍制定法律的原则"。康德认为，人在道德上是自主的，人的行为虽然受客观因果的限制，但是人之所以成为人，就在于人有道德上的自由能力，能超越因果，有能力为自己的行为负责。

抗争，有的人想要尝试着去对它做出改变，但更多的人，则一心只想着好好利用它，来实现自己的飞黄腾达，功成名就。然而，这条路注定不是一条平坦的康庄大道，此时蜗居在考试院[①]里的他便是最好的例证。

镇久带着手机赶到德沼，把它退还给姜玄的时候，已经是晚上8点了。冬日短暂的白天已经过去，四周已被夜的黑暗所笼罩。姜玄像头熊似的从大门里探出头来，从镇久手里接过手机，冷冰冰地说了一句"辛苦了"，把剩下的40万交给他之后，便马上关上门溜回了屋里。

姜玄冷漠的态度让镇久十分尴尬。就算自己和他只是雇主和打工仔的关系，但事情办完之后，怎么也应该评论几句，最少也该说些让他务必保守秘密之类的话吧？一时摸不着头脑的镇久怀着些许的遗憾，仔细观察了一下姜玄家周围的情况，发现他家大门上挂着一个门牌，上面写着"朴鸿寿"三个字。

这三个字让镇久感到非常意外。那个男人分明告诉自己他叫"姜玄"，但门牌上人名的姓氏却是"朴"。就算这栋房子是他父亲的，姓也对不上啊。他告诉自己的难道是个假名字？

---

①考试院是韩国一种格局较小的居住用房间，一般内设一张单人床、书桌、书柜。考试院内还会提供免费的泡菜和米饭。根据等级和设施的多少来划分，价位由低到高。因为价格相对便宜，且无人打扰，受到广大留学生和备战各种考试的学生的青睐。

不过，他可能是不想让镇久知道自己的真名，也有可能一直都是顶着这样一个假名字，在社会上活动。既然他这么小心谨慎，为什么还会如此放心地把这样一件非常可疑的差事交给素昧平生的镇久去做呢？

大门边上有一个邮箱。镇久抽出里面的信件翻看了一下，是几封告知书和从银行以及保险公司寄来的单据。他急匆匆地将这些东西一股脑儿全塞进了自己的斜挎包里。

姜玄家的门口是一条很陡的下坡路。有个看上去已经七十多岁的老婆婆正轻快地向上走来。

"你到这儿来干吗啊？"

老婆婆裹着厚实的棉大衣，踩着胶鞋，那随意的装束一看就知道是这儿的村民。一看到镇久从姜玄家里走了出来，她就问了一句，还真是好管闲事。

"哦，这家的主人是我最好的朋友。"

"这样啊，那他们家的丧事办得怎么样啦？"

老婆婆担心地问道。镇久一听到这话，他脑子里的小雷达马上就启动了。办丧事？那意思是说姜玄家的某个人最近去世了吗？这么想来，不论上回来的时候还是今天，从他家几乎都看不到什么光亮，那个去世的人难道就是门牌上写着的那个"朴鸿寿"？

"呃，您是说这家的某位长辈去世了吗？"

镇久对此一无所知的情况，老婆婆却了然于胸，她急忙支支吾吾地说："没有没有，我就那么一问。"边说边摆了摆手。但镇久可不想错过这个一探究竟的好机会。他盯着老婆婆看了一会儿，发现她低着头，深深地叹了口气。

"姜玄这个家伙，藏着掖着的事情太多了，我妹妹整天担心得要死。"

镇久刻意提了下"姜玄"的名字，以示自己和他之间的关系。

"妹妹？你妹妹是他对象？"

老婆婆转身问道，仿佛顿时又提起了兴趣来。

"两个人正打算要结婚呢。我妹妹也老大不小了，所以想快点成家。我们兄妹俩是孤儿，打小就孤苦伶仃，无依无靠的。"

镇久的父母确实已经不在了，但他的这套说辞，却完全是自己杜撰出来的。可老婆婆似乎对他的话深信不疑，内心中甚至对他产生了深深的同情。

"原来你们兄妹两个也都是命苦的人啊。可是，你了解他们这家人吗？"

镇久假装无奈地摇了摇头，叹了口气。

"唉，这个……虽然我和姜玄是老相识了，但他从来没和我提过他家里的事情。我妹妹对此也经常是怨声载道，她说我们从小就无父无母，所以很向往一个完整的家庭，自己要结婚的对象最好是父母双全。有一个温馨的家庭，这一点对她来说最为重要。可是，我也不太清楚具体情况，姜玄那个家伙人也还不错啦。我也是刚听您说，才知道他家有亲人去世了……"

"看来，那小子为了找媳妇儿，什么都没告诉你们哪。他家可是出大事咯！"

"您就和我说说吧，我保证，绝对不告诉别人。这个问题可关乎我妹妹一辈子的幸福啊！求您了，我真的很想知道。"

镇久攥着老婆婆的手乞求着她，一脸的真诚。这位淳朴的老人被镇久出众的演技和那句"关乎一辈子幸福"的话深深地打动了。可头一回见面就和一个陌生人念叨别人家的家长里短，可见这个老婆婆还真是个爱管闲事的人。接下来，镇久便从她的嘴里听到了一些关于这家人的细节。

这栋房子的主人朴鸿寿老人是一位专做河豚的大厨，在首尔乙支路开着一家以自己名字命名的高档餐厅，事业做得非常成功。他的发妻很久以前就已撒手人寰，离他而去，也没能留下任何子女，之后一直都是独自一个人生活。六年前，已近垂暮之年的他与姜玄的母亲相识，并结了婚，婚后便买下了这栋房子搬到了这里。可这段黄昏恋并不像看上去的那么美好，两口子吵架拌嘴时有发生，一旦动起手来，更是一发不可收拾。两个老人结婚的时候，姜玄正在京畿道河南市的一家小设计公司上班，从公司到这儿不过 20 分钟的车程，但他与自己这位年迈的继父相处得并不融洽。因此他也不怎么到这儿来，听说他在公司附近租了间房，一个人住着，每次来也只是为了来向自己的母亲要钱。

"一个星期前，那个姓朴的老头儿自杀了。"

"啊？这事我一点儿都不知道。"

姜玄的继父朴鸿寿不久之前自杀的消息，着实把镇久吓了一跳。上了年纪的人，绝大多数都是因为疾病或者意外事故离世，因他杀或者自杀而死无疑就显得很蹊跷。再加上姜玄之前给镇久安排的那份怪差事，就更让人觉得他可疑。

"朴老先生为什么要自杀呢……"

"我和他们家平日里也没什么交情，具体情况我也不太清楚，只听说是喝醉之后在仁川跳海了。"

既然这栋房子的主人已死，那么如今应该就只有姜玄和他母亲两个人住在里面了。镇久弓着身子给老婆婆行了个礼，然后说："您今天和我说的话，我一个字也不会告诉姜玄的。"这样的保证也是为了暗示老婆婆，自己很清楚她不希望这些话传到姜玄耳朵里的用心。

　　之后，镇久便先回了家。说是家，其实不过是考试院里一间连家具都没有的小破屋。好在离落星岱地铁站不远，不然还真是一无是处了。屋子的一角放着个晾衣架，上面挂着的几件鼓鼓囊囊的厚外套，让这个原本就异常局促的小单间变得愈发拥挤。另外一个角上则七零八落地摞着一堆沾满灰尘的书。除去那张面向墙的小书桌，屋里所剩无几的空间，便只够一个人在屋里活动了。镇久一进门，连衣服也不换，便坐在了书桌前，一封接一封地拆开从姜玄家偷拿来的信件。

　　他全神贯注地趴在台灯底下看了好一会儿，可是几乎一无所获，不是广告，就是促销单。不过通过这些东西，他得知了朴鸿寿的第二任妻子，也就是姜玄母亲的名字——黄花子。还有一封信是从姜玄的公司寄过来的，地址是河南市一个名叫"波瓦内园林设计公司"的地方。镇久记下了这家公司的电话，然后把其他的信件都丢进了垃圾桶里。

　　镇久打开笔记本电脑，依次用"仁川，自杀"，"跳海自杀"等几个关键字在网上搜索了一下，几条以"某男子于江华岛近海跳海自杀"为题的新闻便跳了出来。

　　近日，有一位七旬老人于江华岛附近跳海自杀。1月18日上午6时许，朴某（72岁，南杨州市人）的尸体被一位渔民发现。该渔民在完成捕鱼作业返港的途中，发现了漂浮于海面上的尸体，并及时向警方报了案。江华警察局没有在死者尸体上发现任何明显的外伤，但在其体内检测出了大量酒精及安眠药成分。警方据此推断，死者极有可能是对生活丧失了信心后，选择了跳海自杀，相关细节还处在进一步的调查当中。

　　这就是新闻上出现的内容。朴鸿寿作为一位著名的河豚烹调大师，其身后的财产自是不容小觑，而这也是这一事件的关键所在。既然朴鸿寿没有子女，那么他的财产将会原封不动地由其唯一的法定继承人黄花子获得，而她的儿子姜玄自然会分外眼红，也想来分一杯羹。姜玄那天打电话叫镇久来给自己做代驾的时候，开的可是一辆豪华版的双龙主席①。他不过是一家小公司的普通员工，怎么可能开得起那么贵的车，那辆车分明就是朴鸿寿的。谁是最大的受益者，谁便有最大的嫌疑，这样的推理原则，对于一起涉及巨额财产的罪案来说再适用不过。

①主席，韩国汽车企业双龙集团旗下的高端汽车品牌，单车报价在人民币40万—60万之间。

虽然现在还不知道姜玄为什么要花钱雇人，做那样一件奇怪的事，但这背后肯定有什么不可告人的秘密，和犯罪、钱有关的秘密。可这些碎片化的信息之间，到底有什么内在的联系呢？

所幸，镇久目前掌握着一条连警察都没能掌握的重要线索，那就是姜玄让镇久赶往原州用他给的手机给他电话的事。那么镇久自己此刻就站在了比警察更有利的位置上，他更接近事情的真相。迫不得已的话，他也可以毫不犹豫地做出一些警察们没法做的事情来，比如私闯民宅，入室搜查之类的不法行为。而且，从本质上来讲，镇久与警察所处的立场也有所不同。警察的目的是缉拿凶手，匡扶正义，而镇久的目标则只有一个——钱。他环顾了一下四周，视野里只能看到那一块块贴在考试院小单间墙壁上的破旧的壁纸。要是再在这个地方待上几个月，估计再怎么朝气蓬勃的年轻小伙儿，也得变成被霜打了的茄子。镇久嘴里不停地嘟囔着，拿起电话，拨通了自己所在代驾公司的电话。

"最近一段时间我想休息一下。"

"为什么？您生病了吗？很多老顾客会找您的。"话筒那边，一个年轻女孩儿略带担心地问道。

"哦，对，最近得了重感冒，鼻子都堵了，什么味儿也闻不出来。"

但这件事背后所散发出的浓浓的铜臭味儿，却早已被镇久闻到了。

　　第二天，许久未曾早起的镇久，也破天荒地勤快了一回。对着镜子，往头发上涂了一层又一层的发胶，直到他自己看上去都觉得难受。脖子上戴了条手指般粗的金属项链，心领 T 恤外面套着一件小背心，最后套上了一件带帽子的毛领大衣。怎么看都像是个在附近众多的汽车旅馆里潇洒过一夜，就拍拍屁股走人的小混混。

　　出了考试院，镇久便径直向江华警察局赶去，路上所耗费的时间，远比他想象中的要长的多。他先坐地铁从落星岱站坐到永登浦市场站，下地铁后改乘公交车到江华足协站，最后再步行到江华警察局，出门整整三个小时后，他才踏进了江华警局的大门。镇久一到那儿，便先来到了警察局的信访室。

　　"您好，我想见一下负责朴鸿寿自杀案的警官。"

　　"您有什么事儿吗？"

　　"我是他的家属，想来了解一些情况。"

　　信访室的值班员瞥了镇久一眼，不情愿地拿起了电话听筒。不一会儿，一个名叫申泰桓的警察就出现在了镇久面前。他身材瘦小，步履蹒跚，始终眉头紧锁，脸上一脸的不快。见此，一直对"为人民服务"这句口号深信不疑的镇久，感到异常的不满，略带情绪地开了口。

"我叫朴泰永，是朴鸿寿老先生的侄子。"

"哦，什么事啊？说吧。"

"听说你们最后把我大伯给定性为自杀死亡了，可他完全没有理由自杀啊！河豚餐厅开得红红火火，晚年还讨了个老婆，这么有福气的人怎么会自杀呢？最起码也得先从谋杀的角度去调查吧？你们调查过我婶婶黄花子和她儿子姜玄了吗？"

河豚餐厅、晚年再婚、黄花子、姜玄，当这一系列不为外人所知的内情和人名从镇久嘴里蹦出来的时候，已经不容警察质疑或反诘他朴鸿寿家属的身份了。显然，这一招先发制人的效果，立竿见影。

"不可能是谋杀的。"申泰桓警官的语气中透出些许的安慰。

"怎么不可能？我觉得有很大的可能性，我那个新婶婶和她儿子姜玄两个人就值得怀疑。就目前的情况，我正在考虑是不是应该起诉他们两个人故意杀人。"

一个原本简单的自杀案，如果因为家属的起诉而演变为谋杀案的话，最不情愿的人非警察莫属了。每天看着一摞又一摞的调查材料越积越多，手头上还有大量调查周期长达几年的案件没有结果，光是这些就够让他们焦头烂额的了。他们可没工夫再去关心一件自杀案背后的内幕，巴不得越快结案越好，但镇久并不想给他们这个机会。

"现在继承我大伯所有财产的人，可是我婶婶和她儿子姜玄，你们就没想过去调查调查这两个从我大伯的死中受益最大的人吗？"

镇久不过是朴鸿寿的侄子而已，为什么会对他的死因如此热心？申泰桓警官似乎早就看出了端倪，意味深长地笑了笑。假如朴鸿寿真的是被黄花子和姜玄害死的，那么他们肯定就会丧失继承遗产的资格。不仅黄花子的儿子，也就是当初和母亲一起住进朴家的姜玄，无法继承财产，黄花子的杀人罪名一旦成立，连她自己也拿不到一分钱。因为按照民法的规定，杀害被继承人的人没有财产继承权。于是，按照遗产顺位继承的原则，朴鸿寿的财产将会被转交给他的其他直系亲属。那样的话，眼前的这个"侄子"也自然能从中尝到不少的甜头。"真是无利不起早啊，你还不是冲着钱来的。"申警官的眼神中透着轻蔑，可他哪知道自己早已中了镇久的计。镇久恰恰就是要让警察们相信，自己这个"侄子"其实是为了争夺遗产而来，然而他真正的目的在于借此可以要求警方公开此前所有的调查资料。

"您冷静一下，听我解释。朴老先生自杀之前摄入了大量的酒精和安眠药，两者叠加会让身体产生十分强烈的反应。而据我们推测，他正是在这种状态下跳海自杀的。尸检结果显示，他死的时候肺内注满了海水，还发现了一些水藻。"

"我大伯是 1 月 16 号死的，才过了两天，他的尸体就被人发现了。在海里溺死的人，不是那么容易就能被找到的吧？"

"听说他还挺有钱的，死的时候身上穿着很昂贵的登山服。那个登山服的材料很特殊，在水中很容易浮起来，也多亏了这东西，他的尸体才能这么快就被找到。"听得出来，申泰桓的语气中隐约有些讥讽之意。

"我觉得是有人趁他醉酒之后，故意把他推进海里，想要淹死他的。"

"可他有遗书啊，他是写好了遗书之后，才离开家的。"

遗书？镇久听到这句话的时候，心里不由得"咯噔"了一下。有遗书不就说明朴鸿寿确实是自杀的吗？完全说不通啊。

"遗书？怎么可能，我不相信，能给我看看吗？说不定根本就不是他本人写的。"

申警官面对镇久的纠缠不耐烦地咂了咂舌头，甩下一句"等一下"之后便从信访室里走了出去。等他回来的时候，手上多了一摞调查记录。他将那堆材料放在两人中间，然后把夹在其中的朴鸿寿的遗书递给了镇久。

"笔迹早就鉴定过了，是朴鸿寿本人的笔迹，你自己看看吧。"

朴鸿寿的遗言写在一个笔记本上，字迹歪歪扭扭，内容也非常简单："老伴儿，对不起了，本想陪你多过几天好日子的。这一切都怨我，我走了。"

"……嗯，这是我大伯的笔迹不错，可还是有蹊跷之处啊。一个七十多岁的老人怎么可能单单因为两口子打架，受了气，就选择轻生呢？我理解不了。你们调查过我婶婶和她儿子姜玄吗？比如搜集他们不在场的证据之类的。"

这个时候，一直苦口婆心试图说服镇久的申泰桓，终于忍不住了，一下抬高了嗓门。

"不是，我看你这个家伙是什么都不知道，一心只想着遗产，故意来找碴儿的吧？"

"啊？"这出乎意料的发难，让镇久惊讶地瞪大了眼睛。

"你难道不知道你婶婶黄花子女士早就离家出走了吗？她加入了一个名叫'21福音会'的邪教组织，深陷其中，不能自拔。这个组织近来四处蔓延，很多人都被骗进去了。因此，朴鸿寿老先生才非常自责，选择了轻生。事实明摆着，就是这样，和人家黄花子有什么关系？"

听到这些出人意料的情况，镇久着实暗暗吃了一惊，可他并不能让对方看出破绽来。

"啊，你说的那件事，我倒是略有耳闻……"

邪教，离家出走，镇久被这些故事搞得有些晕头转向。可没一会儿，他便又回过神来。绝不能因为"邪教"这个突然冒出来的线索，而迷失了方向，忽视了整个事件的本质。黄花子既然因为"离家出走"而"不在家"，那么对于朴鸿寿的死，她也就有了不在场的证据。但母亲的离家出走，并不能让姜玄也洗刷掉自己身上的嫌疑。

"嗯，那又是另外一回事儿了。从实际情况来看，现在不管怎么说，姜玄都是这起案子的最大受益人，调查调查他难道不应该吗？"镇久接着问道。

"朴鸿寿老先生的尸体虽然是在1月18日凌晨被发现的，但随后的尸检结果表明他确切的死亡时间应该是1月16日的晚上。那个时候，姜玄还在公司上夜班呢。不光是那天，他18号下午以前一直都在公司加班。中间他虽然也曾外出过几次，但时间都不长。姜玄总不是超人吧？四处乱飞，出去实施犯罪？这就是他不在场的证据，有什么问题吗？即使这样，你也还是要怀疑他吗？"

申泰桓警官渐渐加快了语速，因为他想尽早结束这段在他看来毫无意义的对话，言语间也不禁散发着怒气。很明显，镇久再这样继续追问下去，很有可能会惹恼申警官，这可不是他所乐见的，说不定以后还有再和这个人打交道的时候。好在，从申警官的嘴里，镇久已经基本得到了他想要的情报。镇久马上转变了态度，"哎呀，实在抱歉，警官先生，这都是我的错觉，给您添麻烦了。"说完咧嘴笑了笑。

此时心满意足的镇久突然摆出的一副笑眯眯的样子，倒让申警官有些不知所措。与申警官匆匆作别之后，镇久快步走出了江华警察局。

姜玄的母亲黄花子深陷邪教，甚至离家出走的事，固然让镇久深感意外。但如今竟然连姜玄也有了事发时不在场的证据，这才真正是出乎他意料之外的事，因为他此前一直都相信是黄花子和她儿子合谋害死了朴鸿寿。

可姜玄真的如他所说，有确凿的证据来证明自己当时不在场吗？

警察们从一开始就认为朴鸿寿是自杀身亡，这样的先入为主，完全有可能误导他们判断的方向，从而在不知不觉中忽视掉某些极其重要的线索。

镇久觉得他很有必要去姜玄上班的地方了解一下情况。回到考试院，镇久打算先给姜玄所在的公司打个电话。如果在毫不知情的情况下贸然前去，万一姜玄正在那儿上班，便很有可能被他撞个正着。镇久翻出了上回从姜玄家里拿回的那封信，按照上面标注的电话号码，一字不差地拨了过去。

"您好，请问姜玄先生在吗？"

"不好意思，姜玄先生两天前就辞职了。"

接电话的是个女员工。果然不出镇久所料，如今手握大把遗产的姜玄，已经不愿再劳心费力地赚那点儿辛苦钱了，得手之后马上先炒了自己老板的鱿鱼。他并没有在朴鸿寿死后，马上辞职，而是耐心地等了一段时间，直到案子被定性为自杀之后，才放心地在两天前辞了职。无论如何，他现在肯定觉得自己从此高枕无忧了。

镇久打开书桌底下的抽屉，从里面找出了一张警察证。黄色的背景上闪耀着一只老鹰的图案，旁边贴着镇久的照片，证件外面包裹着一层厚厚的塑料薄膜。可这个证件上不仅没有警察厅厅长的签章，背面竟然还完全空白，不过单看上半部分的话，几乎可以以假乱真了。但因为上面没有警察厅厅长的签章，所以即使被拆穿，也不会构成伪造政府公文罪。镇久在大学里所学到的法律知识如今全都用在这些东西上了。

镇久重新洗了遍头，把早晨涂在头发上的那厚厚的一层发胶全都洗掉了。之后，他揣起假警察证，披上黑色皮夹克，为了保持一个阴郁的形象，他连胡子都没剃，便出了门。

被姜玄炒了鱿鱼的地方——"波瓦内园林设计公司"位于河南市市政府旁的一栋二层小楼里。这个公司单从室内装修上看，还真有点设计公司的韵味儿。淡棕色的色调，用料和装饰都极为考究，这与其简单的建筑外观形成了鲜明的对比，很容易吸引访客的眼球。办公室比预想中的要小，员工虽然不多，但一个个都趴在电脑前注视着显示器，那氛围不知道为什么竟显得有些阴森可怖。

"我是江华警察局的警察，我叫朴勋一。今天来是想了解一些关于姜玄先生的事，我能见见你们老板吗？"

镇久从怀里掏出钱包，想向对方展示一下自己的"警察证"。为了只让对方看到上半部分，他只抽出了一半便停了，然后朝坐在门口的年轻职员晃了晃。不知是不是被镇久的警察证吓到了，对方没有表现出丝毫的不配合，看来之前警察来过这儿，而且不是一次两次了。年轻职员让镇久在门口稍等，自己向办公室里面走去。不一会儿，一个戴眼镜的三十五六岁中年男子从办公桌前站起身，从里面走了出来。这人看起来像是总经理的样子，看到警察来找，眉头先是一皱。

"姜玄的继父朴鸿寿老先生自杀身亡的案子，您应该知道吧？"

"我知道，你们的人之前来过，说需要我们协助调查什么的。"

"哦，那就好，首先对您给予我们工作的大力配合与帮助表示感谢。今天来呢，还是有几个后续的问题需要您帮忙解答一下。"

　　警察找上门来，自然不会有什么好事，但镇久一副虚情假意的谦虚样儿，和他那彬彬有礼的态度貌似让出来接待他的经理放松了警惕。

　　"当然，一定配合，一定配合。"

　　"非常感谢！听说姜玄1月16号的晚上还在你们公司加班，那他大概是几点走的呢？"

　　男子翻了翻手里的记事本，过了好一会儿才回答他。

　　"嗯，那天晚上他整夜都在公司，不光如此，一直到18号的下午他也都还在公司上班。"

　　"难道他16号晚上就没有出去过吗？"

　　"他16号晚上吃过晚饭，大约7点钟的时候出去了一个半小时便马上回来了。还有就是当天晚上12点的时候，他回了趟自己的住处换了身衣服，差不多凌晨1点的时候又返回了公司。除此之外，他一直都待在公司里。"

　　"这些都记录在那个本上了吗？"

　　"哦，没有，我不过是顺手把这个本拿过来了，没别的意思。"男子很不自然地赶紧合上了记事本。"我们公司本来就不大，每天有谁进进出出基本上大家都很清楚。这个上面记的都是上回警察来调查时，其他员工的一些证词。当天在场的有好几个人，这是他们反复回忆，互相核对后的结果，应该不会有错。"

"你说他一直加班到 18 号吗？"镇久隐藏起自己内心的失落，追问道。

"对，16 号到 18 号下午，这期间他一直在公司加班。"

"你们公司竟然要求员工连续几天加班？"

"因为那几天有个设计方案的交付日期马上就要到了。干我们这一行的，这种程度的加班并不少见。一整套工程做下来，很多人都得瘦成皮包骨了。"

"即使时间紧，任务重，这几天里偶尔出去几个小时，总还是可以的吧？"

"当然不行，只要有几个小时的旷工，我们马上就会知道。员工们即使是出去吃饭，也大都不会超过一个小时。"

"那加班的时候，员工难道就不会自己偷偷溜出去吗？"

"就像我刚才说的，加班的时候，员工都是几个人在一起工作的。您看这边，这是我们的办公室，并不是特别大，谁要是想出去，马上就能被其他人发现，所以是溜不出去的。"男子态度生硬，斩钉截铁地说。

"哦，这样啊。"

镇久虽然此时心有不甘，但却不得不对男子这番言之凿凿的介绍表示肯定和认同。

朴鸿寿的死亡时间为 16 号晚上，而姜玄从 16 号到 18 号下午一直都待在公司加班。可他 16 号晚上去吃晚饭的时候，差不多在外面了逗留了一个半小时，晚上 12 点的时候又出去了一个多小时。他第二次外出的时间恰好与当晚朴鸿寿的死亡时间相重合。但单从时间上的吻合，还远远无法断定就是他在那个时间亲自去江华岛杀害了朴鸿寿。即便说警方公布的死亡时间有什么误差，朴鸿寿早在 16 号下午的时候就已经被杀了，那也还是只能得出相同的结论。所以说，姜玄案发当天根本就没有去江华岛作案的时间。河南市到江华岛的直线距离有 80 多公里，单是坐公交车去江华警察局，都花了镇久将近三个小时的时间。不论是晚上 12 点的一个小时，还是下午 7 点时的一个半小时，在这么短的时间内，开车全速行驶赶往江华岛都未必能赶到，更别说在两地间往返了。在不到两个小时的时间内，从首尔东边的河南市赶到西海①边上的江华岛海岸，中间还要穿越整个首尔城区，这基本就是个不可能完成的任务，更别说抽出时间去杀人了。这正是姜玄用来摆脱自己作案嫌疑的最佳证据，而朴鸿寿老先生的亲笔遗书则是他的另一件护身符。

姜玄拥有几乎完美的不在场证明，那么，难道是他的母亲黄花子实施了犯罪？离家出走的她在无人知晓的情况下，偷偷

①西海，即中国的黄海。

返回，在西海岸溺死了她的丈夫朴鸿寿？可即使做出这样的假设也无法为朴鸿寿留下的亲笔遗书给出一个合理的解释。

朴鸿寿真的是自杀而死的吗？

姜玄并没有见财起意，而仅仅只是单纯地走狗屎运，大发了一笔横财吗？

镇久独自一人蜷缩在自己的考试院小屋里，头枕在胳膊上，双目无神地盯着头顶上那低矮又让人压抑的天花板。姜玄不仅有不在场的证据，还有朴鸿寿的亲笔遗书，这在任何人看来，都无疑是自杀。要不是镇久还掌握着一个其他人都不知道的情况，估计连他也没有理由再继续怀疑姜玄了。这个姜玄当初为什么要雇镇久跑到原州去给自己打一通电话呢？

在床上辗转反侧的镇久坐起身来，打开了电脑，将"邪教"、"21复兴会，离家出走"等几个词输进了搜索引擎里。"21复兴会"近来已引发了诸多的社会问题，网上有许多关于这一组织的新闻报道。镇久费了好一番功夫，才在网上找到了一篇关于姜玄母亲离家出走的新闻。

……近日，南杨州市警方对涉嫌非法收受财物的民间宗教团体——"21复兴会"展开了调查。该团体成员以上帝的子民自居，四处散播末日言论。信徒黄某加入该组织后，因捐款问题多次引发家庭矛盾，与家人不和，最终于今年1月1日离家出走，独自前往该团体总部，声称自己是为了躲避即将到来的世界末日。黄某离家出走后，至今一周未归，其丈夫朴某及儿子姜某遂向警察局报案。而"21复兴会"方面则声称对此事毫不知情，予以否认。

这一篇报道中所说的黄某分明就是姜玄的母亲黄花子。

不然，亲自去一趟负责黄花子离家出走案的南杨州警察局？镇久盯着面前的电脑显示器，已然做出了决定。

在江华警察局的时候，他冒充了一回死者家属。在园林设计公司的时候，他又冒充了一回负责调查此案的警察。但这次不管怎么看，他这个普通市民都和这起黄花子离家出走案，扯不上什么关系，警察那边肯定也就不会搭理他了。镇久在家附近的一家打印店花一万块做了150张最便宜的新名片，可上面印的是一个名叫"《现代日报》记者 具荣昌"的虚构人物。

膝盖上破了个洞的牛仔裤，运动鞋，夹克衫，手里攥着个小笔记本，这么一身打扮多少让镇久看起来还像个新入职的社会部记者。只要从附近的落星岱站搭地铁到蚕室站，便能在那里坐到直达南杨州市警察局门口的公交车。到了之后，镇久马上向门口的警员递上了自己的名片，表明了自己的来意，然后如愿找到了负责黄花子离家出走案的警官。镇久原本准备了一长串说辞，来应对对方提出出示记者证的要求，可没想到接待员对他的身份毫不怀疑，径直将他引向了一位看上去笨头笨脑的警官面前。眼前的这个刑警块头很大，身下坐着的那把小椅子与他的体型完全不符。他正用自己的粗手指艰难地敲击着键盘，好像是在打印调查报告之类的东西。镇久一坐在他的办公桌前便赶紧递上了自己的名片。

"警官您好，我是《现代日报》的记者具荣昌。最近在写一些关于'21复兴会'的新闻报道，希望您能提供一些帮助。"

镇久把左手上拿着的小笔记本翻开，右手握着一支圆珠笔，煞有介事地看着他说道。"大块头"虽然见多了冒充记者的家伙，对镇久的身份多少有些怀疑，但马上又露出一副无所谓的样子继续敲起了键盘。

"你问吧。"

"大块头"冷冰冰地回应道，言语中隐隐透出些许的不屑，那份不屑多半是来自镇久那看上去略显稚嫩的打扮和相貌。

"我们需要一些具体的案例来向市民普及邪教的危害。我听说之前有个名叫黄花子的市民加入'21复兴会'后便离家出走了，请问针对这起案件的调查近来有什么进展吗？”

“没有，加入那种组织的人能那么容易就回头吗？”

“大块头”这句带着讽刺的回答，所传递出的已不再是之前的不屑，而是一种不厌其烦的盛气凌人。

“她的家人不是已经向警察局报案了吗？能不能麻烦您详细地介绍一下相关的情况？”

听到这话，“大块头”才从电脑前抽出身来，把视线移向了镇久。

“详细？……她丈夫，哦，对，还有她儿子确实来过。报案时间好像是1月6号吧。说是早就加入了‘21复兴会’，最后离家出走了。”

“她1月1号就离家出走了，为什么他们1月6号才来报案？”

“那是人家自己家里的事儿，可能是他们自己先到处找了好几天呗。”

镇久虽然对“大块头”硬邦邦的回答很是不满，但也只得默默忍了下来。不管怎么说，需要情报的都是他，不能因小失大。而且他现在还是以新闻记者的身份出现，则更要小心谨慎了。

“这个‘21复兴会’在什么地方啊？”

“听说它的总部在雉岳山附近。”

雉岳山？那不就在原州附近吗？镇久心里不由得一惊。

"你们去过他们在雉岳山的总部了吗？"

"我说记者小哥，我们这儿可不是调查什么'21复兴会'的地方，我们只不过是受理了一起离家出走的案子罢了。""大块头"有些火了，没好气地说。

"我看很多新闻上不是还说你们正在调查'21复兴会'非法收受财物的事吗？"

"那还不都是你们这些小记者好奇心作祟，随意编造出来的故事。在我们看来，这不过就是一桩单纯的离家出走案，而且我们也是按这个方向调查的，我不清楚你说的什么收受财物的事。"

"原来他们没有告对方敲诈勒索啊。"

"对啊，我不都说他们来报案的时候只说她是自己离家出走了嘛。"

"那你们也没打算去调查一下那个'21复兴会'吗？"

面对镇久喋喋不休的追问，"大块头"愈加不耐烦了，气得直咂嘴。

"我们为什么要跑去调查？之前已经给他们打过电话了，他们说不清楚这件事。而且加入这个组织的都是些上了年纪的妇女，都说这个宗教如何如何的好。如果真是她自己要去的，也不能算作是离家出走吧，你说是不是？"

"'21复兴会'那边说他们那儿没有黄花子这个人？"

"嗯，所以，到现在，这个案子也还没有什么结果。你说加入邪教会出这种事吗？当然有可能，但如果这么早就下结论的话，家属肯定要闹上门来，要他们把钱交出来什么的，到时候岂不是更不好解决了。"

"那我最后再问您一个问题。如果'21复兴会'那边没有撒谎，他们确实不认识黄花子这个人的话，那有没有可能黄花子女士根本就不是因为宗教的原因离家出走的，而是出了什么别的事呢？"

"那倒不会，虽然黄花子离家出走了，但她偶尔会给她的儿子打个电话。我们对她的电话进行过跟踪定位，发现她打电话时就在原州一带。也就是说，她在雉岳山里每待上一段时间便会回到原州附近，与外界联系一下。这也可以证明她确实是加入了那个'21复兴会'。"

镇久还要最后确定一件事。

"好，我知道了。其他的情况，我之后会直接向黄花子女士打电话询问的。黄花子女士的电话号码，嗯，我看看，是这个号码吗？"

镇久把姜玄之前找他的时候，交给他的那部破手机的号码报了出来，号码已经在他前往原州的路上被他存下来了。他如果直接向警察索要黄花子的电话号码的话，免不了要让这些原本就对这些个人信息十分敏感的警察起疑心。可作为"记者"，如果他先报出了电话号码，那么让警察只是帮忙确认一下，就没那么困难了。"大块头"拉开办公桌一侧的抽屉，从里面翻出调查记录仔细浏览了一番，紧接着，心不在焉地答了句："嗯，没错儿。"听到对方肯定的回答，镇久的脸上马上浮现出一抹满意的微笑。

"哈哈，原来如此，这些电话记录里面肯定有我当时去原州时给他打的那个。"

估计除了镇久之外，姜玄还先后雇了好几个人做了同样的事。一直到前不久，他都还在设计公司上班，他白天抽不出身，所以只能雇人去原州，帮他打这个电话。出租车司机，流浪汉，或者是像镇久这样的代驾司机，只要肯出钱，在这些人里找几个能帮他做这种事的人并不难。

姜玄雇人到原州，也就是"21复兴会"总部的附近，给自己打电话，不过是想造成一种黄花子就在那里的假象，而事实上则并非如此。黄花子并不是因为"21复兴会"才离家出走的，而是由于别的原因刻意隐藏了自己的踪迹。那个原因难道是……杀人？

抑或，黄花子并不是姜玄的帮凶，而也是这起谋杀案的受害者？

镇久坐在回程的公交车上，呆呆地看着窗外，陷入了沉思，将他目前自己已经掌握的情况重新梳理了一遍。

——黄花子因加入"21复兴会"于1月1日离家出走，这件事是真是假目前还不得而知。

——1月6日，朴鸿寿和姜玄曾一起到警察局报案，说黄花子离家出走了。

——"21复兴会"方面表示自己对黄花子的事情毫不知情。

——1月18日凌晨，朴鸿寿的尸体在仁川江华岛海岸边被发现，法医诊断为醉酒后自杀身亡，肺内有海水残留。之后，在其家中发现了本人留下的亲笔遗书，表示自己对不起黄花子，并且去意已决。警方最后得出结论，朴鸿寿因妻子的离家出走深受打击，最终选择了跳海自杀。

——尸检结果表明，朴鸿寿的死亡时间是1月16日的夜间。

——从1月16日到1月18日下午，姜玄一直都在其位于河南市的设计公司加班。

——姜玄1月16日下午7时许曾外出一个半小时，夜里12

点再次外出，于次日凌晨 1 点左右返回了公司。虽然后者与朴鸿寿当天夜里的死亡时间相重叠，但在这短短的一个小时之内，姜玄不可能往返江华岛并溺死朴鸿寿。而前者与朴鸿寿的死亡时间相差甚远，即使他在那个时间段内作了案，也同样不可能在那么短的时间内往返江华岛。

——1 月 25 日，姜玄将黄花子的手机交予镇久，雇他前往原州给自己打电话。

——"21 复兴会"的总部在雉岳山，而雉岳山就位于原州。

现在看来，不论发生了什么事，姜玄都像是整个事件的中心人物。不，肯定是。经过一连串的事情之后，最大的受益者毫无疑问就是姜玄。可是，如今想证明他有罪，并不容易，因为现存的很多证据都只能证明他的清白。他不仅有朴鸿寿死亡当天自己不在场的确凿证据，还有朴鸿寿留下的亲笔遗书。那个黄花子又是怎么回事呢？姜玄为什么要故意制造自己母亲离家出走的假象？难道是他谋杀了朴鸿寿？朴老先生又为什么要与姜玄一起到警察局报案呢？

这趟南杨州市警察局之行固然有所收获，但与此同时也让镇久产生了更多的疑惑。解释不通的地方，还依旧像堆大石头一样挡在那里，可只要再确定一件事应该就可以让真相大白了吧……

"要不然，去朴鸿寿生前经营的那家河豚餐馆看一看？"

镇久一回到考试院的住处，就马上打开电脑搜索了一下"鸿寿河豚屋"的相关情况。这家餐馆果然名声在外，网上有很多关于它的信息。他剃干净脸上的胡须，换了副没有度数的无框眼镜带上，套上夹克和大衣，便又匆匆出了门。

"鸿寿河豚屋"就位于乙支路三街地铁站大楼的地下。普通的玻璃门上方简单地挂着一个四四方方的小招牌，可走进去一看才知道，原来里面要比想象中的大得多。餐馆的左右两边各分布着好几个包间，曲曲折折的走廊一直向里面延伸，很难看出这里到底有多大。厨房前面是长长的收银台，自成一体，看上去很像一家传统的寿司店。虽然这家店貌似很小众，可左右两旁的包厢外面此时已横七竖八地放满了顾客们的鞋子，想必这里现在已是座无虚席了。像这样的一家店，如果能持续经营几十年的话，很显然光是每天的净收入都能累积成一笔不菲的财产。

镇久挑了一张离厨房最近的桌子坐了下来，很气派地点了一份这里最贵的红鳍东方鲀刺身。"好嘞……"不远处的厨房里传来大厨一声响亮的应答。

刚吃了没几口，镇久便假惺惺地冲着厨房的方向，连声称赞起这里的河豚来，然后望了望里面的大厨，马上从钱包里掏出了三万元现金。年轻的河豚师傅甚是亲切，一边笑盈盈地点着头，一边走过来接过了镇久递过来的小费。镇久则顺势把他拉到一边，悄悄和他攀谈了起来。

"以前，这家店的老板亲自下厨的时候啊，我曾经来过几回。"

"哦，是吗？朴老先生很久之前，就已经不再亲自下厨了。"

年纪轻轻的镇久竟说自己在朴鸿寿亲自掌勺的时候到访过这里，这让河豚师傅感到分外惊诧。镇久没有停，接着问了下去。

"你们这儿的老板是叫朴鸿寿吧？"

"嗯，没错儿。"

"这位老先生给我的印象真的特别好。"

"是，是。"小师傅放下手里的活儿支支吾吾地应道，好像怎么都不愿意说出朴鸿寿死了的事情。

"咦？今天怎么没看到你们老板啊？"

"啊……老板不久前不幸去世了。"

小师傅最终还是没沉住气。

"是吗？"镇久瞪大了眼睛，装出一副很吃惊的样子。

"那现在是谁接手了这家餐厅啊？"

"老板娘和老板的儿子都还在啊。老板娘现在岁数也大了，她儿子偶尔会到店里来看一看，虽然他对餐饮业也不怎么了解。"

姜玄果然以直系亲属的名义独吞了这家餐馆。小师傅虽然始终对姜玄是朴鸿寿继子的事情遮遮掩掩，但言辞间明显表现出对由姜玄这个门外汉来掌管这家历史悠久的河豚餐馆的深深不满。看来，他至今还不知道黄花子离家出走后，失踪了的事情。

"唉，真可惜呀，朴老先生曾经可是河豚料理界的泰斗级人物。"

"对，真的是个了不起的人。"

小师傅沉默了一会儿又接着说道：

"不过，可能是因为年纪大了的缘故吧，他后来无法再像以前那样给河豚彻底去毒了，还因此出过一次事故呢。"

"哦？出什么事了？"

"做河豚没弄干净，结果中毒了。"

"是吗？什么时候？"这个意想不到的消息，让镇久兴奋不已，竖起了耳朵。

"他在家的时候可能想吃河豚，结果没弄干净就中毒了呗。从1月1号开始就一直躺在医院的急救室里。然后人们就开始议论纷纷，说什么他老了，再也做不了了。"

这个颇有野心的年轻河豚师傅隐约间透露出一股想将朴鸿寿这个垂暮之人取而代之的意思。

"1月1号？你是说在元旦那天？"

"这有什么好奇怪的，冬天原本就是吃河豚的最佳季节。食用河豚需要一种特制的酱汁，而这种酱汁的原料之一就是柚子，这是一种只有冬天才产的水果。我们老板作为顶级的大厨，对此肯定尤为讲究。元旦那天他说要在家自己做着吃，于是就从店里拿了一条最好的红鳍东方鲀。"

"像他这样的顶级厨师，怎么会出现如此低级的失误呢？"

"我刚开始也不相信，但不管怎么说，人一到那个岁数都难免会手脚不利索的。可能是切了河豚内脏之后没把刀洗干净吧。听说一直在医院里躺了好几天呢。"

此时，镇久的大脑飞快地转动起来。

朴鸿寿，这个制作河豚料理的大师级人物，竟然会因为没有处理干净河豚毒素，而中毒？

当然，俗话说得好，智者千虑必有一失，马失前蹄的事也不是不可能，毕竟出事之前他也已经是个被黄土埋了大半截的人了，加工河豚时也难免会出现手哆嗦的情况吧。

可为什么偏偏在他死之前几天发生了这起事故呢？还是在如此特殊的日子——1月1日？

按照姜玄和朴鸿寿去警察局报案时的说法，1月1日正是黄花子离家出走，投奔邪教的那一天。

"那他出院之后还有来过店里吗？"

"之后倒是来过那么一两次，可能是后遗症的原因，感觉他精神有些恍惚，呼吸也不顺畅，只待了一会儿就早早回去了。"

"这样啊……"

盘子里虽然还剩几个河豚刺身没吃完，但镇久也没放在心上，起身走出了"鸿寿河豚屋"。尽管此时镇久的钱包已是空空如也，可他的心情却是异常的兴奋。

1月1日，河豚中毒事件。

这件事就是他那张"案件拼图"中缺失的最后一块图案。

河豚料理大师竟会中了河豚之毒，此事可谓世间罕有，而且还出在一系列离奇事件发生的敏感时期。

虽然也不是绝对不可能，但无论是从概率上，还是从统计学的角度上，这起事故都有它的蹊跷之处。

也就是说，如果这起事故根本就不是什么意外的话……

此前支离破碎的案件真相如今已变得清晰可见，如水中月般朦胧摇曳的未解之谜，也渐渐浮出了水面，露出了它可怖的真容。

现在，剩下的工作就是一个一个地去求证这些线索了，镇久还需要更多强有力的证据。

他有时晚上躲在姜玄的出租屋附近，有的时候则潜伏在朴鸿寿名下位于南杨州市的小院子周围。不知不觉间，时间已步入二月，寒气稍微散去了一些，但冬日夜晚那刺骨的寒风依旧让整天在野外活动的镇久饱受煎熬。他咬紧牙关，坚持着，因为他相信他付出的这一切终究会有所回报。

乌黑的主席牌轿车在月光的照耀下显得银光闪闪。经过这么多年的实践，如今已练得炉火纯青、登峰造极的开车门技术终于要在镇久的人生中派上用场了。才十几秒的时间，"主席"驾驶座旁边的车门便被镇久奇迹般地打开了。

车里到处都是垃圾，简直就像个小垃圾堆，各种乱七八糟的东西被堆得到处都是，看来已经很久没有打扫过了。"不过这样更好。"镇久自言自语道。姜玄虽然在朴鸿寿死后霸占了他的豪车，可也不过是看上了它气派奢华的造型，而且本就不是自己的车，所以丝毫也不爱惜。座位底下，仪表盘上，镇久把车上各种能放东西的地方，都仔仔细细地翻找了一遍。

在前排的座椅底下摸了半天，镇久终于摸出了两张十分有价值的小纸片，然后得意地会心一笑。他像是捡了两张中奖彩票似的，一直将它们紧紧地攥在手里。这两张纸片是仁川机场收费站开具的收费发票，打印时间是 1 月 15 号下午，也就是朴鸿寿死亡的前一天。

现在，一切都已准备妥当，剩下的只有最后的对决了。

对决的地点很重要。如果不分青红皂白直接就叫姜玄出来，他肯定不会答应，去他家找他又很危险。"虽然多少得再花些时间，可还是认真准备，给他下个天衣无缝的套儿才好。"镇久想。"心急吃不了热豆腐"，这句话在人们炒股的时候十分受用，可往往在别的时候也同样有效。他又重新联系上了之前与之合作的代驾公司，而姜玄已成了这家公司的常客。只要姜玄再打电话到公司来找代驾，他都要想办法自己去，那不如先和公司打声招呼，让他们帮自己个忙。没承想面对镇久的请求，一直都暗恋着他的女职员竟一口就答应了。

大发横财的姜玄辞了工作之后，每日都过着纸醉金迷的糜烂生活。很明显，他绝不会成为那种赏歌剧、吃西餐、读经典的"贵族"。估计以后也还会像当初叫镇久来给他开车的那天一样，在醉生梦死中虚度光阴，等瘫倒在酒桌下面回不了家的时候，再打电话叫代驾罢了。

果然不需要等太久。三天之后，姜玄的电话就如期而至。他说自己在三星洞的某个地方，现在需要找个人帮他开车。正在驿三站附近闲逛的镇久，接到通知便马上赶了过去。

"怎么这么晚才来？"等在那辆黑色主席牌轿车里的姜玄先发了通脾气，可抬头看到镇久的脸时"哦！"地轻轻叫了一声。

除此之外，两人都没再出声。一身酒气的姜玄坐在副驾驶的位置上打出手势，示意镇久赶紧出发，而镇久则安静地坐在驾驶席上，按照姜玄的指示，发动了引擎。他们驶出永东路，从永东大桥南段的右侧，拐上了奥林匹克大道。这天晚上的奥林匹克大道异常冷清，强劲的暖气很快就让车里暖和起来，而醉醺醺的姜玄也在这一刻头一点一点地打起了盹儿。去姜玄他家得一直向弥沙里的方向走，可镇久却在蚕室附近将方向盘往左边一打，往汉江市民公园的方向去了。

"哎！你拐错了吧？"

睡眼惺忪的姜玄突然从睡梦中惊醒，生气地提醒道。镇久没理睬他，径直开进了汉江岸边的停车场里。他从停车场管理员那里接过发票，递给姜玄，然后泰然自若地把车开到了最里面，摆出一副这里才是最终目的地的样子。姜玄一脸慌张地接过发票，一把扔到了副驾驶席前面的储物箱上面。

车停了，正前方便是结了一层薄冰的汉江。江边虽然寒意阵阵，可依然有许多情侣和家庭在此欣赏夜色下的汉江。镇久转了一下车钥匙，将车熄火。"莫非这边有条捷径？"姜玄嘀咕一句，然后看了看四周。这个时候，他才终于彻底摆脱了醉意，怒吼了一声：

"你小子到底在干吗？啊？你怎么把车停这儿了？"

"咱俩得谈谈。"

平静地隔窗望着汉江的镇久，突然变了脸，冷冰冰地抛出这么一句来。镇久那张在世人看来善良纯真的脸在一瞬间消失得无影无踪，浑身散发出那种道德败坏者所特有的老奸巨猾之感。姜玄的表情也渐渐地变得僵硬起来。

"你什么意思？"

"你杀了人的事，我都知道，我也有证据，只不过是想先给你个选择的机会，告诉你个赎罪的方法咯。"

"你这个浑蛋！"

姜玄大骂了一声，可他也看出了此刻气氛的不同寻常，没有再采取进一步的行动。他貌似已经看破了镇久此行的真正意图。

"为了了解整个事件的真相，我可是费了不小的功夫。但我也不是一定要按什么所谓的法律程序，去捍卫社会的公平正义。可总得有个人来弥补一下我辛辛苦苦的付出吧？你说是不是？"

这一切似乎都来得太突然，让姜玄一时不知道该说什么是好。过了一会儿，见姜玄不说话，镇久又开了口：

"是你杀了朴鸿寿。"

姜玄先是一愣，可马上又露出一副毫不担心的样子，不屑一顾地笑了。

"真是可笑，警察早都下结论说是自杀了，你一个屁都不懂的家伙在这儿胡猜什么……"

镇久打断他。

"你的事，我可是一清二楚！朴鸿寿死于1月16号夜间，死时体内检测出了酒精和安眠药成分，是在海里溺水身亡。可你1月16号的时候一直在公司加班，外出的时间也很短。下午7点你出去吃饭花了一个半小时，朴鸿寿死的时候，你又在12点到1点期间出去了一个小时。换句话说，你根本不可能在这么短的时间内在江华岛实施作案，又赶回来。除此之外，一直到1月18号的下午，你都在公司上班，这个不在场的证据，可谓完美得无懈可击。"

镇久说这番话的时候，姜玄倍感惊讶，可他还是插了一句：

"呵呵，原来你知道得这么清楚，那就废话少说，赶紧给我闪到一边儿去吧？代驾的钱还是给你好了，马上给我滚。"

"我都知道？那不过都是你略施小计制造出来的阴谋，也就能骗骗那些想象力匮乏的警察们，但是，想骗我？没门儿。"

"1月16号晚上我还在公司加班呢，我怎么可能有机会跑到江华岛去淹死朴鸿寿？我难道有分身术不成？"

镇久转过头去，冲着坐在副驾驶位置上的姜玄冷笑了一下。

"这有什么难的，不用去海边把他淹死，把海水直接带回来不就好了。"

镇久看了看姜玄那张拉了老长的脸，继续说道：

"这种雕虫小技也算不了什么，真正让警察觉得你没有嫌疑的应该是那封遗书吧。"

"……有意思，你这瞎话编得不赖嘛。"

姜玄极力想摆出一副漫不经心的样子，但说话的语调却已变得有些不自然。

"你1月15号下班之后，就马上开车赶到附近的永宗岛取海水，可能还带了两三个水桶吧。紧接着第二天，也就是1月16号，你故意要求在公司加班好为自己制造不在场的借口。但是当天下午的7点和晚上12点的时候，你两次离开公司，就是为了去实施你那一连串的罪恶计划。

"下午7点的时候，你去了朴鸿寿位于陶谷里的家。一到他家，你就骗他喝酒，也可能是吃饭的时候一直向他劝酒，然后偷偷在他的酒里下了安眠药。实施这一计划，花了你一个半小时。从你公司到朴鸿寿家最多20分钟，除去往返所需的40分钟，剩下的时间足够你把他灌醉。而且，在当时的情况下，他很难拒绝你递过来的酒。呃，这一部分我们以后再说，现在先集中说你实施犯罪的过程好了。之后，你返回公司，假装工作了一会儿，等夜里12点的时候再次回到了朴鸿寿家。

等确定他在喝了混有安眠药的酒，而沉沉地睡去了之后，你便大胆开始了对他的谋杀。你先将用水桶拉回来的海水满满地注入了脸盆或洗脸池，然后把不省人事的朴鸿寿按在海水里溺死了他。加上你实施谋杀的这段时间，在一个小时之内完成往返公司，和善后处理工作应该绰绰有余了吧？"

听完镇久的分析，姜玄的嘴角露出一丝僵硬的苦笑。

"哇，你这故事说得好像推理小说似的。可是，你不觉得这中间有什么问题吗？问题就是我没有时间再把他的尸体拉到江华岛去扔掉啊，这个你怎么解释？我1月16号夜里12点出的门，1点钟就回来了，中间只用了一个小时的时间。就算杀人凶手真的是我，而且我也在那个时间杀了他，可我也没有把他抛尸江华岛的时间对不对？而且你也很清楚，从那之后一直到18号下午，我都在公司完成给我下达的任务。而朴鸿寿的尸体是在18号的凌晨被发现的，那我究竟是什么时候把他抛尸在江华岛附近的西海里的呢？"

"尸体并不需要你自己去抛。"

镇久的语气沉着而又冰冷。

"那照你的意思，我还找了个帮手帮我把尸体运走了？你这编得是不是有点太离谱了？"

"你解决这个问题的方式，确实不得不让人佩服，因为你想出来的这个点子真的很独到。我不知道你是早就有了谋杀朴鸿寿的计划，只是一直在等着汉江结冰，还是见到汉江这罕见的封冻才起的杀心，反正你这个办法可谓既新颖又大胆。"

姜玄沉默着。

"你的办法，就是直接把朴鸿寿的尸首扔进汉江里！"

姜玄虽然面无表情，但镇久已然感觉到了他身体的颤抖。

"把尸体像只纸船一样直接送入江中，肯定用不了多久就会被人发现，因为汉江两岸本就是繁华嘈杂之地，即使在晚上也是游人如织，江上还有来来往往的游船。可如果江面上冻上冰的话，尸体便会像潜水艇一样隐藏在冰下面顺流直下。这样一来，谁都发现不了。而朴鸿寿家就坐落在汉江边上，这对你来说可谓再好不过了。16 号那天夜里，你将他按在海水里溺死之后，给他换上了在水中很容易浮起来的由高科技面料制成的登山服。之后你偷偷将他的尸体抬上车运到江边，然后在冰面上砸出一个大口子，将他的尸体塞了进去。紧接着，你便马上返回了公司。这就是你那晚离开公司一小时之内所做的勾当。于是，隐藏在冰面下的尸体就顺着水流，一路被冲到了江华岛附近的汉江入海口。最终，在完成了一次"长途跋涉"之后，他的尸体于两天之后的凌晨被一名渔夫发现。也多亏那件衣服，尸体不仅很容易就顺水漂走了，也很快就被人发现了。当然，越快发现越好嘛。直到尸体被发现之前，你都不得不在公司上班，好为自己洗清嫌疑，还真是辛苦你了。尸体在 18 号凌晨被发现的消息，你应该是当天下午才在网上看到的，等你确认这个消息属实之后，便马上从公司辞职了。哦，对了，我还在你的车上找到了这个东西。"

镇久将几天前在姜玄的轿车里找到的那张收费站开出的收据掏出来，在姜玄的面前晃了晃。

"15 号，案发前的 15 号夜里，你为什么会经过仁川机场收费站？答案只有一个，那就是那边的海离首尔最近。你是为了去永宗岛那里取海水，然后再用这些海水将朴鸿寿溺死。我说的没错吧？"

和镇久相比，此时已面如土色的姜玄说起话来，竟显得有些吃力了。

"……可朴鸿寿留下了他本人亲笔写的遗书啊。"

"啊，你说那封遗书啊？我也因为它头疼了好久。说到这个遗书，我就不得不揭露事情的全貌了。没想到，你还是让这件事从我的嘴里说出来了。没错儿，遗书的确是朴鸿寿本人所写。1月1号，朴鸿寿因吃河豚意外中毒；1月6号，你们两人向警局报案说黄花子离家出走；总部在原州雉岳山的'21复兴会'；你把黄花子的手机交给我，让我去原州给你打电话；还有一个最重要的——朴鸿寿的财产，把所有这一切都综合起来看的话，解释就只有一个。"

镇久说到这儿，顿了一下。姜玄此时无比的紧张，寂静的车厢内，只能听见他吞咽口水时的声音。没过多久，镇久又开了口。

"而黄花子其实早就已经死了，而且是死于朴鸿寿之手。1月1号，新年第一天，应该是两口子打架时发生了意外。这是我从村里老奶奶那儿听来的，说他们两口子只要一打架，常常是大打出手，互不相让。朴鸿寿那天深深地被自己造成的这一无法弥补的后果吓坏了。一方面，他那颗满怀愧疚的心饱受折磨，在一瞬间丧失了活下去的欲望。另一方面，之前膝下无子，孤苦无依的他，能在晚年遇上这么一份姻缘实属不易。虽然打架的时候情绪激动，但平日里，听说两口子的关系也还不错。他不想再这样痛苦地活下去了，所以才写下了那封遗书，一时糊涂，想要自杀。正好，他前一天从店里拿回来一条红鳍东方鲀，中毒实则他有意而为之。

"就在这个时候你回来了。作为儿子，你是想在元旦佳节去问候一下两位老人？还是想再去要点儿钱？反正，当时你看到事发现场的时候，肯定被吓坏了吧？母亲已经死了，朴鸿寿也在河豚毒素的作用下，奄奄一息。可就在那一刻，你对金钱的渴望压过了你内心的愤怒，你可真是个了不起的恶棍啊！想必平时你因为觊觎朴鸿寿的财产，也动了不少的歪脑筋吧？整天盘算着怎么做才能把他的财产据为己有。

"在这种他人命悬一线的时候，你脑子里最先想到的竟然是钱。朴鸿寿的死对你来说无疑是件好事，可问题是你妈竟然先死了。没有子女的朴鸿寿死了的话，他的所有财产自当被他的妻子黄花子继承。等以后黄花子也死了，你便能名正言顺地得到所有的遗产。可如果黄花子先朴鸿寿而死，那你可就连喝汤的份儿也没有咯。你这个所谓的继子，别说是继承朴鸿寿的遗产，即使是在法律上也没什么血缘关系。这种情况下，朴鸿寿的财产日后不是被转交给他的其他亲属，就是被上缴国库。

"这种所谓的'顺位继承'是不是特别可笑？根据朴鸿寿和黄花子死亡的先后顺序，遗产的最终归属竟会完全不同。哪怕朴鸿寿在黄花子死后的一分钟之内死了，你也一分钱都拿不到。只有黄花子死在朴鸿寿之后，你才能顺理成章地继承到朴鸿寿的遗产，这也是你当时在事发现场时，真正在考虑的事。对于你这个逆子来说，'死亡的顺序'远比自己母亲的'死亡'更为重要。你回到家的时候，黄花子已经死亡，朴鸿寿也已服毒自杀，唯有一息尚存。也就是说，朴鸿寿的死亡时间将晚于黄花子的死亡时间，那么你日思夜想的遗产也就飞啦。通过尸检，很容易就能弄清两人的死亡时间和先后顺序，所以在死亡顺序上你没有办法伪造或者撒谎。于是，你便决定隐瞒自己母亲死亡的真相。

"你在将朴鸿寿抛尸，再将自己母亲的尸体隐藏起来之后，便想出了一个向警察报案说自己母亲失踪了的方法。然而你母亲扔下自己的丈夫离家出走，却由你这个不和他们在一起住的人先去报案，可信度总归没有那么高。所以这个时候你就需要朴鸿寿了。你没有向警察通报母亲意外死亡的事情，而是先将中了毒的朴鸿寿送往医院抢救。当然，朴鸿寿亲手写的那封遗书，也是你为了以防万一诱导他写的，好用来掩盖母亲的死亡。等你藏好了尸体，便装出一副为他好的样子，建议两个人一致对外宣称母亲是离家出走了。朴鸿寿当时的服毒自杀，不过只是一时冲动，其实他打心底里还是怕死的。于是等他第二天苏醒过来之后，见到你竟然愿意站出来帮他隐瞒罪行，便欣然同意了。因为你们两人在这件事情上有着共同的利益。几天之后，你们便一起来到警察局报案，说黄花子受邪教蛊惑，于1月1日离家出走，至今未归。还聪明地牵扯进来最近引发出一连串社会问题的'21复兴会'。还真是……人都死了，竟然还给自己的母亲扣上这么一顶让她寒心的帽子。你把黄花子的尸体藏在哪儿了呢？黄花子的死虽然既不是意外死亡，也不是因为重大事故，但就是你那个捏造出来的离家出走的谎言，也引起了不少人的注意。如果黄花子是因为这类的原因死亡的，那朴鸿寿绝对不会同意和你一起去警察局，说她是离家出走。正因为她的死因让你们觉得心虚，因为她是被自己所杀，他才会心甘情愿与你一起撒这个谎。

"为了将黄花子离家出走的假象尽可能地做得逼真，你便让我用黄花子的手机给你打电话，还让我特地跑到'21复兴会'的总部——雉岳山去。于是，等警察对她的电话进行定位的时候，就会发现她拨打手机的地方就在原州附近。也就造成了你所希望的警方和其他人看到的两大假象：一是黄花子给自己的儿子打电话时，就在'21复兴会'总部附近的原州，二是她那个时候依然在外地好好地活着。这样首先就从法律上解决了对你不利的遗产顺位继承问题。只需要杀了朴鸿寿，他的所有财产便会被身为第一顺位继承人的妻子黄花子获得，那说白了这一大笔遗产已经非你莫属了。你还真是个老奸巨猾的家伙啊！可真是人算不如天算，拜你那通伪造的电话所赐，我竟然从中看出了端倪，半路杀了进来。下一步嘛，就像我之前所说的，你杀死了朴鸿寿。而又通过你那看似天衣无缝的小把戏，成功证明了自己的'清白'。之后你又巧妙地利用了朴鸿寿中毒时写下的那封遗书，从而让所有人都认为他是自杀而亡。

"你派我去原州的真实目的是伪造你母亲在原州的通话记录，那么你向警方报案，说她因加入'21复兴会'离家出走去原州的事情便是假的。但案子是朴鸿寿和你一起报的，黄花子'离家出走'的那天正好就是朴鸿寿企图服毒自杀的那天，而这一点恰恰正是黄花子并非是自然死亡，而是为朴鸿寿所杀的最强有力的反证。就是顺着这个思路，我一路追查下来，才最终发现了这一幕幕离奇的真相。你说世界上那么多人，你偏偏选了我去给你打那通电话，这能不能说是你一生当中最大的不幸呢？到此为止吧，怎么样？我的说明你还满意吧？我已经将我知道的都说出来了。"

在镇久做这番长长的说明的时候，姜玄一直抄着手，用他那双无神的眼睛隔着车窗，呆呆地扫视着江边。过了好一会儿，他才打开了自己那张像是被胶水粘住了的嘴。

"……说吧，你想要什么？"他短短的几个字里充满了无奈。

"你别怕，反正朴鸿寿死之前也是个背负了一条人命的杀人犯。为了将遗产据为己有，而机关算尽虽然让人不耻，但单从动机上来看，这也算是为你母亲报仇雪恨了吧，所以我也并不是非要把这些都告诉警察。其实，我对咱们当今社会的法律体系也不是很满意，因为它在对待复仇者时，往往比对付杀人凶手时更加冷酷无情。可就算这样，杀人凶手将一个死人的财产全部据为己有，是不是有点儿太过分了？我直接给你说个数儿吧。因为我也不知道朴鸿寿到底有多少财产，而且财产也不是全都能落到你手里，所以我就说一个你马上就能拿到手的数儿。以后，即使你能顺利继承所有遗产，因为连续更换了两次继承人，所以你最少还要上两次遗产税。嗯，我看，有个5亿左右就差不多了吧。你放心，只要一收到钱，我定会永远对此事守口如瓶。有了这些钱，我也能暂时先买个栖身之所啦。"

姜玄已是一脸的阴沉与不快，他想了一会儿，无奈地点了点头。

"好吧，最多就只能给你那么多，你再想多要，我也没有了。"

"好，那您先给我写个借条吧，5亿元的。"

坐在副驾驶席上的姜玄从面前的储物箱里拿出了纸和笔，当着镇久的面，开始动手写那张借条。

就在这时，镇久仿佛从正在书写借条的姜玄的眼睛里看到了什么异样，那是他熟悉的眼神。没错儿，那就是镇久怀着破釜沉舟的决心来找姜玄对决之前，在镜子里看到的自己的眼神。原来，姜玄压根儿就没打算乖乖地将这5亿元送上，他想在这儿一举解决镇久这个最后的祸患。姜玄虽然穿着冬衣，可冬衣下那健硕的肩膀和粗壮的小臂却清晰可见。如果被他掐住了脖子，那镇久很显然不是他的对手。

镇久环顾了一下车内的情况，发现它依旧被各种杂物和垃圾所占据。这时，放在副驾驶席前储物箱上方的停车场收费发票，映入了他的眼帘。这是刚才镇久收到后交给姜玄看的东西。储物箱旁边的烟灰缸里，扔着一张看上去像是用来包紫菜包饭的保鲜膜。他将那张发票捡起来，对折了两下，然后偷偷地用保鲜膜将它包了起来。

姜玄写好借条的一瞬间，顿时脸色大变，转身便向坐在驾驶席上的镇久扑来，宛若一只受伤后，被激怒了的林中巨兽。

"你以为老子疯了吗？会把钱白白地送给你这样的家伙？！"

扑过来的姜玄紧紧地卡住了镇久的脖子，几乎与此同时，镇久把用保鲜膜包裹起来的发票吞进了肚子里。

"你这是干什么？"

见到镇久这一异常的举动，紧勒着镇久脖子的姜玄，不知不觉间松开了手。

"把发票吃掉了呗，上面留有你指纹的发票。"

差点就被姜玄勒死的镇久大大地喘了几口气后，得意地说道。姜玄刹时像丢了魂似的气力全无，镇久则乘机一把拔下车钥匙，跳出了车外。站在汉江边的镇久像棒球手一样朝汉江的方向做了个投球的动作，将手中的车钥匙一下扔出去老远。那钥匙就像是在跳水一样，将冰面砸了个洞，掉进水里，不见了踪影。姜玄呆呆地坐在车里，哑口无言。镇久走向车的副驾驶席旁，敲了敲车窗玻璃，姜玄竟像中了邪似的主动降下了车窗。

"结果还是被你逼得走到了如今这个地步。刚才你到这儿来之前，摸了我递给你的停车场的收费发票，你的指纹已经留在上面了，而这张纸已经被我用保鲜膜包好吃进了肚子。若我的尸体日后被人发现，只要一尸检，藏在我胃里的那张沾有你指纹的发票，便会暴露。而且，在你杀我之前可别忘了，我可是以代驾的身份被你叫来开车的。我没有贸然去找你，而是特意等你上门来，就是为了让别人留意我和你的特殊关系。如果我死了，用不了几天，警察便会找到你的。"

说话的时候，镇久一个劲儿地揉着自己的脖子，好像很疼的样子。

"你完全可以杀了我之后，挖出我的胃，然后把里面的那张纸掏出来拿走。不过在这儿办这样的事，可能有些困难吧，你没有刀，而且周围还有人。当然，你也可以开着车，找个僻静的地方再动手，可我刚刚已经把车钥匙扔到汉江里去了，所以这条路也行不通啦。"

姜玄依旧像丢了魂似的，他仿佛已经清醒地意识到，自己无论如何也斗不过眼前的这个家伙了。

"那你就好好活着吧，你只有活着，我才能拿到 5 个亿嘛。至于怎么给钱，我们以后再慢慢商量。"

镇久拿着借条在姜玄面前志得意满地挥了挥，然后飘然消失在了黑漆漆的蚕室市民公园里。

大母山太远了

今年的冬天，天气异常寒冷，新闻里甚至将之渲染为百年不遇的严寒。二月一过，虽然天气稍微有点儿回暖，但几天前到来的最后一场寒潮，又让气温骤降，阴冷无比。在这样的大冷天，大家都宅在家里，不愿出门。哪怕到了周末，城市也像个"鬼城"似的冷冷清清，街道上空无一人。踏出家门的人要么是有要事在身，不得不出门，要么就是在家实在憋得难受，才出来透透气。

海美也不例外。一心想着要赴男友镇久之约的她，不顾外面的严寒，毅然顶着凛冽的寒风出门了。她双手紧紧地抓着衣领，眼睛被风刮得生疼，眼泪止不住地往外流，小脸也被冻得通红。她气喘吁吁地爬过往十里的大陡坡，朝男友住的公寓楼走去。

"来啦？"

男友这淡淡的一问，让海美的满心期待顿时泄了气。脸色苍白的镇久为她打开门后，便又马上钻回了被窝，身上盖着两层厚厚的棉被。

"我怎么找了这么一个不称职的男朋友？"

海美一边心里默默抱怨，一边又重新审视起眼前的这个男人来。中等偏上的个头，像带鱼一样没有赘肉的身材，皮肤白皙，脸型略长，翘鼻梁，单眼皮，完全就是一张姑且还看得过去的大众脸。和"踏踏实实"这四个字压根儿就不沾边的他，前途还像雾气一样虚无缥缈，身上更没有那种能准确地把握女人细腻情感世界的体贴入微。他虽不是个人们常说的"硬汉"，却也不是个爱哭爱笑的性情中人，感情迟钝到了极点。更让人无法忍受的是，随着严寒的一起到来，并将他彻底吞噬的还有他那让大部分人都甘拜下风的懒散，一个标准的"宅男"。感性，野心，体贴，海美宁可相信这些东西也许只是隐藏在他身体的某个地方，还没被发掘出来。但无尽的倦怠就像石头一样压着他，似乎让他都无法好好地呼吸。

镇久偶尔也有眼睛放光，精神抖擞的时候。每到这时，他才会发挥出自己仅有的一点长处，变得像鼹鼠一样活力四射，做出一些让人出乎意料的事情来。"变身"之后的镇久有着与其他男人相比更别具一格的兴趣爱好，也许正是他这种自娱自乐的能力让海美包容了他身上的种种缺点，怎么也离不开他。

他只对自己感兴趣的东西有反应。比如说，钱。

政治家们板着脸，互相吵得不可开交的样子；一脸严肃的高官们开会时的场景，这些经常出现在新闻频道里的东西，一直都是海美心中憧憬的对象，而镇久则向来对此嗤之以鼻。

"我说，他们老那样一本正经地坐着，难道不难受吗？不过那应该可以看作人当上高官之后的代价吧。除此之外，还要时不时作作秀，演演戏，我就想不通，为什么人人都想要削尖了脑袋往里面挤呢？"

但海美长久以来总是做着同一个梦。在梦里，镇久身着笔挺的意式西装，坐在皮沙发上开着会，然后突然回过头来，看看自己，莞尔一笑。

最近，镇久突然富裕起来了，不过他这个富裕，不过就是从赤贫一下子荣升为中产阶级罢了。至于自己暴富的原因，镇久则一直对海美讳莫如深。他一直都没有什么正式的工作，但有一天，却突然搬出了位于落星岱洞的考试院。他自豪地告诉海美自己搬进了新买的一套建在往十里小山坡上的公寓，面积虽小，却也还看得过去。从那以后，从镇久的眼睛里便再也看不到以前那种像孤狼一样落寞的眼神了，他变得豁达了。这对海美来说当然是一件好事，但她总担心镇久是不是又捅了什么娄子。可一问他，他也只是说："别担心啦，我这就是给了某个坏蛋一个做好事的机会而已，反正这钱我不拿，也会被坏蛋拿去挥霍掉。"

海美搬来一张椅子坐在床边，一脸哀怨地盯着镇久，看了许久，镇久才睁开惺忪的睡眼，开口和她说话了。

"我错了，本来想好好招待一下我们的大美女来着，可外面太冷了。这么冷的天，就是北极熊也受不了啊。"

"切，少假装，现在都 11 点了。"

"可星期天早晨 11 点能有什么事啊？"

"我们上次不是说好一起去大学路看话剧的吗？就是今天！我早就知道你会这样，所以直接过来了，你赶紧给我起来！"

"……你就饶了我吧，外面这么冷。"

为了让眼前这个想撂挑子的家伙起床，海美可是绞尽了脑汁。"不然给他讲讲我昨天在地铁里见到的那个人的事儿？"镇久历来对这些奇闻异事兴趣十足。

"哎，昨天我在地铁上看到了一个特别奇怪的人。"

"怎么了？"

镇久窝在被子里漫不经心地问。

"你先听听看是不是很奇怪。昨天不是特别冷吗，我就和几个朋友去学东路那边喝酒，但还是感觉很冷，所以后来就草草收了场，坐地铁七号线回家。差不多晚上 10 点的时候，从论岘站上来了一个男人。可是，那个男人特别搞笑，他竟然戴着一副深色女式墨镜。我仔细一看，他的脸和脖子上有被抓伤的痕迹，伤口上还有血渗出来，看样子是刚被抓伤不久。他身上穿着破旧的风衣和牛仔裤，很不搭调地提着个鼓鼓囊囊的包。他一只手抓着座位旁边的扶手，把一捆钱一样的东西紧紧地抱在怀里，从头到尾一直低着头，下巴都快要贴在膝盖上了。"

"然后呢？你也没跟上去看看？"

不知什么时候，镇久已经从床上坐了起来。他微微睁着眼，认真地听着。

"虽然比不上你，但我也有好奇心的啊，所以就跟了上去。他先在高速客运站① 那一站换乘了三号线，之后又在道谷站换乘到盆唐线，最后在大母山站下了车。"

"然后呢？"

"然后，就没有然后了啊，我总不能一直跟着他吧，我还得回家呢！"

---

①高速客运站，首尔地铁站之一。

海美调皮地吐了吐舌头，像是在说"被我骗了吧？"而镇久则在一旁听得津津有味。

"嗯，挺有意思。"

"是吗？我就那么一说，没想到真还吸引你了，难得啊。"镇久笑了笑。

"那个男的大概多高？"

"怎么啦？你以为我对他有意思？他还没你高呢。"

"说具体点儿，大部分人都比我矮好吗？"

"比你……矮很多？其实他干瘦干瘦的，个儿也特别矮，算是相貌平平吧。"

"嗯，这样的话……"

镇久站起身，在屋里徘徊了几步，然后向海美说道：

"我们先从最普通、最合乎常理的角度来分析一下这个男人。就是说先不考虑意外情况，或者出乎意料的线索之类的东西。那么，至少他没有做出什么疯狂的决定，而是像个正常人那样，始终做着最合理的选择，这是我们进行分析的前提。"

"嗯，那又怎样？"

"首先，他紧紧地抓着他的包，那么，那个包里肯定有对他来说特别重要的东西。"

"嗯，肯定是那样啊，他就像抱着自己的老婆似的。"

"对他来说，他提着的这个贵重物品绝对不能丢了，或者被别人抢走，那么我们就先从这儿入手。第一个问题，他既然带着那么贵重的东西，干吗不打车呢？从论岘站到大母山站又不是很远，坐地铁还得倒两次呢，打车的话，比这安全多了。再说了，昨天天儿那么冷。如果说他在大母山有什么重要的约会，必须按时到的话，那坐地铁就更说不过去了。那个时间也不是什么晚高峰，比起坐地铁换乘两次，打车不仅距离最短，速度也更快啊。"

"他可能是怕晚上打车有危险吧？"

"女人的话，晚上一个人坐出租车害怕，还有情可原，一个大老爷们儿有什么好怕的？那么，能想到的最简单的原因就是——他没钱打车，或者是他信用卡或公交卡里的钱都不够，他身上的现金估计只够坐地铁的。"

"嗯，很有可能。"

"这大冷天儿的，又带着贵重东西，打车既安全又方便，肯定比来回坐地铁换乘强几百倍啊。可他既没钱，也没信用卡，没法打车到他想去的地方，那么可见他家应该就不在大母山地铁站附近。"

"为什么？"

"如果他家在大母山站附近的话，他完全可以让出租车司机先把他送到家，等到了之后再从家里拿钱给他，就是先送到再给钱呗。既然不是这样，那就说明他家肯定不在那儿附近。"

"这有点儿说不过去唉，很多人会嫌麻烦的，司机也可能不愿意啊！那倒不如去坐地铁，累是累点儿，可也不是不可能啊！"

镇久慢慢地摇了摇头。

"我们刚才不是已经得出结论，这个男人一定带着一个特别贵重的东西嘛。他在夜里坐地铁，行李丢失或者被盗的可能性比平时高多了，这不是自相矛盾吗？别忘了，我们可是从最合理、最符合常识的角度来分析他的行动的。如果他家在大母山附近，那他完全可以先打车到家之后，再付钱。可他并没有这么做，因为他家就不在那儿。

"那么他肯定也不是去那儿赴约，或者跑腿什么的。因为如果是的话，他就可以让在那儿等他的人替他付钱。同理，我们也可以推测出他的好友，或者亲戚家也不在那儿，虽然我对这个推测没有那么肯定。"

"有道理。"

"还有，这个男的坐地铁应该是因为遇到了什么突发情况，如果事先知道自己要带什么贵重的东西去大母山，那他肯定会准备辆车，至少也会随身带着打车的钱吧？"

"嗯。"

"那这个男人遇到的突发情况能是什么呢？肯定是在他去论岘站的路上意外得到了这个重要的东西，然后让他不得不在数九寒冬里独自跑到没有家，没有朋友，没有亲戚，也没有什么约会的大母山去。"

"嗯……不是很明白。"

"你可以这么想，你不是说他当时戴着一副女士墨镜吗？那他为什么要戴着这个和时间、地点还有他的性别完全不相符的墨镜呢？他肯定不是为了防紫外线，更不可能是为了吸引别人的注意，那么就只有第三种可能——为了遮住自己的脸。飞侠佐罗不也是只遮住眼睛周围，以神秘人的身份四处行侠仗义的吗？人只要遮住眼睛就不容易被认出来了。晚上坐地铁，还戴着女士墨镜，那肯定就是为了避免被人记住自己的相貌，这才是他最重要的目的。

"还有值得注意的一点，就是他在受伤之后选择了坐地铁。你不是说他脖子上的伤口特别新吗？那造成这些伤口的，既有可能是意外，也有可能是某件事。如果是因为意外，当晚也没有什么别的事情的话，那他应该先回家才对。就算男人不像女人那么在乎自己的外貌，至少也应该回去处理一下脸上的伤口吧？可是这个男人并没有这么做，而是提着一个不知装了什么的包，跑到和自己没什么关系的大母山去了。按照他当时的情况，就算用不着去医院急症室，最少也该赶紧回家吧。没法打车，偏偏要坐地铁去大母山，那么只能说明当时他在那儿有什么特别重要的事情要做。

"让我们来顺一下。他为了不让别人看到自己的脸，所以戴了副女士墨镜。甚至没来得及处理伤口，就提着个东西，坐地铁跑到了和自己毫无关系的大母山站。怎么样？就没想起来点儿什么？"

"没有……"

海美哭丧着脸哼哼着。

"假如，他犯了罪呢？你看到他的时候，应该正好是他刚实施了犯罪之后。"

"犯罪？"

"对，很有可能。如果真是犯罪的话，那么那个男人就是嫌犯。如果他是受害人，那他一定会先去警察局报案或者回家去，而不是带着伤，提个包，鬼鬼祟祟地做出这些可疑的行径来。这个家伙做了什么自己也没想到的坏事之后，不得不着急忙慌地提着这个重要的东西，坐地铁向大母山站赶去。这个突发情况让他毫无准备，没钱，没卡，没车，也没有便装之类的，可以用来伪装自己的东西，所以才戴着女士墨镜，来尽可能地挡住自己脸和脖子上的伤口，赶往目的地。"

"哦哦。"

海美先是发出像呻吟一样的声音，然后突然尖叫道：

"啊！我知道了！他这是抢钱之后要逃跑！"

镇久竖起右手食指，在海美眼前晃了两下。

"不是都说他没钱打车了嘛！要是抢了钱的话，还能没钱打车？"

"嗯，那倒也是。"

"突然变成犯罪嫌疑人的他，当时最急着要做的肯定就是销毁证据。"

"是吗……？"

"为什么他又偏偏选中了大母山呢？因为对于犯罪分子来说，山里往往是用来丢弃或者掩埋证据的'胜地'。"

"那照你这么说，包里面装着的应该是刀之类的凶器咯？他想去山里把它埋了？"

"如果是那样的话，他何苦大老远地跑到大母山去呢？直接扔到江里不就完了，论岘站离汉江还近一点儿。"

"也对哦，从论岘站去汉江附近的纛岛游园地站或狎鸥亭站不过三四站，一会儿就到。"

"这就是关键之处。如果他是想扔刀一类的凶器的话，那么去离他更近的汉江，才是最好的选择。为什么偏要导两次地铁跑去大母山呢？肯定有什么原因吧？那这个物证就是个能浮或者有可能浮出水面的东西。"

"啊，原来是这样啊！"

镇久稍稍顿了一下，又开口说道：

"那个物证有可能是尸体。"

"不可能！那个包里怎么可能放得下尸体？"

海美有些怀疑地说。

"放不下一整具尸体,但放进去一部分,应该没什么问题吧。"

"尸体的一部分？"

"对。想想那男人脸和脖子上的伤口，还有包里能被当做证据的一部分尸体，现在总能想明白了吧？"

"嗯……到底人身上的哪一部分才能被当做证据啊？"

镇久没有回答，突然陷入了沉默。过了一会儿，又转向呆呆看着自己的海美，自言自语道：

"等一下，今天我们也来履行一下自己作为一个公民的义务吧？"

"你这冷不丁地说什么呢？"

"哈哈，好戏登场了，看我的。"

镇久打开电脑，直勾勾地盯着屏幕，好像在检索着什么，最后掏出手机使劲儿按了几个按键。

"请问是江南区① 警察局吗？我是个普通市民，我要报案。"

"您请讲。"

"昨天夜里，论岘洞附近一个独居的女人在她家里被人掐死了。还有，她的两只手也被犯罪分子砍掉带走了。"

"啊？！"

"犯罪分子把那女人被砍下来的两只手埋在大母山了。请你们派人好好搜索一下，看看那里的土地有没有被新翻整过的地方。犯罪分子应该就住在论岘洞附近，从他的住处步行到犯罪现场，不会超过20分钟，而且他认识被害人。凶手个子不高，脸上还有被抓伤的痕迹。"

"先生，请问您是哪位？请先表明下一您的身份。"

镇久简单地说完自己的信息后，便挂了电话，然后冲海美抛了个媚眼。海美则被他刚才的举动惊了个目瞪口呆。

"你刚才那是和警察胡说什么呢？神经兮兮的，那些事情你怎么知道？"

"别着急嘛。"镇久说着，将手中散发着浓郁香气的咖啡递给了海美。

---

①韩国首尔江南区，位于汉江以南，大母山即是江南区警察局的辖区之一。

"你今天可是头一回这么招待我，你的好意我心领了！所以你就快点说嘛。"

"是吗？"

在海美的催促下，镇久像喝水一样，将杯子里未凉的咖啡一饮而尽，然后开口说道："我们先来说说这个男人身上的伤。如果他那晚确实犯了罪的话，那么他的伤口一定是在作案的时候留下来的，你不是说他的伤口看上去很新嘛。"

"嗯，这一点我同意。"

"很显然，这个男人最后达到了他的目的。而那些伤口是在他实施犯罪的过程中造成的，也就是被害人反抗时，在他身上留下的痕迹。那么，由于被害人强烈地反击和抵抗，而在凶手的脸上留下了那样的伤口，凶手是怎么实施犯罪的呢？"

"把她掐死的？"

"对。凶手的脸和脖子上的伤口，很有可能是被害人被其掐住脖子拼命挣扎时，留下来的。由此可见，被害人当时是做了抵抗的。"

"但……砍手又是怎么一回事啊？你怎么知道？"

"被害人的指缝里留有那个男人的血和皮屑，从里面提取出的DNA可是最好的证据，他怕的就是那个。指纹什么的可以在犯罪之后被擦掉，或者他提前戴好手套就行了。而且，如果凶手经常出入这个女人家的话，他的指纹也不能被当做证据。但是被害人死之前在指缝里留下的新鲜血迹和皮屑，还有里面的DNA，可都是具有决定性的证据啊。在犯罪之后，马上销毁这些至关重要的证据，才是凶手的当务之急。这个证物被扔进汉江的话还有可能漂起来，那这个东西还能是什么啊？当然是被害人的手了，而且还是整只手，不光是手指。因为这是一起突发性犯罪，所以凶手没有时间一根一根地切下被害人的手指。一刀把整只手砍下来，简单而又高效。所以那个男人先是砍掉了被害人的两只手，然后藏进包里，赶到大母山，把它们埋了起来。"

"啊，好恐怖，包里竟然装着两只手。"

"这可不是我的凭空猜测，而是结合那男人脸上的新伤口、急于毁灭证据而选择坐地铁、不去近处的汉江、而去大母山毁灭证据等一系列现象后，得出来的最合理最符合常识的结论哦。"

海美好像想起了什么，反问道："等等，似乎还不能断定他脸上的那些伤口是在被害人被掐住脖子反抗的时候留下的吧？两个人打架，难道不行吗？"

"不可能是打架。被害人可是个女的，一个男人身材再怎么矮小，也不至于和一个女人势均力敌吧。"

"你怎么知道受害人就一定是女的？"

"就像你刚才说的，男人的指甲大都是秃的，很少会留下那样像被抓伤的伤口。况且，有几个男人能被像他那样身材矮小的家伙活活掐死？还有，他不是戴着一副女士墨镜吗？可见这并不是一起准备充分的谋杀，凶手没有携带任何可以用来掩护或伪装自己的东西，所以那副墨镜可能就是他从被害人家里拿的。从这一点也能看出被害人应该是一名女性。他戴那个女士墨镜，也是怕自己被哪个眼尖的人认出来。可他并不在乎自己脸上的伤，一心只想着去大母山销毁物证。因为凶手事先什么都没准备，所以那个包说不定也是那个女人的。"

镇久又接着说：

"凶手砍下了被害人的手，还从犯罪现场拿走了被害人的墨镜和包，那么毫无疑问事发现场就是被害人的家咯。凶手要想砍掉被害人的手，那就需要刀具，可他并没有做任何想要杀人的准备啊，所以他肯定连刀都没带。如果他带了刀的话，那么他杀人的时候，直接用刀不就好了，干吗还要大费周章地掐死被害人，他的身体也没那么强壮。那么凶手肯定是在被害人家临时找了把刀，砍下了她的手。彻底毁尸灭迹固然更好，但他总不能就优哉游哉地坐在路边，把被害人的手砍下来吧？所以我刚报警的时候才对警察说那女人的尸体还在屋里。而且，如果她有什么朋友或者亲戚和她一起住的话，那个男人就更不可能在她家里下手了，因为说不定什么时候和她一起住的人就回来了。也就是说这个女人肯定是独居，而那个凶手又恰好对此了如指掌。"

海美目不转睛地看了看镇久的脸，然后微微歪了一下头。

"那个男人既然没钱为什么不先回家呢？他完全可以先回家等一切准备妥当了，再回到论岘洞的犯罪现场啊，那个时候再砍手，处理尸体什么的，岂不是更方便？他为什么一定要在犯罪之后马上带着被害人的手，将它们扔掉呢？这样做难道不危险吗？"

"就像你说的，如果他家有车的话，他就可以先打车回家，然后再开车返回作案现场，处理尸体，这也不失为一个好方法。但对于凶手来说，他并不能这么做。"

"为什么？"

"他有可能确实是没车，可即使有车他也不敢开出来。因为论岘洞的一大特点就是晚上的时候也会有熙熙攘攘的人群来回穿梭，所以开车出来太危险了。从作案现场往出搬运一整具尸体将会给他造成极大的负担，相比之下，直接砍掉能被作为直接证据的被害人的手，就算是一个相对安全又轻松的策略。

"对犯罪分子来说，先回家，等准备好之后再返回作案现场毁尸灭迹太过危险，这才是最具决定性的原因所在。如果女子的尸体在这期间被人发现，那么火速到达现场的警察便会将完整的尸体运走，他留在被害人指缝里的血和皮屑便会清清楚楚地暴露自己的罪行。虽然发生这种情况的可能性不太大，可一旦真的发生，对他来说便是致命的。所以在这件事情上他不会碰运气。对于此时内心焦急万分的凶手来说，隐藏留在被害人指缝里的证据，才是他的当务之急。不论是顶着酷寒，去扔两只断手，还是没钱打车给他造成的不便，在这首当其冲的危险面前，都不值一提。"

镇久喝了口咖啡润了润嗓子。

"这个男人是在一怒之下将被害人掐死的，因为他担心她指尖中的 DNA 会给他造成不必要的麻烦，便砍下了她的手。即使他知道在转移尸体的过程中，有被人发现的危险，即使这一过程复杂又辛苦，他也还是要跑到大母山去毁灭证据。这一点便告诉了我一件事情，那就是这个男人很有可能认识被害人，而且只要追查下去，轻而易举便能得知两人的关系。"

"这又是为什么？"

"原因就来自这个 DNA。假如杀害这名女子的是个与她完全无关的陌生人，比如说是个流窜作案的小偷，那么通过 DNA 残留根本就查不出这个小偷是谁。因为目前有犯罪前科的人的 DNA 信息还没有全部被收录进警察局的系统中去。可是，如果杀她的是她周围的人，那么警察就可以挨个对他们进行 DNA

取样，再将之与屋内被发现的 DNA 残留物进行对比，便可马上找出真凶。正因为这个男人认识被害人，所以他才不得不冒着被人看到的风险，坐着地铁去埋那两只断手。

"还有，就像我刚才说的。犯罪分子既然有充足的时间，在案发现场砍下被害人的两只手，那就说明这个女人肯定是一个人住的，而犯罪分子也很了解她家的情况。

"另外，从他并没有把那两只断手带回家处理，也可以看出一些事情。虽然他这样做可能是因为他家里还有别的人，但即便如此，他也完全可以把它们装进包里，偷偷带进自己屋里啊。可他不仅没有这样做，反而还不辞辛苦地跑到大母山去埋这两只手。假如在他实施犯罪之后，女人的尸体被人发现的话，那他马上就会成为被怀疑的对象，警察说不定什么时候就会找上门来。如果凶手只是一个路过的小偷，那他就完全不需要有这么多的担心，肯定会把两只断手带回家慢慢处理。可那个男人并没有这么做，因为他觉得这样做太危险了。由此可以推断出我之前告诉警察的那条信息，即以他和被害人的关系，在其死后他肯定是第一个被怀疑的对象。"

"还有，你说从他家步行到犯罪现场不超过 20 分钟，这又有什么证据呢？"

"这考验的就不是推理，而是猜的水平啦……这个男人既没钱，也没有交通卡和信用卡，照这个推论，他之前也很有可能是走着去犯罪现场的。这么冷的天，我觉得作为一个正常人，谁都不会在外面走路超过 20 分钟吧？最起码也应该坐公交车啊。既然他没有选择这么做，那就有两种可能。一是两个人的家离得不远，二则是他们的家都离公交车站或者地铁站很远，凶手走着去还是坐公交去被害人家，对他来说基本没什么区别。像昨天那种鬼天气，以普通人的标准最多能在外面坚持 20 分钟吧？如果步行所用的时间比这个长的话，即使路远他也会去坐公交或者地铁的。所以我才猜从他住的地方走到犯罪现场不超过 20 分钟。"

"哼，步行时间超过 20 分钟就一定要坐车吗？这是你这个怕冻的懒人的标准吧？你说的这一点我不能认同。"

镇久点了点头，咪咪笑了。

"知道啦，没能成为你心目中的硬汉，对不起咯。"

海美此刻可没心情理会镇久的辩解，她担心的是镇久会不会因为恶意报假警而被警察追究责任。

第二天早晨，心里一直半信半疑的海美便从报纸上读到了一则新闻，这则新闻让她大吃一惊，差点把喝进嘴里的咖啡又吐了出来。新闻上说警察在论岘洞的一个小单间里发现了一名独居年轻女性的尸体，是被人勒住脖子窒息而死，双手也被凶手砍掉。因为事发蹊跷，与案件相关的细节随后不断被披露出来，但更让海美难以置信的是几天之后真凶被抓捕归案的消息。警察在大母山挖出了被害人的两只手，并通过对比和追踪上面残留的DNA物质，成功抓获了行凶的那名男子，被抓后他对自己的罪行供认不讳。此人平时一直暗恋着被害人，还经常尾随跟踪她。案发当晚，凶手顶着严寒，一路从学东路的家中走到论岘洞去找那名女子，没想到竟受到了冷遇，于是一时冲动掐死了她。女子被掐住脖子的时候，拼命挣扎，将凶手的脸抓伤。因为担心自己的DNA被查到，为了隐藏证据，男子便将她的两只手砍了下来，装在包里，最后埋在了大母山。得知了案件真相的海美极度震惊，匆匆赶往镇久的公寓去找他。

"简直太不可思议了，竟然全都被镇久哥你说中了！光凭地铁上看到的那个男人，就推断出了一起谋杀案，你真是太牛了！"

受到海美表扬的镇久十分得意。

"谢啦，还得多亏你和我提起这件事啊。"

"咦，要是不这么得意忘形的话，还能觉得你可爱一点。"

海美好像突然想起了什么，开口向镇久问道：

"可几天前你报警之前上网查什么了？"

镇久嘴角上露出一抹怪笑。

"我去查了查报案能给多少奖金。"

"奖金？"

"对啊，能为抓捕罪犯提供决定性线索的人，会得到奖金的。"

"哦，原来还有这种制度啊。那他们能给多少奖金呢？"

"按照上面写的，杀人案的话最多能给2千万①。虽然具体的数额最后要由委员会来定，但我提供了从案发现场到嫌犯信息等许多具体的线索，所以大概能给到这个数儿吧。"

"2千万？哇，这么多。"

海美的脸上写满了惊讶，紧接着，又嗔怪起镇久来。

"哼，我就知道，你才不是为了什么履行公民义务报的案呢。"

听到海美说起这个，镇久赶忙转移了话题。

"今年冬天太冷了，不然等钱到手之后，我们一起去夏威夷吧？"

说完，镇久便摆出一副冲浪的动作来。"虽然这个家伙看上去笨手笨脚的，但作为男朋友，多少还算是有点用吧"，海美想。

---

①约合122000元人民币（按2014年6月汇率计算）。

小憩：马丘比丘之梦

"南美？"

海美惊讶地反问道，将重音放在了"美"字上。

"对啊，又不是去度蜜月，估计去夏威夷也没什么意思。现在咱们也有钱了，所以这次干脆就走得远一点吧。"

镇久把一张世界地图铺在厨房的餐桌上，拿着根圆珠笔不停地转来转去。上次那起大母山埋尸案的凶手被抓获之后，镇久如愿以偿地拿到了一笔奖金，这趟南美之行可是他冥思苦想之后，才想出的花钱方案。不知不觉间，韩国已迎来了日益和煦的春天，整个冬天一直都在做着的夏威夷之梦，此时看上去也不再那么迷人了。

"那可以去欧洲啊？干吗非要去南美？"

"你看看地图，南美可是离韩国最远的地方，如果你在韩国挖个坑，一直往下挖的话，最后就能出现在南美的某个地方哦。难得现在还有点闲暇，不然估计以后连去的机会都没有咯！"

"说什么呢，你又不要工作。"

"我说的不是我，你不是马上要上班了吗？等你上了班，我还能和谁去啊？"

其实，在上班这件事情上，海美对镇久撒了谎。她这样说完全是为了刺激自己这个懒散的男朋友，没想到他竟然对自己的话深信不疑。但她的小计谋似乎并没有奏效，镇久得知这个消息后，没有表现出丝毫想要发愤图强的决心，只是早早地开始谋划起一起出去玩儿的事情来。

"怎么听上去像是别的女人都不愿意去，让我替她们去的意思啊？好啊。不过夏威夷是有点儿俗了，现在又不是70年代。但南美那么大，你到底想去哪儿啊？"

"去南美，当然首先要去看看神秘的马丘比丘啦，那是一片被誉为'空中城市'或者'失落的城市'的古代城市遗址。"

其实充斥着性感美女的巴西里约狂欢节，才是镇久最想看的东西，但他在网上查了一下，遗憾地发现活动早在二月就已经结束了。不管怎么样，马丘比丘的大名，海美还是知道的。

"啊，就是那个建在山沟里的小村子呗？"

镇久扔下了手中的笔。

"……听听这用词，唉，还没走呢，就开始打击人的积极性了。"

就这样，镇久和海美开始为他们的南美之行做起了准备。

所谓的"世界七大奇迹"本就是一种奇怪的称谓。虽然当我们说到埃及金字塔、印度泰姬陵，还有中国长城的时候常常会用到，但不知从什么时候起，能被冠以这个称号的名胜古迹已经超过了七个。谁都无法一口气举出这所谓的"七大奇迹"到底是哪七大奇迹，而且事实上现在也没有一个公认的评选结果。广为人知的古代七大奇迹大部分已经消失了。最近，某大财团火急火燎地推出了一个"新版世界七大奇迹"，里面竟然把1931年建成的里约热内卢救世耶稣像也算在内，这让人们不得不怀疑它的可信度（享誉世界的吴哥窟竟然被一座用20世纪的先进工艺建造的巨型雕像挤出了"世界七大奇迹"的行列，这种不可思议的事情让谁都无法苟同）。用"七大奇迹"这个词不过就是个向世人宣传某一古迹的噱头，想说明它的伟大完全可以和世界七大奇迹相媲美罢了。不论是别人这么说，还是自己这么宣传，那些被选为"七大奇迹"的名胜古迹，事实上大部分都不为人知，整天把它挂在嘴边，只能凸显自己的无知，光是镇久听过的就不下 70 个。但是，马丘比丘作为一个几百年前修建在海拔 2300 米山顶上的人类遗迹，不管按照怎样的标准，它都不能被排除在"世界七大奇迹"之外。

"这个家伙难得还想做件大事"。

这么久以来，海美头一回觉得自己的男朋友还不是那么一无是处。这趟突如其来的南美之旅，让她难掩自己激动的心情，她主动在网上查找起所需的信息来。飞机票当然是最先需要准备的东西了。想去马丘比丘，就首先要到秘鲁的首都——利马。秘鲁位于南美洲大陆的西海岸，再往西就是广袤的太平洋。虽然古代印加文明所遗留下来的无数名胜古迹，以及纳斯卡平原上著名的"纳斯卡线条"① 让这个国家成了一个著名的旅游胜地，但由于远隔重洋，路途遥远，韩国目前还没有能直飞秘鲁的航班。主要是乘坐飞美国的航班，然后在当地转机，但选择这条路线的话，至少要在中转机场等候 30 个小时，前提是乘坐韩国本土航空公司——大韩航空和韩亚航空的班机。如果选择

---

① "纳斯卡线条"位于南美洲西部的秘鲁南部的纳斯卡地区，是存在了 2000 年的谜局：一片绵延几公里的线条，构成各种生动的图案，镶刻在大地之上，至今仍无人能破解——究竟是谁创造了纳斯卡线条、它们又是怎样创造出来的、神秘线条背后意味着什么，因此纳斯卡线条被列入十大谜团。

搭乘外国航空公司航班的话，则至少要中途转两次机，整个行程将会超过 40 个小时。虽然一想到这一点，就让人心惊胆战，所幸飞机票的价格还算便宜。

海美将世界地图铺在厨房的餐桌上，然后把镇久叫到了身边。她用圆珠笔在地图上连续画了几条线，将韩国、太平洋另一端的美国、还有美国下面的秘鲁三个国家连在了一起。

"在美国的洛杉矶或者旧金山转机的话，整个行程就能控制在 30 个小时以内。可如果从加拿大或者其他国家走的话，就得转机两次，时间也得 40 个小时左右，不过飞机票很便宜哦。我们不然就这么走吧？"

"我们这次本来就没多少时间，干吗非要浪费那么多时间遭那个罪？这可是我们第一次出国旅游，钱的事情你就别担心啦，就选最快、最方便的航班来买。还有，要买韩国航空公司的机票，贵一点也没关系。"

虽然镇久的口气不小，但海美心里却暗暗叹了一口气。刚开始镇久说要走得远一点的时候，海美还曾为他的雄心壮志感到高兴，可现在，她又该怎么看这个有了钱之后，就马上变得大手大脚的男人呢？果然是前途堪……

"看个地图，你摇什么头啊？"

"没有啊，没事。"

"是觉得太累了吗？这次就只能将就一下啦，下次我保证让你坐上头等舱。"

未来像夕阳一样暗淡的镇久，不仅没有看出海美内心中的苦恼，还一个劲儿地给她开着空头支票。

网上的机票搜索结果告诉海美和镇久，他们已没有多少选择的余地了，只能在 3 周之后出发。那个时候，韩国航空公司的航线中只有两条能最终飞抵冷门的秘鲁。他们预定了当天最后一班飞机的机票，而且要在美国亚特兰大转机。这班大韩航空的飞机从仁川国际机场飞抵亚特兰大需要 13 小时 30 分钟，在亚特兰大机场等候 6 个小时后，他们将转搭达美航空[①] 的飞机飞往利马，飞行时间是 6 小时 45 分钟。这是一趟整整需要耗时 26 小时 15 分钟的长途旅行。另一条在洛杉矶转机的航线最终也需要 30 小时 30 分钟才能到达目的地。

然而，想去马丘比丘的话，光到利马还远远不够。还要先坐车到海拔 3400 米的山城库斯科，从那儿再坐 3 个小时的火车到一个名叫阿瓜斯卡连特斯的小村落，最后再坐大巴车穿过蜿蜒曲折的山路，才能登上马丘比丘古城。

---

① 美国达美航空公司（Delta Air Lines, Inc.）是一家总部位于美国乔治亚州亚特兰大的航空公司（通常简称达美航空，常被译为"三角洲航空"或"德尔塔航空"）。达美航空是"天合联盟"（SkyTeam）的创始成员航空公司之一。

"啊？这么走的话，估计还没到，人就没命了。"

镇久可是下了很大的决心，才决定去马丘比丘的，可海美的这番说明却把他吓了一跳。但海美的心里却怀着仿佛就要去"探险"般的兴奋，没有表现出丝毫的畏惧。等去完马丘比丘，她还打算去看看那里世界上海拔最高的大型湖泊——的的喀喀湖①。虽然时间有点紧，但她觉得既然都到那儿去了，索性再顺便去一趟玻利维亚也未尝不可，反正有镇久陪在身边，自己也不会孤单。

心思细腻的女性怎么说都要比男人们更擅长打点行装。镇久把目的地告诉海美之后，便什么也不管了，这让海美不得不一个人跑前跑后地准备各种东西，忙得不可开交。

她首先要做的就是为自己这十几天的旅行杜撰一个合适的借口，好骗过自己住在束草②的父亲。最后她告诉父亲自己为了就业，要去某个偏僻的地方参加一个为期 10 天左右的专业实习培训。"最近就业是挺困难，可还有这样的培训呢？"父亲的担忧让海美的心中顿生歉意。对她来说，手机的自动漫游功

①的的喀喀湖位于玻利维亚和秘鲁两国交界的科亚奥高原上，的的喀喀湖是南美洲地势最高、面积最大的淡水湖，也是世界最高的大淡水湖之一，还是世界上海拔最高的大船可通航的湖泊，是南美洲第三大湖（仅次于帕图斯泻湖）。湖中有 52 个岛屿，大部分有人居住，最大的岛屿的的喀喀岛上有印加时代的神庙遗址，也是印第安人的圣湖。
②韩国城市名，位于首尔西部的江原道。

能也是个大问题。在国外的时候如果父亲给自己打电话的话，便会收到"您所拨打的电话已开通国际漫游业务，是否为您连接？"之类的短信，那时她的马脚肯定就要露出来了。所以她干脆告诉父亲自己在参加培训期间不能接电话，然后打算等旅游的时候全程关机。

除此之外，她还得去采购旅游指南、腹带、旅行背包、衣服、拖鞋、墨镜、防晒霜、护肤水、精华乳、面膜等各种零零碎碎的小物件。海美买的东西基本上都是自己用的，镇久虽然对此心有不满，怎奈他在行前准备的事情上，没出多少力，也只能忍气吞声了。但更让镇久受不了的是海美的屋子里放着的两个大旅行箱，一个是粉红色的，还有一个是红色的。

"这是什么？你不会是想让我一个大男人拉着它到处跑吧？"

"不懂就别乱说，我知道你想拉那种常见的黑色或者灰色的旅行箱，但那种颜色的箱子在机场既容易搞混，又容易被偷，小偷把包提走的时候，你都分辨不出来。而这种粉红色的呢，小偷就是看到了也不敢下手，因为太显眼啦。"

"挺行啊你……"

镇久自然是不会想要拉粉红色的那个了，只能把那个红色的旅行箱拉回了自己往十里的家。

"我们的飞机是早晨10点的，这可是我们第一次出国旅游，最晚也得提前两个小时到机场，明白了吗？"海美向镇久反复强调着。

"那我们 8 点就得到机场咯……那岂不是最迟 7 点就要从这儿出发，6 点半就得起床？"

"别掐着点算啦！途中要是再有什么意外情况怎么办？早点起来准备，越早越好！"

"哦。"镇久心不在焉地答道。

海美永远都信不过这个家伙。

"之后三四天里可没有飞秘鲁的航班，要是错过了这班飞机，整个旅行可就全泡汤啦！而且我之前已经把'培训时间'告诉我爸了，想改都改不了了。"

"知道啦，知道啦。"

"谁让你平时老睡懒觉，我出发那天早晨打电话，叫你起床。你要是迟到的话，我可不等你，我一个人去玩儿，把钱都花光了，再回来。"

"哦。"镇久还是心不在焉。

可是，不论一个人再怎么懒，马上就要和女友一起去南美旅行了，那懒觉还能睡得着吗？但奇怪的是，海美总有一种不祥的预感。

就这样在忙忙碌碌地做各种准备工作的时候，不知不觉间3周已经过去了，明天他们就将踏上此次南美之旅。

出发前的这天下午，镇久被海美住在东边二村洞的大伯周兴福叫到了家里。在自己新建厂房的通风管道里发生怪事之后，海美的大伯才开始注意到镇久。但这天叫他来却是另有其事，确切来说应该叫"不是事儿的事儿"。餐桌上放着一瓶水井坊和一盘糖醋里脊。周兴福给镇久满满斟了一杯酒，他接过酒杯，掉过头去，便将酒一饮而尽。这种高端白酒在好一点的中餐馆要卖40万块一瓶，味道自然是没的说。但明天一大早镇久还要赶往机场，这才是让他感到犯难的事。其实，镇久早就料到周兴福会找他的。

"和你爸说你离家时间的时候，不管是去实习还是什么的，记得把日期往前提一天。"

在海美给父亲打电话"谎报军情"之前，镇久先对她嘱咐了一番。

"为什么？"

"虽然他还没见过我，但他多少也知道你身边有我这么个男朋友啊。"

"这倒是，他估计也是听大伯说，才知道的。"

"站在一位父亲的角度上讲，自己的女儿因为什么实习培训，突然要离家十几天，心里肯定会犯嘀咕的啊。他肯定会怀疑你是不是和什么男人出去了，你身边的男人除了我，还能有谁？而且你大伯还认识我，他先看看我在不在首尔，然后再确定你和你爸说的到底是真话还是假话。等她证实了你的话，这趟'无法更改'的旅程的第一天也就变成了你去参加'实习培训'的第一天，这样他们就会以为我出国旅游的前一天，你就已经去参加培训了嘛，所以你不可能和我在一起。"

"嗯，这样也好。"

就像镇久事先预料的那样，海美的大伯周兴福在镇久出门的前一天，把他叫到家里来果然是受海美父亲之托。看到镇久大大方方地登门造访，大伯才彻底放了心，至少他能确定海美今天确实已经去参加培训，明天不会和镇久一起同行了。心里藏着事儿，把镇久叫来也没用什么恰当的理由，周兴福和他除了一个劲儿地吃吃喝喝之外，也没什么好聊的。一瓶水井坊下肚，镇久才从酒桌上站起身来，此时已经是夜里11点了。

向周兴福道别之后，镇久打了辆车，此时他的脑袋已是昏昏沉沉，这就是一瓶50度白酒的威力。

到家之后，醉醺醺的镇久简单洗漱了一下，就上了床，可怎么都睡不着。人在重度醉酒的状态下，反而更不容易入睡，这种状态往往会让人十分难受。那感觉既像是春游之前那种满满的期待，又有第二天必须要早起的压力在作祟。他试着合上了眼，可不一会儿，又情不自禁地瞪着双眼盯着天花板。镇久的生物钟已经适应了他"夜猫子"似的生活方式，它可不管第二天有没有事儿，此时正兢兢业业地履行着自己的职责。勉强喝下去的酒只能加剧镇久身上的疲惫感。海美"别喝酒，早点睡！"的叮嘱虽然听上去更像是命令，但下午的时候，为了帮海美摆脱嫌疑，他确实也是迫不得已。但他着实没想到海美的大伯会这么"狠"。

"与其躺在这儿干瞪眼，不如熬一夜，明天直接到飞机上睡好了。"

于是镇久起身打开了电视，躺在沙发上看了起来。

世上的很多东西都是这样，等你快要放弃的时候才会送上门来，困意亦是如此。凌晨时分，不知不觉中，镇久隐约感觉到自己合上了眼。难道是那瓶浓烈的水井坊的后劲儿上来了？此时的他已是身不由己，任何力量都托不起他那千斤重的上眼皮了。"好吧，现在睡，明天早晨起来不就行了。"镇久一边想着，自己渐渐模糊的意识里却有另外一个声音在回响，"不行，这样下去会出大事的……"相对于战胜这来势汹汹的睡意，还有更严峻的问题摆在镇久面前。他还没有定闹钟，甚至还没有来得及为他那早就开始"嘀嘀"叫唤的手机换上电池，他明天早晨可还要用它来接海美叫他起床的电话啊。

    仁川国际机场的候机大厅里，海美手里紧紧地攥着手机，气得浑身发抖。她也没能早早起来，手忙脚乱地收拾了一下行装，从家出来就给镇久打电话，没想到他竟然还没开机。现在已经没有时间再去他的公寓找他了，虽然心中很是不安，但怀着一丝对镇久的幻想，她在蚕室搭上了去往仁川机场的机场大巴。

    海美原本想着可能会在登机口碰到镇久，可找了一圈，哪儿都看不到他的影子。他可能是没找着地方吧？海美怀着这样的期待，在硕大的仁川机场来回找了两次，从 A 排值机柜台一直找到顶头的 M 排。最后，登机时间已到，她已没有办法再等下去，只能独自在值机柜台取了登机牌，向安检口走去。在这期间，她一有空便给镇久打电话，可他的手机始终处于关机状态。难道这个家伙昨天晚上又喝多了，没起来？要不然就是又睡懒觉去了？海美此时既没有心情搭理身旁琳琅满目的免税商品，也丧失了吃早餐的胃口。她要搭乘的那班飞机已经开始通过广播催促还未现身的乘客尽快登机了。

    "我千叮咛万嘱咐，结果……镇久这个浑蛋！"海美的眼角里满满地噙着泪水。

不然不走了？海美虽然有这个想法，但对镇久的怨恨已让她再也无法继续迁就下去了。"我凭什么要为了这个懒得要死的家伙，放弃辛辛苦苦准备了几个星期的旅行？当初他报案得来的巨额奖金现在基本上都掌握在我手里，必要的行李和信息也都准备妥当，自己一点儿也不亏啊。我一个人正好还能提升一下规格，来一次彻底的豪华旅行吧！住店只住五星级酒店，吃饭只去旅行手册上推荐的两星以上的餐厅，这都不算什么，说不定到了那儿，还能见到不少的金发帅哥呢。我和那个家伙已经彻底完了，我现在是单身！"

海美一上飞机，就毫不犹豫地按下了手机的关机键。

这个时候，背着旅行包，拉着拉杆箱的镇久才刚刚连滚带爬地从机场大巴上跳下来，心中的焦躁已让他满头大汗。当他赶到大韩航空的值机柜台前，递上自己的身份证的时候，回应他的是女职员"登机已经结束"的回答，那女职员半弓着身子，语气中满是歉意，仿佛是自己做错了什么一般。

镇久赶忙从口袋里掏出手机看了看，这才发现自己光顾着往来赶，竟然忘了开机。他给手机换上电池重新开机之后，手机上便显示出十几个未接电话，原来海美从凌晨开始到刚才一直都在给自己打电话。除此之外，还有几条充满火药味儿的短信，"赶紧起床！！！！！""你死了吗？还是你想死？"但真正让他脊背发凉的是海美最后一条冷冰冰的短信：

"拜。拜。"

镇久在向柜台工作人员说明了情况后，他们核查了一下，告诉他海美确实在乘客名单上。看来她真的怀着一腔对镇久的无限怨恨，打算一个人完成这趟南美之旅了。

"这下全完了……"

镇久拖着自己快要虚脱的双腿，"嗵"的一屁股坐在了候机大厅的某个角落里。要是海美还没走的话，不管怎么样，镇久都还能好好安慰安慰她。但她此刻已坐在了飞机上，心里只有对自己的恨。在这次旅行结束前的十几天里，这股恨意不仅不会减弱一丝一毫，反而还日益加重。为了避开父亲的电话，海美在这十几天里肯定是不会再开机了，这就意味着镇久自己也无法联系到她。睁一只眼闭一只眼，让这件事情就这么过了可不是海美的性格。爱憎分明的海美，哪怕有一次失信于她，都很难再得到她的谅解。即使事情还没发展到这种地步，但镇久这个海美男朋友的地位也已是岌岌可危了。

"我和她就这么完了？"

他和海美分手了，那是一种强烈而又真实的失落感。

女人多得是。光是在这候机大厅里，能让全巴黎的女人都无地自容的高挑优雅的美女就比比皆是。镇久一个人坐在椅子上，呆呆地注视着眼前的这一切，陷入了沉思。过了一会儿，他猛地站起身来，重新向值机柜台走去。

正所谓"屋漏偏逢连夜雨"，坐在海美旁边的竟是个身材臃肿的中年大叔。这种人，海美历来唯恐避之不及，但看来她今天的霉运还没走到头。像这样的乘客哪怕坐在那儿一动不动，都会让旁边的人感到浑身不舒服。一般来说，这样的大叔都没什么礼貌。本来镇久的事儿就让海美够烦心的了，现在身边再坐个爱和小姑娘搭讪的中年大叔，让这趟旅程痛苦缠身，对她来说不过只是个时间问题。好在这个男人并没找自己说话，但没想到更可恶的还在后头。他不仅独霸了海美座位一侧的扶手，还"哗啦哗啦"地来回翻着报纸，没过多久竟连鞋也脱了，毫不拘束地打开双腿呼呼大睡起来。在这本就拥挤不堪的经济舱里，海美就像人质一样，不得不老老实实地收着腿，有苦说不出。

韩国大妈们的无礼形象早就广受诟病，但大妈们的那种无礼还算不了什么。看看那些与大妈年龄相仿的大叔们，一个个脱了军装之后，依然不改自己霸道的本色，估计大妈见了他们也得望洋兴叹。拜自己身旁的这个男人所赐，海美对韩国中年男性的形象有了更加深刻的认识。

这一切都是因为镇久这个浑蛋！

往常一沾枕头就着的海美，此刻睡意全无，她心头的那股怒气还原封不动地留在原地。为了逼自己忘掉这些烦心事儿，她看了一部又一部显示器里播放的电影，还掏出书来看了一会儿，甚至连喝了几大口飞机上提供的红酒，可这一切的努力，都是徒劳。他到底出什么事儿了……？海美尝试着想要去理解镇久，可是不论她怎么想都觉得这已经超出了她应该理解的范围。时间一点点地过去，海美心中的那股怒火也一点点熄灭了，但那冷却下来的愤怒，也让她渐渐冷静了下来。

其实，她从一开始就不怎么信任镇久，只不过是被他那张看上去白皙而又纯真的脸给欺骗了。这个意志薄弱的家伙不仅上大学的时候中途退学，还大言不惭地说什么自己不愿意和别人走一样的路，整日做着一些不切实际的白日梦，对于找个像样点儿的工作这种事更是想都不会想。藏私房钱的事儿倒是没有，可每次一有点儿钱，就像这次一样，先想着怎么花掉。其实，以旁观者的身份去观察镇久这样的男人还是一件蛮有趣的事，可一旦不小心卷入到他的人生当中呢？就会遭遇像今天这样的糟心事儿。虽然大手大脚，什么也不操心的女人有的是，但那并不是海美的风格。镇久呢，虽然平日里时不时的爱嘟囔几句，说话也不过，常常不经过大脑思考，但本性还是善良的。至少和那些表面上关心别人，实际上更关心自己的伪君子比起来，他要强多了，尽管不曾亲眼见他照顾过谁。眼下，凭着自己的外貌、性格，或者是那笔从天而降的巨额奖金，他看上去还多少有点用，可以后他又该怎么办呢？海美知道，那种一般意义上的前途，在镇久身上并不存在，朋友们也对她和镇久相处的事议论纷纷。她也知道这件事让平日里几个看自己不顺眼的人常常在背后幸灾乐祸……可这一切的一切，她都默默承受着，坚持和他在一起，可这个家伙竟然做出这样的事！不，一定要冷静，生气的话，自己岂不是成了最后的输家？

前途什么的以后再说，不管镇久找什么样的借口，眼下这个放自己鸽子的事儿，她都无法原谅，更别说这还是他们第一次出国旅行。何苦一个人在这儿自怨自艾呢？当初帮他脱离苦海的可是自己啊，现在，他已经彻底出局了。

等等，我是不是被人家甩了？那个不自量力的家伙该不会是为了和我分手，故意演了这一出吧？这点儿小聪明他还是有的……

海美越想越是心烦意乱，在万米高空上低气压的作用下，胃里的酒精一个劲儿地往上翻。仿佛掉进了深井里的她，怀着缭乱的心绪，不知不觉间进入了梦乡。

在亚特兰大机场漫长的候机，更像是那种不安的延续。这是英语不怎么样的海美，第一次在万里之外的异国他乡度过如此漫长的时光。该不会是我上错飞机了吧？而且，机场刚才通知说从亚特兰大飞往利马航班的起飞时间被推迟了，这意味着她还要在这让人焦躁的等待中煎熬两个半小时。

飞往利马的达美航空的飞机上，充斥着一种与大韩航空完全不同的紧张气氛。当然，只有海美才能感觉到这种不同。首先，空姐们已经从黄皮肤的韩国人变成了白人、黑人还有拉美裔的美国人。她本想大大方方地向她们要上一杯可乐来喝，却怎么也开不了口。"唉，其实我也不是很想喝啦"，海美就这样可怜地安慰着自己。然而真正的原因是她那拿不出手的哑巴英语，让她"吃不到葡萄说葡萄酸"罢了。这些乘客里面，别说是韩国人，就连个亚洲人的影子也找不到。现在她反倒怀念起那个不懂礼貌的中年韩国大叔来。算上候机时间，前面总共已经走了20多个小时，现在还要再加上7个小时，这已经到了海美所能忍受的极限。可更让人受不了的是，等她结束旅行返回韩国的时候，还得再经受一遍这样的痛苦。她心中那股即将喷发出来的怒火只能朝镇久发了，"这个浑蛋死定了！"

在离家整整 29 个小时之后，海美终于站在了秘鲁首都利马的土地上。因为比预定时间延长了很多，此时的利马已经是午夜 12 点了。海美一步步从飞机舷梯上走下来的那一刻，再也无法抑制自己眼中的泪水。多亏她选了一个粉红色的行李箱，不然要想从传送带上的一大堆行李中找到自己的箱子，不知会有多难。即使是对于青春年少的她来说，这漫长的飞行也是一件劳神费力的事。海美勉强打起了精神，可那双无力的手刚把箱子拎起来，便罢了工，箱子又重新掉在了地上。明天能不能见到金发帅哥都不重要了，海美现在只想马上赶到预订的酒店，舒舒服服地睡上一觉。

海美用身上的最后一点力气把行李放在了手推车上，她推着小车从入境处大门里走出来，便来到了机场大厅。虽然已是深夜，但站在出口处接机的人却一点儿都不少。航班延误让每一名乘客都是一脸的疲惫与焦躁，但与亲人久别重逢后的喜悦，还是让其中的几个人露出了微笑。来接机的人群中，有的捧着鲜花，有的手里举着一张大纸，上面写着"Mr.(某某先生)"的字样，有的是来接旅行团的，还有的则是来接生意伙伴的。

海美就像被霜打了的茄子，眼前的这一切，她只有羡慕的份儿。

"他们真幸福，现在只要跟着来接自己的人就行了。再看看我，只能大半夜的一个人叫辆出租车去酒店了"。

万念俱灰的海美一个人推着手推车，孤零零地走出了入境处，但突然出现在眼前的一幕，让她惊讶得不敢相信自己的眼睛。

竟然有人举着一张写着"Miss.周海美（周海美小姐）"的纸。

那明明写的就是韩语啊！她赶紧揉了揉眼睛，重新辨认了一下，可那张被高高举起的白纸上确实写的就是自己的名字。

等等。

那字体海美感觉非常熟悉，那七扭八歪的字体不就是……？

她把视线从被两只胳膊举着的纸上往下一移，一张她再熟悉不过的面孔，映入了眼帘。

竟然是镇久！

海美大吃一惊，站在原地说不出话来。镇久怎么会出现在这里？这确实是她需要思考的问题，可那都是后话了。海美扔下手推车，向镇久冲了过去。

"呀！你这个浑蛋！"

海美狠狠地抓着镇久的衣领摇来摇去，然后那无力的小拳头不停地打在他的胳膊和肚子上，最后紧紧地抱着镇久号啕大哭起来。

镇久在机场大厅里给海美找了个座儿，温柔地帮她拭去脸上的点点泪珠。海美的心情稍一平复，便迫不及待地质问起镇久来。

"你到底是怎么回事？为什么手机一直关机？你不是应该错过飞机了吗，怎么跑到这儿来的？"

"这些都不重要啦，我现在在这儿不就好了嘛。"

"赶紧说！少废话！"

"我也是坐飞机来的啊。"

"什么？我怎么没看见你？"

"我错了，真的。我昨天喝醉了，结果早晨没起来，等赶到机场的时候，登机时间已经结束了。于是我就苦苦地央求工作人员，最后他们网开一面，允许我在舱门快要关闭之前上飞机啦！"

"是吗？那你怎么不来找我？"

"对不起嘛，本来想去找你来着，可是那时候酒还没醒，上飞机没一会儿，就睡着了。"

"胡说！那在亚特兰大机场候机的时候呢？在去秘鲁的飞机上呢？你一直醉了二十几个小时吗？"

海美愤怒地瞪着镇久，刚才还泪汪汪的眼睛里此时充满了怀疑。

"亚特兰大机场可不小，我一个人在免税店里逛了逛，差不多也是赶在飞机快要起飞前，才登上飞机的。因为实在适应不了时差，所以一上去就睡着了。可我不还是早早地下了飞机，在这儿等你了嘛。"

"呵呵……两个一起坐了 30 个小时飞机的人，竟然一面都没碰到？这可能吗？"

"事实就是这样啊。"

虽然海美对镇久这似是而非的解释半信半疑，但如果镇久真的没搭上飞机，他现在也就不可能出现在自己面前了，所以她也没有什么理由不相信他的话。可对于他一直不来找自己，只顾着一个人闷头睡大觉的事儿，海美还是无法原谅。

"你怎么就能睡这么长时间？你是冬眠的熊啊？你知道吗，我一个人都快要无聊死了。最后找不到你人影儿的时候，气得我都下定决心要和你分手了。"

"不是吧，我胆子再大也不敢扔下你不管啊。"

镇久冲着筋疲力尽的海美挤了挤眼睛，提着行李，站起身来。

海美躺在库斯卡医院急诊室的病床上，镇久守在她的身旁，可从他的脸上看不出一丝的担忧，但海美此时已无心顾及这些了。她睁着朦胧的双眼，头上戴着氧气罩，普通的打针输液对她已经不起作用了。镇久看着她，小声地嘀咕了一句。

"这高原反应还真不是吹的，海美都起不来了。"

　　小城库斯卡秀丽的风景让每一名游客都深深地陶醉其中，但其高达 3400 米的海拔让来到这儿的无论白人、黑人还是黄种人都先进了医院，无一幸免。那个在酒店遇到的健壮的白人一边大喊着"Wow, I'm fucked up（我感觉糟透了）"一边来回摇着头。正在写旅行手册的镇久虽然看上去还很正常，但实际上他也没能躲过这一劫。缺氧导致的高原反应，远比重感冒造成的剧烈头痛更让人难受，游客们也因此要尽量避免做诸如奔跑，或者提重物之类的高强度运动。据说咀嚼用来制造可卡因的古柯叶可以缓解症状，但很多人尝试之后，发现几乎没什么作用，最有效的治疗方法还是吸氧。当地的每一家酒店几乎都配备有吸氧装置，赶在头痛欲裂之前，花个几十美元便能体会到那种瞬间让人神清气爽的神奇效果。

　　两个人在马丘比丘古城逛了一天，等晚上一回到酒店，果不其然，便又出现了高原反应。支撑不下去的镇久从酒店"买"来了氧气，而海美则一直硬扛着，嚷嚷着什么自己才不是重症患者，结果最后不得不打车，又来到了医院急诊室。对于海美这样的病人，当地医院的医生们早已习以为常，看到他们时的表情与看到商店里来买零食的客人时的表情别无二致。不过让人欣慰的是，即使算上打车的钱，在医院吸氧的费用也要比在酒店便宜很多。

"马丘比丘确实是个好地方，可这高原病实在是……"

海美吸氧之后渐渐恢复了，她拿掉氧气罩，缓缓地说。

"要是想骂我，你就骂咯，说点什么'你发神经了吧'之类的。"

"怎么会，除此之外，别的真的都挺好的。这次要是不来，估计我一辈子都没有什么机会再看到马丘比丘了。"

呈现在海美眼前的正是白天时她所登上的那座山，那山峰苍翠得仿佛都要流出绿汁来。山顶上的那个古老的村落，那个人类用顽强的意志力所铸造的奇迹，还依旧岿然伫立在那里，俯视着周围的一切。在岁月的冲刷之下，昔日宏伟的屋顶已经不在，曾在这里繁衍生息的古印加人也早已消失，但从那用石头堆砌而成的墙壁和广场中，依然可以一窥这座古城几百年前的英姿。这巧夺天工的建筑物与高耸入云的山峰的完美融合，美到让人窒息。为什么要在这么高的地方建个村子？当时是怎么把那么重的石头搬上去的？这些细枝末节的东西，不知道也罢。对海美来说，这一天的旅程已经成了她一生中一段无与伦比的美好回忆。游荡在小路旁山坡上悠闲地吃着草的一只只温驯的野马，每当山地列车短暂驻足，就会走上前来，热情地兜售她们的手工地毯的印第安妇女们，那颗粒饱满的灰色玉米的诱人香味儿，还有那些身着五颜六色传统服装耐心与游客们合影的可爱的模特们……

等两个人从医院出来返回酒店的时候，天已经黑了下来。

"高原反应确实让人不堪重负，可我们还得在这儿待一天。再感觉不舒服的话，也只能买氧气克服一下了。"镇久说。

"这么看来，难道以后连氧气也要买吗？我们把买水喝看作常事也才没几天呢。"

"……一想到这事儿就让人憋屈。我们去前面广场那边，找家餐厅吃晚饭吧。"

镇久先海美走出了房间。紧随其后的海美在出门之前用脚踢了踢镇久的红色旅行箱，想把箱子往里推一推。她一想到镇久嘴里一边嘟囔，一边拉着自己给买的红色旅行箱在机场里游荡的样子，就觉得好笑。

就在海美往里挪行李箱的时候，她无意间看到了贴在箱子把手上的行李签。嗯？这……

一朵疑云浮上海美的心头。

库斯卡的阿玛斯广场这一带突然下起了暴雨。这个小城还有个别名叫作"地球的肚脐眼"，而这个阿玛斯广场就可谓是它的肚脐眼了。殖民地遗风至今还深深地残留在这片土地上。广场上伫立着一座巨大的西班牙式教堂，站在上面，可以俯瞰广场全貌，而广场四周则铺着带有明显欧式风格的石子路。路旁则是一圈由白色的墙壁、笔直的圆木、木制的阳台所拼凑而成的小巧玲珑的咖啡馆，环布在整个广场四周。突如其来的暴雨把广场冲刷得一尘不染，在咖啡馆前，来回穿梭的车辆都开着大灯，把那幽幽的石子路都染上了一层淡黄。

最终，镇久和海美挑了一个二层靠窗的位置。从这里看下去，整个阿玛斯广场都尽收眼底。他们在这儿吃过晚餐后，又点了些啤酒。餐厅里面，一个印第安乐手怀里抱着一个长得和风笛差不多的传统乐器，演奏着一曲安第斯地区的音乐，那声音轻快中又带着隐隐约约的凄凉。不知何时，这首快要让人呜咽的曲子被一首热情的舞曲取代，光着脚的舞女轻盈地扭动着腰部，在人群中跳起舞来。有的客人跟着音乐的节奏用双手打着拍子，有的则手里端着啤酒，随着音乐一起摇摆，餐厅内的气氛在他们的带动下瞬间变得活跃起来。窗外，滂沱的大雨无情地击打着阿玛斯广场，让万物都笼罩在蒙蒙雾气之中。不一会儿，雨势竟渐渐小了下来。

"真好啊，不知道什么时候才能再来。"

镇久若有所思地注视着窗外，然后呷了一口啤酒，感叹道。

"你没和我说实话吧？"

"这是什么话？"

"你那天来晚了，压根儿就没赶上那班飞机，对吧？"

"……"

"我看到你箱子上贴着的行李签了，就是航空公司贴在你行李箱上的那张纸条，和我的不太一样哦。"

"呃……"

"怎么回事？"

"其实……"

从镇久的表情可以看出，他有些惴惴不安，刻意避开了海美的视线。

"对不起，你猜得没错儿，我那天确实错过那班飞机了。"

"啊？那是怎么回事？除了我的那条航线，没有其他任何一种方法能在 30 个小时以内到达秘鲁的啊，你怎么能比我还快呢？"

"我当然有法子咯。"

"什么法子？明摆着我走的路线才是最快的啊，从韩国到美国，再从美国到秘鲁。除此之外虽然还能在加拿大中转，但那个肯定耗时更多。而且那个时候能飞秘鲁的只有我那一班飞机，不是说前后三天都没有其他可以飞秘鲁的航班的吗？尽管还能从美国洛杉矶中转，但那样走的话 30 个小时之内肯定到不了。你究竟是怎么做到的？"

海美连珠炮似的向镇久抛出了一串儿问题。镇久皱了皱眉头，只得一一作答。

"还可以从反方向走嘛。"

"什么反方向？"

"就是向地球西边走，先飞到巴黎，然后在巴黎坐飞机到秘鲁咯。"

这是一个让海美目瞪口呆的回答。

"地球是圆的，秘鲁的位置呢，几乎就在韩国的正对面。不论是向西走还是向东走，最终到达秘鲁所用的时间都应该是差不多的。我们已经习惯了把太平洋作为世界地图的中心，左边是亚洲和欧洲，右边是美洲大陆，因为这样的话韩国就可以处在世界的中心位置。但这也让我们形成了一种思维定式，总觉得从韩国去南美的最近路线就是向东走，穿越太平洋，产生了一种向西走，就是在舍近求远的错觉。但如果你见过欧洲人或者美国人的世界地图的话，你就会发现他们把大西洋放在中间，左边是美洲，右边是欧洲。同理，他们这么做也是为了彰显自己的中心地位。所以韩国和日本经常被他们称为远东地区，就是所谓的'Far East'。看了那幅图，你可能就会更想从欧洲方向去南美了。"

"那么，你从西边的巴黎转机和在美国转机，再飞到秘鲁所用的时间是一样的吗？"

"一般情况下，当然是要更久咯。主要是因为从美国转机的航线已经运营多年，乘客也比较多，所以那样走相对来说会快一些。但那天我的运气实在是太好了。误机之后，我赶紧问了一下，发现当时去往欧洲方向的机票还剩很多，去欧洲的机票原本是很紧俏的。其中最快的是飞往伦敦、巴黎和法兰克福的几个航班，正好两个小时之后韩亚航空有一班直飞巴黎的飞机，我就马上刷信用卡买了票。在飞往巴黎的飞机上，我又用笔记本电脑上网预订了巴黎飞秘鲁的机票，两个时间正好衔接上。他们那边飞南美的航线数量远非我们的航空公司所能比的。在巴黎戴高乐机场等了2个小时20分钟之后，我便登上了法国航空直飞秘鲁的航班。首尔到巴黎12个小时，候机2个小时20分钟，再从巴黎到利马12个小时20分钟，总共耗时26个小时40分钟。虽然我比你晚了两个小时才到仁川机场，但没想到你的飞机在亚特兰大延误了两个多小时，所以最后我还是比你快。按照原来的航行时间，我应该比你晚到的，所以我决定到利马之后，马上去我们订的酒店找你。可我在利马机场一打听，才知道你的那班飞机因为延误，还没到呢，于是我就守在机场的入境口等你啦。"

海美手里端着啤酒，默默俯视着窗外已云销雨霁的阿玛斯广场。此时的她陷入了深深的苦恼当中，因为她不知道自己是该责备这个违背诺言把自己气了个半死的镇久，还是该称赞他为了来见自己，而不惜从西半球绕到这里来的良苦用心。

旅馆里的死亡

一

一个有些驼背的 50 多岁中年男子，推开
旅馆的玻璃门走了进来。外面已是日薄西山，
萧索阴冷的天气让人完全没有步入春天的感觉。
男子上身那件脏兮兮的卡其色夹克眼看就要变
成黑色，底下那条皱巴巴的裤子上也满是泥污。
他肩上扛着一个破旧的旅行包，将自己的脑袋
隐藏在一个半月形的连衣帽下，走到旅店前台
那被涂得漆黑的玻璃窗下，说道：

"给我开间房。"

兜帽里，一个高个儿中年男人的神态隐约
可见。老板像是和来的客人相熟似的，赶紧探

出头来打了个招呼。

"呦，您又来啦？今天还是那间房？"

"当然。"

"为什么您偏要住那间房呢？"

"拐角的房间安静嘛，您又不是不知道。往日也不见您说什么，怎么今天突然问起来了。"

男子轻声埋怨了一句，就没再和老板说话。坐落在忠清北道永同郡一条僻静公路后面的"无与伦比"旅馆，是一座高三层的雅致的小旅店。坐在门口接待室里的余春吉似乎也不是很愿意将两人的这段对话继续下去，便将那把挂在一根塑料棒上的 309 号房间的钥匙递给了面前这个老态龙钟的男性客人。虽然三层靠拐角的房间有两个，分布在走廊的两侧，但 310 号因为旅馆老板自己要用，不对外出租，所以 309 号便成了三层两个靠拐角的客房中唯一可以入住的房间。

男子用他那双黝黑又长满老茧的手接过钥匙，向楼梯的方向走去。从两人的对话可以看出，上门的这个男子貌似是这家旅馆的常客，而且还是今天唯一的客人，余春吉看了看他的脸，没再说什么。男子缓缓地沿着楼梯走上三楼，谁也没有注意到他那一脸的疲惫。

没有客人入住的客房的门都是开着的，大部分的房间都还空着。男子轻轻一推，309 号房的门就开了。他一进屋就一下瘫倒在床上，连身后的门都没来得及锁，然后一把把包扔在了床旁边的桌子底下。

他看上去也不是像要睡觉的样子，既不开灯，也不开电视，只是直愣愣地睁着双眼，躺在床上。就这样大约过了一个小时，他才缓缓地起身，打开了枕头旁边小桌上的床头灯，之后提起了放在桌上的电话。电话前面贴着一张写有"24 小时神速外卖"字样的贴纸，上面是当地各家提供食物外卖服务的餐馆的广告。与这张广告纸并排贴着的还有另一张贴纸，上面印着"华盛顿茶楼"几个字和这家店的电话。男子先按了一下 9 号键，然后按照广告上所提供的信息，拨通了那家茶楼的电话。

"喂？"

电话那头传来一个听上去已年过五旬的女人的声音，像是很不耐烦的样子，连"这里是某某茶楼"之类的话也没有。

"无与伦比旅馆 309 号，送杯咖啡。"

男子简单明了，好像一个字儿都不愿意多说似的，那嗓音撕裂而又沙哑。看来他对点外卖这样的事情，已是驾轻就熟了。

"知道了。"

男子放下听筒，重新躺回了床上。

距离男子点那杯咖啡开始，时间已然过去了许久。差不多一个小时之后，309号房的房门外传来一阵"咚咚咚"的敲门声。

"来了。"

男子一边用沙哑的嗓音回应着，一边打开了房门，一个提着小包的女人从外面走了进来。虽然她为了掩盖自己的真实年龄，留着一头二十多岁小女孩儿才有的长发，但谁都能看出来她已经三十五六岁了。她上身穿一件挂满了花边的天蓝色上衣，下面则套着一条黑裙子。

"快来，咖啡要坐在地上喝嘛。"

男子从床上站起身来，盘着腿坐在了床旁边的地板上。

"哎哟，真是重死了，你怎么连灯也不开？"

女子瞥了一眼坐在地上的这个男人，打开了屋里的灯。

"刺眼。"

听到那男人的话，女子又赶忙把灯都关了，只留了一盏小夜灯。不知是因为害羞还是觉得无趣，自从进了屋，女子始终都没有好好地朝男人坐的那边看过几眼。她一句话也没说，坐在地板上一个一个地解开了自己背来的小包。里面包的是装着咖啡的保温瓶和两个用来喝咖啡的杯子，还有几包咖啡伴侣和白糖。

"三杯以上才会送的，这个你应该知道吧？"

女子貌似是不太相信眼前的这个家伙，又试探性地问了一遍。

"知道，不就是钱吗，多给你点儿不就是了，都拿走。"

男子取下挂在床旁边的夹克，从口袋里拿出钱包，然后把钱包里所有的纸币都掏出来，塞进了女子的手里。

"哇，大哥你好帅啊！谢谢。"

女子一把接过男子给她的三张5万块和两张1万块钞票，美滋滋地塞进了自己裙子的内兜里。那女子心情一好，连手底下的动作也变得麻利了起来。她赶忙将两只塑料杯子放在地板上，打开保温瓶，熟练地将咖啡倒在了杯子里。随后，她问那男人需不需要加糖和咖啡伴侣，而那男人只说了句"你自己看着调吧"。那男人并没有马上喝下女子为他调制的咖啡，而是呆呆地盯着它看了好久，然后突然把头抬了起来。

"小姐怎么称呼？"

"我叫贤儿，刘贤儿。"

"多大了？"

"29岁了。"

一段毫无意义的对话，因为不论名字还是年龄都是假的。男人许久没再说话，而坐在一旁的女子则一直注视着他，略带疑虑地问道：

"大哥，不然我帮你把咖啡热一下？不过要另算钱。"

男人还是没说话。他半蹲着抓住之前放在桌子底下的包的一端，把包从里面拉了出来，从里面掏出了一个小玻璃瓶，那是装胃复安①的药瓶。女子不知道他要干吗，只是呆呆地注视着他的一举一动。

男人拧开瓶盖，分别往自己和女子的杯子里倒了一下。从瓶子里倒出来的东西并不是液体，而是看起来像白糖一样的粉末。

"这是什么东西？"

男子并没有回答她的问题，反而像是在自言自语似的说了句：

"在做这一行的女服务员里，你看上去算是比较善良的了。日子不好过吧？我活得也好累，对家人来说，我就是个负担，不如今天我们一起走吧。"

这话怎么听都像是将死之人临别前的倾诉。

"你这是什么意思？"

"我一个人就这么走了的话太孤单了。吃进去这么多的氰化钾，死不过是一瞬间的事儿。我们一起走吧，一起舒舒服服地走吧。"

---

①胃复安（Maxolon），又名灭吐灵，一种用于治疗消化不良、食欲不振、呕吐等胃病的药物。有片剂和口服液两种，文中所指应为口服液，故用玻璃瓶装。

男子端起两只杯子，把其中一只送到了那女子的嘴边。

"你疯了吗？我的老天爷！"

女子尖叫着，猛地站起身来。她被男子这出人意料的异常举动吓坏了，像座雕塑一样站在那里，一句话都说不出来。那男子也跟着站了起来，手里端着自己的杯子向她靠了过去。女子见状大吼了一声"你别过来！"，然后一把捡起脚边上的保温瓶，套上鞋向门外冲去。

"永，别，了。"

只听"哐"的一声，女人重重地合上门，飞也似的逃出了309号房。屋里只剩下了两只杯子和一个眼神里写满了疲惫和漠然的男人。

二

见多识广，人缘颇好的海美偶尔也会给镇久介绍一些能赚到钱的活儿。但这次，海美亲自到他的公寓来找他商量的这件事，怎么想都觉得和赚钱没什么关系。

"你说死亡地点是永同？"

镇久端着一杯咖啡坐在厨房的桌子上，心不在焉地问道。

"也还好，不是特别远啊。"

从海美的语气中能听出她多少有些过意不去，因为连她自己都觉得这是个异常艰巨的任务。

如果非要追究这件事和海美的关系的话，那只能说死者是海美一个远得不能再远的远房表舅，名叫杨文曜，54 岁。他的尸体前不久在一家小旅馆里被人发现，据警方说是自杀身亡。这家名为“无与伦比”的旅馆坐落在忠清北道最南端永同郡的一条公路的尽头。如今杨文曜的家里只剩下与他同岁的妻子和正在上大学的儿子两个人相依为命。之前，认识人多，又好管闲事的海美拉着这个远方表舅妈的手，安慰她的时候竟也感同身受，没控制住自己的感情，哭成了泪人儿。

别的暂且不说，光是他们家贫寒的家境就不得不让人为之动容。原本就没多少收入的一家三口，如今失去了家里唯一的经济支柱后更是雪上加霜。孤苦伶仃的两个人，不，事实上，孤苦伶仃的人只有海美的这位远房表舅妈。他的儿子杨玧浩虽然是个男孩儿，却整天像个女生似的喜欢化妆打扮，成天买一些名牌服饰和奢侈品，把买新衣服更当作家常便饭。只要是看上眼的东西，即使身上没几个钱也一定要千方百计把它搞到手，他深信只有所谓名牌的东西才是好东西。他还是一家高端健身俱乐部的会员，身边的女人也像走马灯似的换了又换。当然，他那奢侈的生活方式需要很多钱才能维持，他就像一只啄木鸟一样一点一点掏空了他的父母。后来竟然还嚷嚷着让父母给自己买车，简而言之，这个孩子就是一点儿都不懂事。逼得他母亲整日唉声叹气，宁可他像有些孩子那样，整天在家打游戏。杨玧浩沉溺于名牌和打扮中难以自拔，他的思想已经完全脱离了现实世界。对他来说，钱不过就像是水龙头里自动流出来的自来水，只须在父母面前一闹，钱便会自动飞进自己的腰包。父亲杨文曜的身死异乡，也没能成为这个不孝子改变自己生活方式的契机。

不知道为什么，杨文曜之前通过三家不同的保险公司共购买了最高赔付额高达6亿韩元的人寿保险，这与他的收入完全不成正比。可因为他是自杀身亡，所以他的家人一分钱的保险赔偿金都拿不到。

"自购买保险之日起两年之内自杀的投保人，不能得到保险理赔金。"

三家保险公司几乎都给出了相同的答复，拒绝了他们的赔偿请求。

"像那个大叔一样买保险不到两年就自杀的，人家本来就不给赔。"

镇久一边习惯性地用手指敲击着咖啡杯，一边肯定了保险公司员工给出的答复。不知道什么时候，海美已走到了镇久面前。

"我那个表舅妈说，表舅绝对不可能是自杀。虽然她对此并不是百分之百肯定，但她一直相信她丈夫绝对不是那种随随便便就抛下妻儿，一死了之，没有责任感的男人，甚至连一封遗书都没有留下。”

"可再怎么说，警方那边都已经以自杀为结论结案了啊，难道还能翻案不成？"

镇久稍微把身子向后挪了挪，说道。

"不是啦，表舅妈哭得死去活来的，跟我说绝对不是那样。她说他是被人害死的，我觉得也是。"

海美为什么对一个完全是从别人嘴里听来的故事，如此的确信呢？镇久对此感到有些莫名其妙。原来她的自信是有原因的。

"所以，我就跟她说我认识一个哥哥，他正好是解决这方面问题的专家。"

"什么？我才不是什么专家呢。保险方面的东西，我除了医疗保险之外，什么都不知道啊。"

"我说的不是保险，是调查的事儿啦。你不去调查的话，谁还能来揭开这件事的真相啊？只要能找出证据，证明我那个表舅不是自杀，就可以顺利地拿到保险金咯。当然，钱只是一方面，更重要的是要抓住杀人凶手，不是吗？"

"先谢谢你这么抬举我，把我想得这么牛。可你这不是请我去揭开真相，而是让我去制造一个可能根本就不存在的事情啊。怎么可能把一起自杀案变成谋杀案嘛？总不能凭空捏造一个杀人凶手出来吧？"

"所以说，现在连警察也还都被蒙在鼓里呢，绝对不是自杀！而且表舅妈还说了，如果你能把这件事解决了，到时候把保险金的 20% 作为酬劳送给你。"

"20%？"

这个消息让镇久激动得口水直流，已尝不出嘴里那浓浓的咖啡味儿了。6 个亿的 20% 也有 1 亿 2 千万啊。虽然翻案的可能性不大，可万一被自己歪打正着，以后干大事的启动资金也就有了。

"她还说，为了方便你开展调查，会先付给你一些费用。"

镇久放下手中的杯子，站了起来。

"坐火车能到永同那边吗？"

在赶往永同之前，镇久决定先去见见杨文曜的家人和同事，了解一下具体情况。

杨文曜的家在京畿道议政府市的一栋安居房里。楼道里被各种儿童自行车和废旧家用电器占据着，镇久费了好大的工夫才来到了他家门口，此时正赶上杨文曜的那个大学生儿子杨玧浩要出门。他穿着圆领羊毛衫，脖子上套着个围巾，下半身的牛仔裤上还绣着灰色的花纹，旁边耷拉着一条金属链子，打扮得相当时髦。

看到海美来，杨玩浩抬起尖尖的下巴，随意地问候了句"姐姐，你来啦"便走了出去，连看都没看镇久一眼。看起来并非是没有礼貌，而更像是天性使然。作为儿子，他的脸上看不出丝毫失去父亲后所应有的悲伤，可能只感觉到了被断了财源之后的不便吧。

"哇，他穿的牛仔裤是'True Religion'①的哎。"

海美回头望着杨玩浩离去的背影，惊讶地感叹道。

客厅里，杨文曜的遗孀林虹淑已为坐在对面的海美和镇久倒好了茶水。她脸上的泪水已经干了，只能看到星星点点的泪痕，但她内心中的那股怒火，谁都能感觉得到。不是"他杀"而是"自杀"，仅一字之差便让巨额的死亡赔偿金与他们失之交臂，看来这件事让她如骨鲠在喉，十分不满。林虹淑额头上密密麻麻的皱纹让她看上去压抑而又忧郁，性格多少有些内向的她没想到一开口却是条理清晰，滔滔不绝。

"我丈夫生前在一家名叫'汉川机械'的机械制造公司上班。

---

① True Religion（中文译名：真实信仰），美国顶级牛仔裤制造商，以追求卓越的细节著称。产品100%在美国制造，装饰部分皆以手工完成，价格昂贵，受到全世界许多明星的追捧。

那个公司虽然规模不大，但也算是历史悠久吧。既然是和机器打交道，为了搞销售和维修什么的，经常到外地出差也是难免的事儿。他们公司在永同有一家规模很大的合作商，所以那个地方他常去。虽然离得不远，但大多数时候都是先修完机器，然后在当地住一晚，第二天才回来，我也不知道是不是就一定是因为业务的原因。男人嘛，一个人住在外地，其实……明摆着的事儿嘛，肯定会花点钱找个小姐玩玩，好在他也没背着我找个小老婆什么的。这些事我也不是不知道，可也是睁一只眼闭一只眼。只要他还愿意养着这个家，能好好待我和儿子就足够了。"

"哦，是啊。"

听她这番话，这对夫妻之间似乎已经没有什么感情可言了。可她为什么要把这些事儿告诉两个外人呢？镇久虽然感到有些意外，但他马上就知道了她这么做的理由。

"他住在永同的那天晚上，估计是叫了茶楼的小姐。后来听那个小姐说他把毒下在咖啡里，让人家陪他一起死，结果那个小姐被吓得连话也说不出来，逃跑的时候，头都没敢回。然后就听说他自己在旅馆里服毒自杀了。"

杨文曜服下的毒被称为氰化钾。当时屋里发现了两个咖啡杯，一杯满满的没动，另一杯则快被喝光了。在杨文曜身边发现的是那个被喝过的空杯子，剩下的就是他当时要喂给茶楼小姐喝的那个。

"第二天，旅馆老板看一个客人也不来，便上楼去看了看，没想到竟然发现了那一幕。"

"您确定您丈夫是被氰化钾毒死的吗？他身上就没有别的伤口？"

"反正警察是这么说的……"

"如果真是这样的话，按照目前的情况来看，这几乎就可以肯定是自杀无疑了。"

"那个老家伙虽然有他阴暗的一面，可他真的不是自杀的啊。"

"您就这么了解您的丈夫吗？"

"……你说我们都这把年纪了，还有什么好想不开的呢？经济上是有些困难，可就算为了孩子，也得活下去啊，怎么可能想着去寻死呢。"

杨文曜是被人谋杀的，林虹淑对此深信不疑。可她唯一的证据就是她作为死者家属的那份感觉——"他不是那种人"。当然，这也能算作一个非常有力的理由，如果能让人亲眼看到的话。可现在既然不能，那这种感觉就一点儿用都没有。

"可再怎么说，杨大叔也给自己买了6个亿的人寿保险啊。"

"他哪儿有那份心，那是我硬着头皮买的。"

"……这样啊。"

所谓购买人寿保险就是对家庭负责的论调，如今已被人们广泛接受。不知道为什么，镇久总觉得脊背后面透着阵阵的凉意。他突然想到，等将来自己咽气之后，自己未来的妻子会为自己内心中那种矛盾的感觉感到难为情——面对自己离去时淡淡的悲伤和手捧着巨额保险金时，溢于言表的喜悦，想想就觉得可怕。或许海美也……镇久看了一眼身旁的海美，发现她只是一脸沮丧地看着她的表舅妈。林虹淑仿佛意识到自己走了神，赶紧接着说道：

"我已经向法院提起了诉讼，把那几家保险公司告上了法庭。"

"有律师愿意受理您的案子吗？"

"大部分都说不行，只有一个律师说他可以先试试看。他说虽然赢的可能性不大，但顺利的话可以让保险公司答应协商解决，说不定到时候还多少能拿到些钱……"

镇久抱着试试看的态度问了一下林虹淑，他想知道在诉讼过程中，她是否曾索取过与杨文曜自杀案相关的材料。林虹淑说在发起民事诉讼的时候，她的辩护律师曾当庭提出申请，希望法院能将警方的案件调查记录寄送给自己一份。原则上来讲，未结案案件的调查记录一般是不能提供给其他人的，可警方那个时候已经初步将案件定性为自杀，所以法院裁决部才将调查记录寄给了她。而她和她的律师后来复印了那份调查记录，所以现在他们的手上还留有一份复印件。

"那可真是太好了，我能看一下那份记录吗？"

"好，你等一下。"

林虹淑说完，便走进卧室去拿那份记录了。

"应该是自杀。"

趁林虹淑不在的时候，镇久小声和海美嘀咕了一句。

"为什么？"

"我要是生活在这样的家庭里，估计也得抑郁得活不下去。"

"这样的家庭怎么了？"

海美大声反问道，全然没有顾及周围的情况。

"嘘！你小声点儿，你难道不觉得这里没有一丁点儿家的感觉吗？两个人看起来就只是个同居的关系，了无生趣，正是这样的家庭状况，才导致了悲剧的发生。"

"你还知道家人的重要性呢？你不是说自己是个对什么都毫无热情，不知道感动的冷血男人吗？"

"我又不是机器人，如果整天待在这样的环境里，我肯定要郁闷死了。万一再得了抑郁症，一时想不开，说不定就自杀了。"

"哼，照你这么说，表舅妈她的感受应该也是一样的啊。

你说说我那个表舅，他也真是的，怎么能做出那种事，还把那种女人叫到旅馆里来？"

就在这时，林虹淑拿着警方的调查记录走回了客厅，镇久和海美也赶忙中断了对话。镇久从林虹淑手里接过文件，笑呵呵地说了一句：

"有了这个东西，事情兴许还能变得容易些。"

其实这份文件可帮了镇久的大忙，他那么说不过是故意说给林虹淑听的，这样他就可以在日后彰显自己在这件事情上的作用和功劳。

"你们等我一下。"林虹淑又回了趟卧室。等她回来的时候，手上多了一沓5万块钱的钞票。她把钱放在桌子上，推到了镇久面前。

"这是200万，是不久前那个老家伙的公司发给他的奖金，正好还放在家里……"

最上面的一张钱上用圆珠笔潦草地写着"大成机械"四个字和两个电话号码。镇久直勾勾地盯着桌上那一撂钱，而林虹淑似乎也感觉到了他的眼神，略带歉意地说了句："真不好意思啊，钱上面有些脏了，那个家伙有在钱上记东西的习惯。"

"没关系，钱上就算写了字儿也照样能花嘛，又不会掉价。"

镇久丝毫都没有要推辞的意思，一把拿起桌上的钱，塞进了自己外套的内兜里。那敏捷的动作分明就是想告诉对方这钱他拿得心安理得，理所应当。看来，双方都对这次的会面感到很满意。

"您能给我一张杨文曜大叔的照片吗？"

"还需要照片？"

"虽然不知道能不能用得上，但因为这是调查时所需的最基本的东西，有总比没有好吧。"

林虹淑又重新回了趟卧室，叮零当啷地翻了半天，才拿着一张杨文曜的照片走了出来。

"现在家里没几张他的照片了。"林虹淑说着把照片递给了镇久。

照片里，杨文曜看上去很悲伤，眼睛注视着正前方。照片上的这个中年男人用自己的死证明了他那郁郁寡欢的一生。调查记录，照片，还有钱，镇久揣起这些东西从座位上站起身来，对林虹淑说："那麻烦您和我们一起出去一下吧？"

"去哪儿？"

"我们得去趟杨文曜大叔生前工作过的汉川机械制造公司。我自己直接上门去找的话肯定不行，如果您能和我一起去的话，他们多少还能和我说两句话吧。"

只有带上林虹淑这个员工家属，镇久才有条件谎称自己是家属中的一员，也才能有说话的资格。林虹淑并没有拒绝，马上回屋换了身衣服。这个小伙儿没一会儿工夫就弄清了情况，之后便果断投入到下一阶段的行动当中去，果然很专业，从林虹淑的眼神里已经可以看出她对镇久的信赖。

杨文曜生前所在的公司——"汉川机械"位于金浦，而他家却远在京畿道的议政府市，单从距离上来看就已经很远了。去的路上，镇久、海美和林虹淑三人换乘了好几次地铁和出租车。所幸当天是个没刮沙尘暴的大晴天，一路上并没有太多的不便，但如果每天都要长途跋涉地去上班的话，就已经不再是痛苦，而是屈辱了。

"您家里没有车吗？杨大叔上下班怎么回家啊？"镇久问道。

"就我们家这个情况，哪有钱买车啊？"林虹淑就回了这么一句。

即便如此，他们还要给自己的儿子买名牌服饰和奢侈品。镇久虽然很想知道这种扭曲的顺从与溺爱究竟是从何而来，但这毕竟是人家的家务事，他也不好多说什么。

"因为我们没有专门接待客人的地方……"

接待镇久一行人的是身着公司制服的经理程文顺，相对而言，他看上去还很年轻。他的办公室虽然很大，但陈旧而又杂乱。屋里的一角放着一张看上去已有些年头的小圆桌，桌子上铺着一张绿桌布和一块和桌面大小一致的圆玻璃。镇久他们三个人围坐在了圆桌周围，每个人的面前都放着一个一次性纸杯，里面还有一小包袋装绿茶。刚一坐下，冒充杨文曜侄子的镇久便迫不及待地开始发问了。

"听说我表舅经常要去外地出差？"

"对，杨部长出差的话，一般都要在当地住一晚才回来。"

"这回他不幸去世的地方是永同，请问他经常去那儿出差吗？"

"对，他常去，我们公司在那边有几个大客户，主要都是些木材加工厂。我们卖给他们的都是些木材压缩机和切割机，而这类机械的日常维护和修理都是由杨部长来负责的。"

"永同那个地方按理说也不是很远，为什么一定要让他在那儿住一晚呢？"

"公司并没有这样的硬性要求。"

程文顺经理连连摆手否认道。对于这家公司来说，所有和"承担责任"有关的问题，毫无疑问都是敏感的。

"是吗？"

"杨部长多住一天完全是他自己的决定。他出差只坐大巴车或者火车，因为他说他开车的话会腰疼，很难受。只要去外地出差，他当天都会一直工作到下午。他说大晚上的坐长途车或者火车回家太累，所以还不如在当地住一晚，第二天再走。他本人无法早点儿完成任务，我们也不好说什么。但公司除了会给他报销交通费和差旅费，还是会报销他在当地住宿的费用。"

"就是那个'无与伦比'旅馆？"

"去永同的话，他一般都会住在那儿，永同那个地方没有什么高档酒店。再加上本来就是一天之内便能解决问题的事儿，因为自己的原因再花公司的钱住一晚酒店，未免不太合适吧。"

"他平时在公司有说过什么想死啊，活不下去了啊之类的话吗？"

"没有，没有，从来没说过。他这个人啊，老实忠厚，待人随和，所以和大家的关系都非常融洽，丝毫看不出他有轻生的念头。"

"看，我说的没错吧？"

一直坐在一旁没开过口的林虹淑突然插了一句。镇久这才明白过来，原来由总经理代表的公司与林虹淑如今有着一致的利害关系。林虹淑除了坚持丈夫是被人谋杀的主张外别无他法，因为只有这样她才能拿到巨额的保险赔偿金。而这样的结果对于杨文曜的公司来说也是利大于弊的，因为这个案子如果真的被判定为自杀，那后续的各种利益纠纷就会纷至沓来。家属一定会将杨文曜的死归咎于工伤，也就是"公司劳动强度过大导致杨文曜罹患抑郁症，并最终自杀"。

完事儿后，海美和林虹淑首先站起身来，走出了办公室。镇久则慢慢吞吞地跟在他们后面，等她们两个人走出办公室的时候，镇久又偷偷摸摸地回到了程文顺面前。

"我表舅貌似是为了找小姐，才经常在出差地多逗留一晚的吧？"

镇久这是明知故问，而程文顺对此也没有否认。

"哦，嗯，好像是吧。"

"这事儿公司里的人应该也都知道吧？"

"认识他的人当然知道咯，都是男人嘛，在一起喝酒的时候，难免会聊到这些话题。可是，这个和……"

"我表舅第一次见那个小姐，就让人家陪她一起去死，我只是觉得您可能知道他为什么要这么做。"

"呃，这个……"

这是一个比"我怎么可能知道"更加模糊的回答。

"希望您能如实相告！表舅他虽然是自杀的，我们也想弄清他自杀的真正原因到底是什么，该接受的我们自然也会接受的。"镇久接着说。

显然，镇久这是在暗示程经理他不会将杨文曜的死归咎于工作的。代表公司利益的程经理自然很乐意听到这样的声音，如果真能这样的话，他也就没有必要再隐瞒他们在酒桌上所说的话了。于是，程文顺开了口。

"杨部长呢，只要稍微多喝一点，就经常会说这样的话。他说他自己辛辛苦苦赚钱养家，可家人对自己却没有丝毫的关爱，反而那些自己花钱叫来与他共度一晚的女人，倒是更加善良，单纯。如果非要说有什么理由的话，这个不知道能不能算作一个。"

"在去往阴间的路上，他宁可选择一个只和他过了一夜的小姐，也不愿意选自己的家人。他这样的心情我也完全可以理解啊。"

"……不管怎么样，都希望他能一路走好。"

程经理冲着要走的镇久双手合十行了个礼，表情十分真诚。那一刻，他仿佛不再代表公司，而代表的是曾和杨文曜同甘共苦过的同事。

三

火车是去永同最便捷的交通方式。在首尔站坐一个小时左右的 KTX 到大田，然后在大田换乘"无穷花号"再走三十多分钟就到永同了①。但因为还要在大田站换乘，所以如果顺利

---

① KTX（Korea Train Express）即韩国高速铁路，时速 250 公里左右，基本相当于中国的"高铁"，连接韩国主要大城市，目前有两条线路。"无穷花"号，韩国一种火车的名称，为韩国铁路系统中最慢的列车，但路线众多，可前往较偏远的地区。

的话，还要在那儿等上半个小时。

镇久坐上 KTX 后便开始阅读那份从林虹淑那儿要来的调查记录。警方对这起案件的描述十分简单，而且他们所调查出的内容也乏善可陈。

案发那天下午的 7 点半左右，杨文曜入住了"无与伦比"旅馆的 309 号房。之后，他拨通了华盛顿茶楼的电话，点了一杯咖啡。一个小时之后，化名为刘贤儿的茶楼服务员袁溪顺便拎着装有咖啡的保温瓶进了屋。之后，杨文曜便将事先准备好的氰化钾倒进了两个人的咖啡里，让她喝下去陪他一起死。被吓坏了的袁溪顺连滚带爬地跑了出去。第二天上午 11 点半的时候，旅馆老板余春吉看这个唯一的客人一直都不见出来，觉得很奇怪，便到 309 号房去查看，没想到杨文曜已经死在了房间里。当时，309 号的房门虽然关着但并没有锁，早已断了气的杨文曜坐在地板上，后背倚在床边，地上还放着两个用来盛咖啡的塑料杯子。尸检的结果表明为氰化钾中毒致死，在杯子里也检测出了大量的氰化钾成分。全身没有任何外伤或死前与人打斗的痕迹。杨文曜所携带的旅行包旁边还放着一个空药瓶，标签显示是"胃复安"。瓶子里还残留有极其少量的粉末，经检测后发现该粉末即是氰化钾。杨文曜的最终死亡时间大概是前一天晚上的 7 点到 9 点之间，这也与茶楼小姐于 8 点半左右逃离他房间的说法相吻合。

镇久后排的座位上，海美和林虹淑两个人正并排坐在一起，聊着天。海美的嗓门虽然有些大，但这并没有影响到全神贯注的镇久。镇久合上手中的调查记录，闭上眼睛，陷入了沉思。感到无聊的海美从镇久身后摸了几下他的脖子，镇久不高兴地摆了摆手，示意她别闹。

在大田下车之后，他们去餐馆吃了乌冬面，顺便在那里等下一趟车。这期间，镇久一直都没怎么说话，等坐上开往永同的"无穷花"号之后，亦是如此。列车从大田开出之后，一路上都是郁郁葱葱的树林和连片的蔬菜大棚，还不时地穿过一些架设在溪谷上的桥梁，饶有兴味。而坐在后排的林虹淑和海美的心情却迥然不同。林虹淑呢像个木头人似的，从头到尾一言不发，面无表情。而坐在她旁边的海美则像个要去参加野营的大学生一样兴奋不已，"刚过去的应该是拉葡萄酒的火车吧？"

……有个方法倒是值得一试。

正对着窗户发呆的镇久突然睁大了眼睛。

抵达永同火车站的时候已是下午时分了。一下车，他们便看到了远处低矮连绵的山丘。盛开在铁路两旁的黄色野花似乎在催促着春天的脚步。先后穿过一条装饰着精致浮雕的地下通道和一个不大的候车大厅，便步入了宽阔的火车站广场。广场中央竖着一个巨大的旅游引导牌，牌子的左边则立着几个葡萄和柿子模型，这是永同地区的特产，午后金色的阳光将它们照得熠熠发光。

"肚子好饿啊，不然我们去吃中餐？"镇久望了望跟在后面的海美说。

"不喜欢吃中餐，可以去家庭餐厅①之类的嘛……"

海美环顾了一下四周，不得不赶紧闭上了嘴，因为一眼就能看出来这种小地方根本就不可能有什么家庭餐厅。时间一分一秒地过去，他们脚下的这条路空旷而又安静。路旁除了两三个等着拉客的悠闲地抽着烟的出租车司机之外，再也看不到一个人影。火车站广场前的马路上，一家家小店鳞次栉比，卖什么的都有。闻名遐迩的柿子树在道路两旁排成一排，投下了长长的影子，可这丝毫也体现不出春天的真面目。在夕阳的照射下，柏油路上升起一层薄薄的水汽，更加强了人身上那种换季时节所特有的无力与疲倦感。道路两旁的风景赏心悦目，宁静安详，可就是没有 Outback 和 Bennigans②。

---

①家庭餐厅（Family restaurant），这一概念最早源于日本，后来传入韩国，专指以家庭为服务对象的餐馆，通过提供适合男女老幼的没有派系和菜系的菜单，来最大满足家庭的在外就餐需求。这类餐厅目前在中国还很少见，其概念也与中文的字面含义大为不同。
②这两家都是在国外较为出名且价格昂贵的美式连锁餐厅，主食为牛排，还提供汉堡、沙拉、鸡肉卷、冰激凌等食物。因为在全球范围内连锁店数量不多，所以目前在中国并不知名。

"可我现在不想吃中餐嘛，还不如买几个三明治吃呢。"

"不要啦，今天下午就吃中餐。"

这么久以来，镇久头一次完全无视了海美的愿望。镇久这突然冒出来的狂妄骄横的态度，让海美有些摸不着头脑。要放在平时，她肯定早就发作了。但当着林虹淑的面，她不好意思为了吃饭的问题和镇久吵架，心里暗暗决定晚上不吃了。她跟着镇久穿过车站广场对面的马路，走进了一家位于巷子深处的中餐馆，这一路上海美都气呼呼地将嘴噘得老高。

早已饥肠辘辘的海美似乎忘记了自己刚才的决定。她一边把碗里的海鲜辣汤面往嘴里送，一边看着镇久。这家店果然不怎么样，一点儿都不好吃。不仅面都粘在了一起，连鱿鱼之类的海鲜也都像是很久以前的存货，散发着浓浓的腥臭味儿。

吃完这顿饭让本就气不打一处来的海美愈加不快，可没想到镇久从餐馆一出来竟还说了句："啊，真好吃，应该再来一次。"走之前还拿了一张这家店的广告。

"呵呵，既然选错了地方，就大大方方地承认错误，然后道歉，不用假惺惺地装出一副很好吃的样子。"

"没有啊，我至少还成功了一半。"

镇久说了句谁都没听明白的话，然后向餐厅的服务员打听好了"华盛顿茶楼"和"无与伦比"旅店的位置。一条宽阔的大道将城东的永同火车站和西边的永同警察局连接了起来，路两旁分布着永同熙熙攘攘的市区。虽然服务员刚才的说明有些模糊不清，但找到这两个地方，看样子并不是什么难事。

镇久带领着海美和林虹淑向附近一家看起来条件还不错的宾馆走去。镇久开了两间房，并把其中一间的钥匙交给了海美，安顿了一句"你把表舅妈照顾好，先在房间里休息一下，我出去一下马上回来"后便不知道跑到哪儿去了。

"镇久不是第一次来吗？怎么还乱跑？"

看上去略显疲惫的林虹淑一屁股坐在暖和的地板上，惊讶地问道。

"他有他的计划，虽然他做的事现在看起来怪怪的，但以后就会起作用啦。"

海美虽然心里向着镇久，但她并不确定镇久是不是真出去办事的。不会是一个人去市区里到处闲逛了吧？因为此时天已黑了下来，哪儿还能办事啊？

按照中餐馆服务员的指示，镇久很轻松地就找到了那个"无与伦比"旅馆。永同警察局前面的十字路口附近有一条向北走的路，这家旅馆就隐藏在路的尽头。旅馆后面有一片空地，上面稀稀拉拉地长着野草。推开旅馆的玻璃门，发现天花板上仅仅挂着几个小灯，屈指可数，这让屋里显得非常昏暗。镇久的眼睛先在屋里转了一圈，想找找有没有摄像头，很显然没有。接待室上面的窗户用黑色的塑料膜遮挡着，下方有个半月形的小窗口，镇久便凑了上去。

"麻烦您给我开间房，稍微大点的。"

"好，两万块。"

一只中年男人的手突然从小窗口里伸了出来，手里还提着个塑料袋，里面放着302号房的钥匙和一套一次性牙具。

镇久交完钱，拿着东西上了3楼。这里大部分的房间都还空着，房门也没有锁，都留有一点儿缝隙。他先进302号房看了一眼，然后戴上手套又回到了走廊，蹑手蹑脚地向走廊的尽头走去，杨文曜死时所在的309号房就在那儿。然而，309号房的房门是锁着的。这里曾经是案发现场，警方的调查这个时候也差不多应该已经结束了，镇久心里暗自估摸着。接着，他从口袋里掏出了事先准备好的工具——两枚又扁又长的小铁片，把它们插进了锁孔里。这种小旅馆里的门锁是所有门锁中最好开的一种，伴随着细微的金属摩擦声，没一会儿便被打开了。

镇久又小心翼翼地钻进309号房，轻轻地合上了身后的房门。打开灯，房子的中间放着一张大床，墙边放着一个齐腰高的置物架，上面放着一台电视机和各种备用物品。其他几面墙上都有内嵌式的窗户，虽然此时天色已晚，但透过它们，依然可以看到楼下空地上茂盛生长着的野草。除此之外，屋里还有一间小浴室。这样的布局与 302 号几乎一模一样。

镇久走到置于床边的小桌子跟前，仔细端详了一下放在上面的那部电话，电话上贴着附近提供晚餐外卖服务的餐馆和茶楼的广告。他从口袋里把刚才从那家中餐馆要来的广告贴纸掏了出来，撕掉背后的双面胶，正对着把它覆盖在了茶楼的广告上。接着，他又将刚贴上去的贴纸一把撕了下来，原本贴在底下的茶楼广告上便留下了中餐馆广告的白色残留物。做完这些，镇久又悄悄地溜出了 309 号房，当然，在走之前，他也没忘了从里面重新将门反锁。

镇久走下楼，来到一楼的接待室。他没有将 302 号房的钥匙通过玻璃窗下的小洞递过去，而是先敲了敲接待室的门。敲完，一个身着棉裤和短袖衫的四十五六岁的中年男人打开门，从屋里走了出来。他个子挺高，看上去很面善，调查记录上好像说他的名字叫余春吉吧。

"您有什么事儿吗？"

"哦，我现在要出去一下，钥匙您先帮我收着。还有，那个 302 号房我有点儿不太喜欢，我看三楼还有好多空房子的啊。"

"我们这儿平时也没什么人来住，您有什么不方便就和我说，可以的话我会尽量帮您换的。"

"那间屋子挨着马路，总是能听到路上来来往往的汽车的声音，有点儿吵，没有稍微安静一点儿的房子吗？"

"要说安静的话，三层最里面那间309号房是最好的了，可那间房有点儿……"

"怎么了？"

"哦，没什么，没什么，那间房暂时还不能住人。"

余春吉没有将那间房里曾有人自杀的事情说出口，这是为自己旅馆的经营和发展着想，倒也无可厚非。

"309号对面的那间房不也空着吗？而且看起来也挺安静的，您给我换成那间房也行。"

"为什么？你要干吗？"

听到镇久这句原本没包含什么特殊含义的话，余春吉竟然吃了一惊，连音调都一下子变高了。

"什么干吗？当然是睡觉咯。"

听完镇久的解释，余春吉没有马上给他答复，乍看起来似乎有些后悔的意思。

"那为什么那间房也不行啊？"

"啊，那间房是我自己用的。"

余春吉的语气又恢复了正常，可能是他自己都觉得刚才有些尴尬，再次说话的时候，态度缓和了很多。

"对面那间 309 号房不让您住，是因为那间屋子里前阶段发生了些不太好的事情。"

"您指的是杨文曜先生在那间房里自杀了的事儿吗？"

听到这话，余春吉一脸窘迫地摸摸了额头。

"您都知道啦，您是从哪儿听来的？"

"哦，我是汉川机械的员工，我就是代替他来出差的。"

虽然表面上和镇久说了几句安慰的话，但总让人感觉余春吉这个人有什么问题。

"杨部长每次来出差，都会到我们这儿来投宿，您看收据就知道啦！"

"……那是那是。"

"他每次来都住在同一个房间吗？"

"对，他说他喜欢靠里面的屋子，还说不喜欢二楼，所以经常就在 309 住。"

"那 309 号房要是客满的话呢？"

"他一般下午很早的时候就来了，所以基本没出现过那种情况。"

"杨部长好像很喜欢找一些茶楼的姐姐们聊天吧，还叫过小姐，他生前经常和我们提起这些。"

镇久故意摆出自己对此都已一清二楚的样子。

"哦，对啊。"

余春吉的回答变得越来越短，脸上已露出一副不快的样子来。

"事发那天，他打电话到'华盛顿茶楼'叫来了一个名叫刘贤儿的小姐，这个您知道吗？"

"那天晚上，他好像是叫了茶楼的小姐，一般提着小包来的都是那种人。"

"您认识那个刘贤儿小姐吗？"

"我只能认出她的相貌来，因为我一直都在前台，所以经常能看见她，但对她并不是很了解。她好像也才来了没多久，茶楼小姐们本来就不会在一个地方常驻的，每过一段时间，就会换个地方。"

"哦，这样啊。"

最后，镇久说了句"我休息得很好，这就走啦"之后把302房的钥匙还给了余春吉，余春吉接过钥匙，等了一会儿才回到屋里关上了门。

从"无与伦比"旅馆出来之后，镇久便去找那家"华盛顿茶楼"。他沿着永同警察局十字路口向南走，好一会儿才找到，离北边的旅馆有着很远的一段距离。这家店位于一座旧楼的地下，入口处的台阶很陡，而且黑漆漆的，如果一个人单就是为了喝一杯咖啡，绝对不会想要到这儿来。台阶旁边的墙壁上用油漆喷着咖啡馆的英文写法——"Coffee S op"，但却不知道为什么少了个"h"。越往下走，灯光就愈发变得昏暗，气氛极不友好，仿佛就是在催人待一会儿，就赶紧走似的。走下台阶，一打开茶楼的门，就看到几张橘黄色的塑料沙发和桌子，没什么客人，十分冷清。只有一位老人和一名中年妇女围坐在其中的一张桌子旁，其他的位置上一个人也没有。

一个看上去像是这家店老板的中年女子见镇久走了进来，赶忙站起身说了句"欢迎光临"。她眼睛上化着又黑又浓的妆，看起来活像一只生气了的老狐狸。镇久的突然出现，让她稍微有些诧异，因为年纪轻轻的镇久与这里的氛围简直格格不入。镇久专门挑了个角落里的位置坐了下来，然后对着前来询问他需要什么的女老板说：

"给我来杯咖啡，还有帮我把那个贤儿叫来。"

"贤儿？我可是头一回见您啊，您之前来过我们家店吗？"

女子站在镇久身旁，仔细地打量着他。

"哦，我之前都去的是你们旁边的那家'小熊茶楼'。我是听朋友说你们这儿有个叫贤儿的小姐还不错，所以就想来见识见识。如果真的如他所言还不错的话，以后我就来你们这儿了。"

"贤儿现在正好出去送外卖了。"

"嗯,那我等等好了,没关系,我有的是时间。"

镇久坐在那里等了半个多小时,一名送外卖的小姐才从外面回来,但老板告诉他那个不是贤儿。又等了差不多 20 分钟,一个女人拉开门走了进来。一头笔直的长发,看上去 30 多岁,此人应该就是那个贤儿了。刘贤儿先被女老板叫过去,说了几句话,然后偷偷地看了镇久两眼,向他走了过来,毫不见外地坐在了镇久旁边。

"你好啊,小帅哥,我就是贤儿。"

之前已看过调查记录的镇久早就知道她的真名叫袁溪顺。

"喝杯茶吧,点个贵一点的。"

"谢啦。"

看到镇久不说敬语①,刘贤儿也就不客气地和他随便聊了起来。镇久这么做是为了让两个人的对话能够更顺利,更自然地进行。刘贤儿起身去厨房拿来了一杯金银花茶,然后坐在了

---

① 韩语的表达形态分为敬语和非敬语两种,每种又会根据场合、说话人的身份、说话人与对方的关系等条件划分出不同的话语体系。敬语用于比较正式的场合、年长者、职位高者以及陌生人之间;非敬语则用于较随意的场合或者地位相似的熟人之间。初次见面的两个人之间进行对话,一般需要使用敬语。第一次见面就使用非敬语既有可能是故意不尊重对方,也有可能是说话人刻意与对方套近乎,主观上愿意认定与对方的关系不一般,文中应该为第二种情况。

镇久旁边的椅子上。见到如此年轻帅气的小伙子来找她，这个看上去还蛮单纯的刘贤儿显得有些激动，转过身，把腿放在镇久的腿下面摆来摆去。

"你是怎么知道我的啊？"

"不久前死在'无与伦比'旅店的那个大叔你认识吧？"

这一问让刘贤儿顿时一脸的扫兴，没好气地把腿转了过去。

"哎哟，真是的……你是警察吗？我上回去警察局不都和你们说清楚了吗？"

"我不是警察，我是律师办公室的调查员，因为涉及到一些保险赔偿的问题，所以才来找你的。"

"啊？还有这种工作？"

这不过是镇久编出来的瞎话，可对于已脱离社会许久的刘贤儿来说，她只能选择相信。

"嗯，我想了解一下那天的一些情况。"

镇久一边说，一边从钱包里抽出了几张万元大钞。刘贤儿笑嘻嘻地接过钱，紧紧地折起来放进了口袋里。

"钱怎么能这么随便乱花呢？"

"别担心，我钱罐子里的钱以后都是你们的，吃住什么的就在这儿了，赚这种外快不过是为了存点儿积蓄。"

"钱罐子？现在又不是六七十年代，怎么不放银行啊？"

　　"我不信任银行之类的地方，我的钱为什么要交给别人管？那个什么'储蓄银行'之前不就破产了吗？不知道惹出了多少乱子。所以把钱放在钱罐子里才是最保险的选择，哈哈，鬼都不知道我把钱藏在哪儿了。"

　　这个女人和镇久生活在完全不同的两个世界。

　　"知道啦，从现在开始我要好好地存钱了，所以快和我说说那天晚上的具体情况吧。"

　　细心的刘贤儿虽然将那晚发生的事儿一五一十地都告诉了镇久，但大体上和警方出具的那份调查记录上的内容没什么区别。她在那间屋子里逗留的时间很短，杨文曜将装有剧毒的咖啡端给她的时候，把她吓了个半死，紧接着她就逃跑了。

　　"刚开始，他把钱包里的钱全掏出来的时候，我心想今天可是遇了个冤大头。可是一问才知道，原来他想自杀，人都要死了，钱还有什么用？他把氰化钾倒进杯子之后便扑过来说让我陪他一起死，简直就像疯了一样。我还真是倒霉到家了，不过也就算是破财免灾了吧。老板见我没带着杯子回来还说了我一顿，可当时我也没办法啊。我怎么可能再回到那个人的房间里去？就为了去拿回那两个不值钱的破塑料杯子？"

　　"你之前见过那个大叔吗？"

　　"之前从没见过，我也是不久前才到这儿来的，他死之前我也是头一回见他。不过那个男人确实看起来很忧郁，那个时候，我才知道原来就是这样的人才会想要自杀啊。"

镇久从怀里掏出一张照片说：

"你仔细看一下。"

照片里的男人仿佛已为生活所累，表情忧郁，看上去十分凄苦。刘贤儿的视线在照片上停留了一会儿说道：

"认出来了，是他。"

"正如你所见，这个大叔原来脸色就很黯淡。"

"那又怎样？"

"那天晚上，屋里不黑吗？你还能回忆起当时他的表情是怎样的吗？"

"你怎么老问这个啊？问得人心里瘆得慌。"

"因为他看起来真的是想要自杀。不过，他有没有可能当时只不过是想和你开个玩笑啊？"

"如果换作你的话，你会拿这种事情开玩笑吗？当时根本就不是开玩笑的氛围，我都快要被吓死了。"

"好吧，我知道了。"

说完，镇久又把照片揣进了怀里。

"但我听说，那天那个大叔打完电话一个小时之后，你才把咖啡送到，准备个咖啡需要花那么久吗？"

"说什么呢，那都算是快的了，因为那个时间打电话叫外卖的人特别多。"

"原来如此……"

镇久大大地伸了个懒腰，然后从沙发上站起身来。

"你去哪儿啦？这么久。"

镇久摸着黑刚从外面回到宾馆，海美就迫不及待地跑过来"拷问"他。

"哦，出去办了几件事。"

疲惫不堪的镇久一进屋，就四仰八叉地躺在了床上。海美盯着他的脸好奇地问道："什么事儿？什么事儿？"

"就是把杨文曜大叔的死变成谋杀的事儿啊。"

"啊？那真的可能吗？"

"不管怎么样，先试试看呗。虽说都是亲戚，理应帮忙的，但如果我真能拿到这保险金的 20%，就能过上一段不错的生活啦。那就更不能不做了是不是？你和表舅妈明天也准备一下吧。"

"准备？我们有什么好准备的？要去哪儿？"

"当然是去永同警察局咯。"

镇久有些烦了，甩了甩胳膊，转身冲着墙的一面侧躺着睡去了。

四

永同警察局位于城西，从永同火车站一直往西走，差不多快要到达城区尽头的时候，才能看到它。从十字路口向西，穿过永同市场前的一条小路，然后再沿着一条土路走下去，才终于看到了永同警察局所在的小楼，这里仿佛就像是永同所有建筑中一个与世隔绝的隐士。

林虹淑先上前表明了自己的身份，告诉他们自己是杨文曜的遗孀。这三个人的不期而至让永同警察局重案组办公室的上上下下都有些人心惶惶。负责杨文曜自杀案的警官丰泰元坐在办公桌前接待了他们。他看上去三十刚出头的，狭长的脸上没有一点儿赘肉，那瘦骨嶙峋的体格与人们通常印象中警察魁梧有力的形象差得很远。丰泰元面无表情地盯着电脑显示器，正在用他那细长的貌似只剩下骨头的手指不停地敲击着键盘，整理着调查资料。

"杨文曜大叔他是绝对不可能自杀的。"

镇久一上来就先用抗议般的口吻，表明了自己的立场以及他杨文曜远房外甥的身份。又不是什么直系亲属，还如此地斤斤计较，丰泰元看了看咄咄逼人的镇久，皱了皱眉头。

"不，他确实是自杀。正如金镇久先生一样，很多受害者家属在刚开始的时候也确实很难接受现实。可我已经明确地和你们说了很多次了，这起案子只能是自杀，没有别的可能。"

"就因为他叫来了茶楼小姐让人家陪他一起死吗？"

丰泰元停下了手里的活，露出一副十分不悦的表情。

"那也能算作原因之一吧。杨文曜的尸体上也没有任何的外伤，而且他是自己把氰化钾倒进咖啡里喝下去的，就是他打电话订来的茶楼咖啡。案情清晰明了嘛，人证物证俱在，还有当时涉事的几个人的证词。如果你们非要说不是自杀的话，那你们只能去找死者本人，去求证咯。连家属们都不知道为什么就自杀了的人，多得是。"

"杨文曜大叔不过是机械制造公司的一名普通员工，又不是在化工厂工作，那种剧毒氰化钾他是从哪儿弄来的？"

"氰化钾这种剧毒药物，只要你真心想找，其实也并不难。网上偷偷卖这种药的人比比皆是，怎么能确定究竟是哪个人卖给他的。不能说因为有个人割腕自杀了，我们就要把全国所有卖刀的商家都排查一遍吧？"

看来这个丰泰元已经打心底里认定这起案子就是自杀，想要改变他的想法绝非易事。

"……你们对案发现场进行彻底检查了？除了尸体，你们在现场就没有发现任何有可能证明是故意杀人的痕迹？"

"早都已经排查过了，您就相信我们，赶紧回去吧。我知道你们是为保险金来的，但你们得接受他确实是自杀的事实啊……”

“如果真有可能是谋杀的话，这案子是不是暂时就不能结了？”

“不可能是谋杀的。”

“那麻烦您和我们一起再去现场看一看。”

“为什么？！”

原本这个时候，镇久他们就应该“撤退”了，因为他们这些所谓的“死者家属”始终在此纠缠不休的行径，已经让丰泰元处于发怒的边缘。

“其实，昨天晚上，我自己去了一趟那家旅馆，假装自己是汉川机械的员工。”

“您去那儿做什么？”

“因为警察做不好自己该做的事啊，难道不是吗？”

“哎，我们怎么就没做事了？该调查的我们都调查了啊。”

“我看未必。我去看了一下，貌似并没有那么确定吧。309号房虽然锁着进不去，但我去了其他的房间。那个旅馆的房间怎么看都不像是求死之人为自己选择的最后的归宿。”

“那按您的意思，自杀难道还得挑个好地方吗？”

“不管怎么样，我都不相信你们。说真的，我总感觉309

号房里还有一些警察遗漏掉的痕迹。"

"我们又遗漏掉什么了？"

"发现了毒药，发现了尸体，你们就想让这起案子以自杀的结论草草结案？也有可能还有血迹，毛发什么的啊。看样子，你们根本就没有仔细检查房间的每一个角落。只是用眼睛简单看了一眼，就敢妄下结论说是自杀。"

因为这个什么也不是的死者家属代表——镇久而饱受折磨的丰泰元警官竟然承认了他"只是简单看了一下现场就认定为自杀"的说法。虽然事情已经有了结论，但警方也没有理由不给死者家属看案发现场。只要给这些像苍蝇一样烦人的死者家属看看那个没有什么"遗漏"的案发现场，他们应该就会走了吧。终于，丰泰元从椅子上站了起来。

"好了好了，我知道了。我可以给你们看案发现场，但希望你们以后不要再到这儿来了。"

警察、镇久、海美还有林虹淑四个人的突然到访让旅店老板余春吉异常诧异，瞪着个大眼睛从接待室里跑了出来。他貌似已经开始怀疑起镇久这个汉川机械员工的身份来。丰泰元告诉余春吉自己需要重新调查现场，从他那儿要来了309号房间的钥匙。之后，镇久一行人就跟着丰泰元警官一起上了楼，来到了 309 号房。余春吉也不声不响地跟在后面，站在了稍远的地方看着，一脸的担心。丰泰元打开屋里的灯，自信满满地说：

"来，看吧，有什么啊？就是个安安静静的旅馆客房呗。血迹在哪儿呢？你找找看。"

丰泰元和海美、林虹淑三人都站在房门口，镇久一个人在屋里左顾右盼，仔细环视了一下屋里的情况。不，应该是假装仔细环视。前一天晚上他已经来过这儿了，所以对 309 号房的情况了如指掌。

镇久在屋里耐心地察看了一会儿，突然停在了床边的小桌旁扶着腰说：

"这个可是有点儿奇怪啊。"

"怎么了？"

丰泰元气势汹汹地迈着步子，从门口走了进来，就是那种虽然还不知道镇久发现了什么，但肯定不会有什么问题的感觉。镇久用手指着的是电话上贴着广告贴纸的地方。

"您看那个'华盛顿茶楼'的广告贴纸，貌似之前应该还有一张纸贴在上面哎，您仔细看，上面还留有白色的边边角角。"

"怎么了？这有什么？"

"您不觉得奇怪吗？别的房间难道也有这样的情况？"

丰泰元无奈地摇晃着脑袋，跟着镇久一个房一个房的检查。

虽然 309 号旁边的房和它旁边的旁边的房里的"华盛顿茶楼"的广告纸都贴在相似的位置，但上面都没有什么白纸一类的残留物。这是肯定的，因为 309 号房里的贴纸印就是镇久前一天晚上偷偷潜入 309 号房，用中餐馆的广告贴纸贴上去再撕掉后故意弄上去的。重新回到 309 号房的镇久继续说道：

"为什么单单只有这间房里的'华盛顿茶楼'广告上残留有那样的印记呢？"

"那谁知道，这里面也挑不出什么毛病啊。"

"这分明就是有人之前在上面贴了一张别的贴纸，然后又撕下来后留下的印记。一看就知道这个印记是刚留下的，没过多久。"

"这倒是。"

"那件事儿发生之后，这里就一直锁着，从没住过人，所以做这事儿的人肯定不是案发后才进来的吧？"

"那肯定。"

"如果是这样的话，贴上贴纸又撕掉这件事应该是发生在杨文曜大叔入住这里之前吧？"

"应该是吧。"

"别的房间里都没有这样的痕迹，为什么偏偏就这个房里有呢？换句话说，做这件事的人为什么偏偏要选择这间房来把别的贴纸覆盖在'华盛顿茶楼'的广告纸上呢?"

"嗯……"

"杨文曜大叔是落入了别人为他设好的圈套。"

"什么? 你说圈套?"

丰泰元的音调一下变得高了起来。

"因而,就只有一种可能,那就是杨文曜大叔入住这里之前,这张'华盛顿茶楼'的广告纸上还贴着其他茶楼的广告纸。"

"其他茶楼?"

"对, 那是犯罪分子自己伪造的虚假广告, 他使用的是临时的电话号码。犯罪分子预先制作了一张假茶楼广告, 然后把它贴在了华盛顿茶楼广告上面。杨文曜大叔打通那个电话之后, 接电话的犯罪分子便把投了毒的咖啡给他送了过来。当然, 那个来送咖啡的小姐肯定是犯罪分子的同伙。大叔喝下咖啡之后便被毒死了, 之后, 犯罪分子进到屋里将大叔的尸体转移到浴室之类的地方, 并撕掉了那张假广告。接着, 他亲自给'华盛顿茶楼'打电话点了份咖啡, 等送咖啡的小姐来的时候, 他就冒充杨大叔演戏说, 让这个小姐陪他一起死。他做这一切, 就是为了制造杨大叔是自杀的假象。"

丰泰元听得愣了神, 镇久的话音一落, 他才反应过来, 急忙抬高了调门。

"呵，你这是写小说呢？谁干个坏事还搞得这么复杂？他图什么啊？"

"揭示事情的真相，这不应该是你们警察的事儿吗？假若这个杀害杨文曜大叔的凶手真的存在的话，那他肯定对大叔的生活习惯了如指掌。每次大叔来这儿出差，他就会住在这家旅馆里，而且还只住在 309 号房间，所以他才会知道杨大叔有经常给那种地方打电话订咖啡的习惯啊。只要他弄清大叔的这些嗜好，不就可以提前做准备了吗？大叔公司的大部分人都知道他有这样的习气，就连旅馆老板也不例外吧。"

"想杀人的话，直接用刀不就好了，何苦再处心积虑地设计这么一出？又不是演谍战剧呢。"

"话虽那么说，但就目前的情况来看，也不能就武断地说完全没有这种可能性吧？"

丰泰元一时语塞。这种戏剧性的犯罪过程确实不好想象。但对于镇久的这一番假设他觉得不可能，也仅仅是从经验和常识的角度出发做出的判断，从理论上来讲，还真就不能断言没有这种可能性。镇久没有停下来，接着又说道：

"如果有这种可能性的话，不管最后它是不是真的，警方是不是都应该重新彻查此案？而对于我们家属来说，我们不能容忍杨文曜大叔的死有任何疑点或者说不清道不明的地方，而且这还牵扯到保险金的问题。"

"……知道了，知道了，这部分我们会重新调查的，应该花不了太多时间。"

丰泰元像吃了苦瓜似的，悻悻地咂了咂嘴。虽然他觉得镇久的这一番推论和假设简直就是毫无根据，但对于 309 号房里"华盛顿茶楼"的广告上怎么就被贴上了别的贴纸，还留下了痕迹这件事，作为见证人的他眼下还没有什么有力的证据能驳回镇久这套看似荒诞的说辞。

镇久一行人与丰泰元分开之后，随便找了一家附近的餐馆吃了晚餐。

"镇久，那我们接下来要怎么办啊？就一口咬定是谋杀吗？"

海美一边大块地往嘴里喂猪肉，一边问个不停。"这张大嘴真是不得了啊"，镇久心里暗暗想着，不禁一笑。

"不用，但警察那边肯定会对这部分重新展开调查的。"

"那岂不是成了模棱两可。"

"哪有，现在，我们的前期目标基本已经实现了。"

"怎么就实现了？凶手不都还没抓住呢吗？"

"我们的目标只是赢了那件保险金的官司嘛，既然我们的目标是保险金，我们干吗还要去弄清凶手到底是谁。"

"那又是为什么？"

"我们在和保险公司打官司的时候，他们必须对他们拒绝给付保险金的理由做出证明。一旦死者家属提出人身保险赔偿的诉讼，保险公司除非能够给出确凿的证据证明是自杀，否则他们无法行使免赔的权利。换言之，如果真的被认定为他杀，保险公司就必须向家属给付保险金。即使最后没有办法确定到底是自杀还是他杀，也就是你刚说的模棱两可的时候，保险公司也同样需要赔钱，因为他们没有证据能证明大叔就一定是自杀。

"至于究竟是自杀还是他杀，这都得根据警方最后给出的调查结果来定。但因为之前警方最后给出的调查结果是自杀，所以保险公司一方自然是欢呼雀跃咯，我们也不能把他们怎么样。

"但我们和警察不一样，他们要去抓凶手，而我们的目标只有保险金。既然保险金才是我们的唯一目标，我们只需要证明这起案子是他杀不就好了，没有必要去抓凶手嘛。只要有他杀的嫌疑，或者连究竟是他杀还是自杀都搞不清楚的话，在打官司的时候我们就赢定了。警察那边既然因为有他杀的可能性，而重启了对案件的调查，那么保险公司那边就不能拒绝给付保险金，因为他们没有办法证明是杨大叔是自杀的啊。

"如果凶手压根儿就不存在的话，不可能凭空地捏造一个出来，自杀也不是随随便便就能变成他杀的。因为这起案子确实还有一些值得怀疑的地方，所以我判断警察一定会顺着他杀这个方向查下去，这恰恰就是我所希望看到的结果。"

手里拿着勺子安静地坐在海美旁边的林虹淑听到这话，顿时眼睛一亮。

"那我们就能打赢和保险公司的官司了？"

"再等等看吧，不用担心，如今警察已经承认了他杀的可能性，下一步就会展开调查的。如果就像这样一直结不了案，那估计就能赢，就怕警察那边马上给出个结论就不太好办了。"

五

没过多久，警方的结论就下来了。第二天下午，丰泰元就给镇久打了个电话，让他到永同警察局来一趟。接到这个电话之前，镇久、海美、林虹淑三个人躺在各自的屋子里数着天花板上的纹路，打发着无聊的时光。没一会儿，他们就来到了警察局。

和前日不同，今日的丰泰元显得得意扬扬。镇久一行人刚在他办公桌前的折叠椅上坐下，他就迫不及待地打开抽屉，从里面拿出几张纸递给了镇久。

"结论出来了，事情并不像金镇久先生所推断的那样，真正靠证据说话的客观事实在这儿呢。"

丰泰元交给镇久的是"无与伦比"旅馆309号房的通话记录。

"按照你的假设,那天,住在309号房的杨文曜先生在给'华盛顿茶楼'打电话之前,如果先拨打的是犯罪分子事先安排好的电话的话,那肯定得有通话记录吧? 可那种可疑的电话一通都没有啊。不光是309号房,那家旅馆那天晚上所有电话的通话记录都没有任何异常。"

"杨文曜大叔也有可能是用手机打的电话啊!"

"他手机的通话明细单我们照样提取了出来,就在你看的那张的下面,那天晚上他也没有用手机打出电话。"

看你还能怎么着! 丰泰元盯着镇久,看他会作何反应。

镇久从头到尾仔细浏览了一遍通话记录单,表情异常严肃。可他看着看着,忽然把头抬了起来。丰泰元生怕镇久这个难缠的家伙会死不认账,胡搅蛮缠,紧张地盯着镇久的嘴。

"好吧,我知道了。"

出人意料的是,镇久竟然如此爽快地承认了事实。说完镇久就立马站起身来,这让一旁的海美和林虹淑有些不知所措,只得跟着他站了起来。

"好,那你们慢走吧。"

丰泰元本以为镇久会有所反抗,可没想到他竟然毫无异议的就这么走了,这弄得他有些发蒙,呆呆地望着镇久远去的背影。

"这下算是彻底完了，到头来人家还是给认定成自杀了吧？"

从警察局出来，受到打击的海美有气无力地问了一句。而林虹淑则泪眼汪汪的，眼看着泪水就要从眼眶里流出来了。在春日阳光的照射下变得光彩夺目的马路上，两个女人步履蹒跚地缓缓行进着，在路面上投下了长长的影子，而那个男人的表情则完全不同。

镇久突然吹起了口哨。看到走在她身旁快要哭了的林虹淑的眼神，海美不高兴地责备起镇久来。

"都这个样子了，你还有心情吹口哨啊？白白在这儿受了几天的罪。"

"反正这也是我计划中的一部分。"

"什么？"

海美叫得很大声，连林虹淑也抬起头来看着镇久。

"是这样的，犯罪分子帮杨大叔叫来了茶楼小姐，并演了一出自杀闹剧的事儿，就是我为了引起警方的注意，而故意施展的一个小计谋。"

"你说什么呢？什么意思？莫非还有别的可能？"

"我们先休息一天，调整一下节奏。"

"我们还要待在这儿吗？"

"嗯，宾馆的房子再延一天吧。"

海美苦着脸刚要发火，一旁的林虹淑发话了。

"我们费那么大劲儿大老远的跑到这儿来，就再待一天吧。"

"表舅妈说的没错！海美，我们现在去参观参观葡萄酒庄什么的好不好啊？不然去尝尝田螺汤？"

"既然都跟着你跑到这儿来了，我就再相信你一回。那现在，我们就去吃田螺汤吧。"

林虹淑虽然嘴上说信任镇久，但依旧还是哭丧着脸。

于是，他们在永同的宾馆里又住了一晚。第二天，镇久他们一行人又来到了永同警察局。所幸丰泰元当时在办公室里，可一见到他们三个，脸"唰"地一下就变了。

"你们不是回首尔了吗？还有什么事儿啊？"

他说的每一个字里仿佛都透着厌烦。

"我之前好像是搞错了。"

"啊，这下你愿意接受了？是自杀？"

"哦，那倒不是。我后来仔细想了想，犯罪分子用假贴纸贴在原来的广告上，给杨大叔设圈套这种作案手法也确实是过于精巧，太不符合现实了。"

"……对啊。"

"看来，那个残留的贴纸痕迹应该分明就是个误会了。杨大叔也确实是亲自给'华盛顿茶楼'打电话要的咖啡。而犯罪分子应该是在那之后才下手的。"

"什么？你这又是什么意思？"

丰泰元缓缓地摇了摇头，仿佛是在极力忍耐自己心头那就快要喷发出来的怒火。

"想要毒死杨文曜大叔，并不一定非要伪造个什么假广告出来。既然两份通话记录都显示没有什么异常情况，那么利用假广告下套儿这事，应该就是不存在的了。但是，犯罪分子对杨大叔的习惯有着相当的了解这一点肯定不会错。犯罪分子之前一直在监视着杨大叔，等他一给'华盛顿茶楼'打电话，犯罪分子就先发制人，派出了冒牌的茶楼小姐。当然啦，她肯定还提着有毒的咖啡。一般，晚上那个时间的外卖需要很长时间才能送到，犯罪分子充分地利用了这一点，在这期间实施了谋杀。"

"你等等，冒充茶楼小姐，演戏下套儿这事不都证明没有了吗？你怎么又跑来讲起别的故事来了？那也说不过去啊，犯罪分子怎么就能知道杨文曜打电话要咖啡的事儿？"

"这倒不难，方法很多。首先，他可以收买那家旅店的老板。他也可以待在309旁边的那间房里，往墙上放个玻璃杯之类的东西，偷听杨大叔打电话。如果这两个都不是，那他可以在确定杨大叔入住了旅馆之后，跑到'华盛顿茶楼'去守着。那家茶楼特别小，只要坐在离电话比较近的地方，完全可以听到从'无与伦比'旅馆309号房打来的电话。那时，他只需马上联系他的女性同伙就好了。"

丰泰元听完气得直咬嘴唇，看来他已经忍无可忍了。

"……就算你说得对，然后呢？"

"然后？然后事情的经过就像我昨天说的那样啊。假冒的茶楼小姐送来了混有氰化钾的咖啡，然后非常自然地骗杨大叔喝了下去。杨大叔被害后，犯罪分子便进到屋里来，和他的同伙一起将大叔的尸体转移到了浴室之类的地方。后来，等那个真正的'华盛顿茶楼'小姐来的时候，犯罪分子便假装自己就是杨大叔，演了一出要自杀的戏。"

"那犯罪分子和那个假茶楼小姐是怎么进到那家旅馆里去的？总不能冒着风险提前入住到里面去吧。"

"其实那家旅馆是可以偷偷溜进去的。您之前去过那儿，所以您应该知道的。前几天，我也去那儿看过一次。那里没有监控设备，接待室四周还被遮挡得严严实实，只在下面开了个小洞。所以贴着地面偷偷溜进旅馆里面并不是什么难事，出来的时候也一样。"

"比起你昨天的那一套假设，你刚才说的假冒茶楼小姐的事儿，我多少还可以接受。可你说的这些，不过都是你的主观臆断罢了，什么证据都没有啊。"

"这个直接去向'华盛顿茶楼'的小姐求证不就好了。"

"求证什么？"

"求证她那天晚上见到的人究竟是不是杨大叔本人咯。如果是，那肯定就是自杀无疑了，可万一不是，就说明她看到的那个人应该是冒充了杨大叔的犯罪分子，那么我提出的假设就是对的。"

"唉……"丰泰元看到眼前这三个人一副漫不经心的样子，长长地叹了一口气。

"好吧，那就按你说的办，反正我说了你也不听。但这次真的是最后一次了哦，麻烦你以后不要再带着你各种各样的假设来找我们了。"

"那好吧。"

在走之前，丰泰元准备了一张杨文曜的照片带在了身上。

四个人从永同警察局里出来，一路向市区的方向走去。丰泰元并没有叫上其他的警察或者同事，可见他还是自信地认为镇久的话没有任何价值。沿着十字路口一直往南走了很长一段儿才看到了"华盛顿茶楼"。四个人先后走下狭窄的台阶，他们一进到屋里便把茶楼的女老板吓了个目瞪口呆。丰泰元先向女老板出示了一下他的警察证。

"麻烦你帮我叫一下刘贤儿小姐。"

"……她出去送外卖了。"

"她是出去接客了吧?"

"您这是哪儿的话,我们不做那种生意的。"

茶楼女老板以为警察是来查涉黄案件的,连忙矢口否认。在她恶狠狠的注视之下,丰泰元和镇久一行人找了张沙发坐了下来。四十多分钟后,刘贤儿提着个小包回来了,女老板冲着她一脸厌恶,用手指了指镇久他们。刘贤儿将手里装着保温瓶的手提包放下,就向镇久这边走了过来。丰泰元和镇久两个人都算是她的老相识了,可她却只和这四个人中唯一的公务人员——丰泰元打了招呼。

"您好,上次我在警察局的时候把我该说的都说了啊。"

刘贤儿用怀疑的眼光扫视了一下面前的这四个人,坐了下来。

"我去'无与伦比'旅馆送咖啡,那个男人拿着下了毒的咖啡让我陪他一起死,之后我就吓得跑了出来,这些我记得我上回都说过了吧?"

"是,你是这么说的。"

"今天来只是想让你确认一下你那天见到的那个男人是不是这个男人。"

说着,丰泰元便从小笔记本里拿出一张照片递给了刘贤儿,那是杨文曜身份证上的照片。刘贤儿拿起那张照片盯着看了一会儿，轻轻摇了摇头。丰泰元见状，眼睛马上瞪得浑圆，没好气地说：

"什么？你再仔细看看。"

"真的不是。"

"啊？麻烦你认真一点，再好好看看嘛。"

"这个人好像真的不是，虽然有些地方长得很像，但绝对不是这个人。"

丰泰元这时完全慌了神，惊讶得不知所措。

"等一下，你确定吗？当时房间里不是很黑吗？"

"黑倒是有些黑，但我能看出来那个人和他还是有些区别的。嗯，怎么说呢，印象有点……"

刘贤儿歪着头想了半天，一时找不到一个合适的词语来形容。海美和林虹淑反而被这出人意料的回答弄迷糊了。而镇久则弓着背，镇定自若地凝视着丰泰元，那眼神好像是在说："这下呢？我说的没错吧？"已感觉到镇久那犀利眼神的丰泰元此时也变得一脸的茫然。

"这到底是怎么回事？那照这么说，你之前的推理就都是对的啰？犯罪分子故意冒充我表舅，演了一出要寻死的戏？"

丰泰元慌慌张张地跑回永同警察局之后，坐在咖啡馆里的海美一个劲儿地追问着镇久。而林虹淑说她很累，已经返回宾馆休息去了。实际上，与其说是休息，更像是在故意避嫌，好给这对年轻的小情侣一些单独相处的时间。

"我也不知道我的推理对，还是不对。"

"你怎么突然又这么说啊？刚才，那个茶楼小姐看完我表舅的照片不是说他不是自己那天晚上见到的那个人了吗？那么，肯定是那个可恶的罪犯自己打电话叫来了茶楼小姐，然后冒充他假装要自杀，这说得过去啊。"

"我们到永同的第一天晚上，我不是告诉你我出去办了点事情吗？其实，我那天晚上是去找那个叫刘贤儿的小姐了。"

"啊？难道，是你把她收买了？"

"这……我是那样的人吗？我怎么可能做出那种事。那样做反而容易让人抓到把柄，说我是胁迫证人。"

"那你干吗了？"

"其实也没做什么特别的，就给她看了张照片，说了几句略带暗示的话。"

镇久说着，从怀里掏出了一张陌生男人的照片。海美放下手中的杯子，接过照片看了半天。

"这个大叔是谁啊？"

　　"这人我也不认识，是我在我开照相馆的朋友那儿挑来的。专门找了一张和杨大叔差不多年龄段，长相差不多的，看起来又有些忧郁的中年男人的照片。那天我给那个茶楼小姐看这张照片的时候，告诉他这个人就是杨大叔。"

　　"啊？"

　　"我不过是巧妙地利用了暗示和记忆之间的模糊地带罢了。你知道那些所谓的目击证人，在让他们描述自己所看到的某个人时有多么不精确吗？只要给他们一张照片问是不是这个人，他们中的相当一部分都会答错。这种类型的证词一般都不会被承认，因为作为证据来讲，它的可信度太低。所以在取证的时候一般会用两种方法，一种是让多名目击者分别辨认同一张照片，还有一种则是给出很多张照片让目击者从中选出一张。这在电影里面经常出现啊！用玻璃墙将目击证人和数名相似的人隔开，然后让他从中指认出一名罪犯，也同样是这个道理。"

　　还有一种现象叫作"凶器集中现象"，就是指当犯罪分子提着刀一类的凶器扑向受害人的时候，受害人的注意力一般不会集中在犯罪分子的脸上，而是在凶器上。因而，在大多数情况下，他们都记不住凶手的体貌特征，只记得凶器的样子。这起案子不也是这样的吗？犯罪分子手里拿着混入了氰化钾的咖啡，一点点靠过来的时候，早就被吓得魂飞魄散的茶楼小姐哪儿还能清楚地记得对方的容貌。我先和她乱七八糟地扯了一大堆，然后给她看这张照片，说这个人就是杨文曜，于是她就彻底相信了。"

"人的记忆还真是不靠谱啊。"

"一旦目击者事先被告知他看的那张照片上的人就是犯罪分子，那日后等指认凶手的时候，往往就会因为脑子中已经形成的固定认知，而有可能冤枉好人。而我只是利用了这样一种心理罢了。因为我第一次给她看的那张陌生人的照片在她的脑海里留下了极其深刻的印象，所以当警察给她看真正的杨文曜的照片的时候，反而说他不是。"

"看来，警察之前一直都没有给那个小姐看过表舅的照片哎！"

"那是因为他们一开始就把这个案子想得太简单了呗，只觉得这不过是个再简单明了不过的自杀案。既不用去抓捕凶手，也不需要深入调查，只是简单地听了一下茶楼小姐对当时情况的描述，便草草地下了结论。即使不是这样，在处理一般案件的时候，警方往往也不会在证人做证的时候，要求他辨认照片。他们觉得既然他是住在 309 号的客人，那不管打电话也好，自杀也罢，当然都是他自己的行为，没有必要做照片辨认。我从一开始就觉得他们肯定是这么想的，所以才先去找了那个小姐。"

"那那个假茶楼的贴纸是怎么一回事啊？"

"其实那只是我'阶段性说服工程'中的第一步。之前，咱们突然去找警察，然后从头到尾始终坚持是犯罪分子冒充了杨文曜，怎么说这都让他们多少起了点儿疑心。所以他们听了我的推理之后，也不禁会觉得'哦，倒也不是没有那种可能性'。而殊不知，这种想法其实完全是我在不知不觉间给他们植入的。"

"啊哈，原来你操纵了警察和茶楼小姐的心理啊。"

"不过，事情能顺利走到今天这一步还是蛮幸运的。我之前准备这张照片的时候根本没想这么多，只是觉得说不定能用得上。等我在火车上看完那份调查记录，我就对我的计划有信心了。"

"你这个奸诈狡猾的老狐狸。"

海美虽然嘴上数落着镇久，脸上却又莞尔一笑。

"无论如何，这件事儿要是能办成就再好不过了，那样表舅妈就能如愿以偿地拿到保险金啦。"

"不过，接下来的工作就和之前不一样了。现在，作为唯一证人的茶楼小姐既然说她案发当晚见到的那个男人不是杨文曜，那就表明这起案子已然变成了谋杀案，警方肯定要重新展开调查。可因为这个杀人凶手压根儿就不存在，所以他们永远都抓不到这个人。如果进展顺利，说不定就能让它变成一起悬案，那样的话，官司就一定能赢。只有百分百确定是自杀，保险公司才能免于支付保险金，可一旦警方因为还有他杀的可能而重启对此案的调查，那保险公司就只能乖乖地认倒霉了。"

海美端起自己的咖啡杯庆祝似的和镇久的杯子碰了一下，可不知脑子里突然又想起了什么，表情变得严肃了起来。

"等等，如果真变成那样的话，那旅馆的主人和汉川机械的员工们岂不是要蒙受不白之冤了？白白替那个不存在的杀人凶手背了黑锅。"

"不会出现那种事的啦，既没有证据可以证明，和现实情况也不匹配。他们顶多就是被警察们骚扰个一两次，调查了也不能把他们怎么样。"

这天，镇久、海美还有林虹淑三人收拾好行装，乘坐稍晚的火车重新回到了首尔，到达首尔火车站的时候，已经是晚上了。在搭火车返回她位于议政府市的家之前，林虹淑站在检票口回头望着镇久，大声问了一句：

"那以后该怎么办啊？"

"当然是等警察的最终调查结果咯。"

和回答海美时不同，镇久给了林虹淑一个尽可能慎重的答复。对于此时心急如焚的林虹淑来说，结果才是她最关心的，至于警方的后续行动以及诉讼结果会怎样变化，对她来说都没有意义。与其自己火急火燎地去猜测最终的结果，还不如待在家里等着被人通知去领保险金的那一天的到来。林虹淑还是没能打消自己心头那最后一丝的顾虑，又接着问了一句：

"你是说一直要等到警察公布案件真相的那一天吗？"

"不！我们等的是警察偏离真相的那一天。"

镇久笑着向通过了检票口的林虹淑挥了挥手。

六

与总是笑逐颜开的海美和总是愁眉不展的林虹淑不同，像钟摆一样摇摆不定的结果，已经让镇久有些心烦意乱，同时，还有一缕不安总是久久缠绕在他的心头。4 天后的清晨，他接到了丰泰元从永同警察局给他打来的电话。当他听到丰泰元那干瘪的嗓音的时候，就已经感觉到了形势有些不妙，但还是装作一副什么也不知道的样子。

"你们抓到凶手了吗？"

镇久坐在客厅的椅子上，左手拿着电话，右手端着咖啡，故意问了一句。丰泰元也用他那如自动应答机般乏味的声音答了一句。

"那起案子怎么看都不像是谋杀，就是和你们家属说一下。"

"什么？不是谋杀？那个茶楼小姐不都说她看到的不是同

一个人了吗？"

"那好像是那个小姐的错觉吧。"

"错觉？她见到的那个人分明就不是杨文曜大叔啊！"

"那都是你的假设，不是吗？什么犯罪分子冒充杨文曜在刘贤儿面前演了一出戏。如果真是那样的话，能做出这种事的犯罪嫌疑人又能有几个呢？头号嫌疑人就是小旅馆的老板，要不然就是对杨文曜找小姐的习气非常了解的汉川机械的员工呗。可让刘贤儿去指认的时候，她说不是他们中的任何一个人。我们从汉川机械要来了他们公司员工的花名册，然后给她看了所有男性员工的照片，她说没有。小旅馆的老板余春吉，她就更熟了，她经常从那儿出入，本来就知道余春吉长什么样儿，结果当然也不是。既然如此，那就只能说明演这场戏的人根本就不存在吧？是刘贤儿搞错了。说句不好听的话，做那种工作的女人会关心上了年纪的客人的相貌吗？再加上当时屋里那么昏暗，记不起他长什么样儿也很正常，所以她才那么说的。"

"不对吧，犯罪嫌疑人就一定仅限于是旅馆老板和汉川机械的员工吗？怎么光凭着看看照片，辨认人脸，结果没有从中找到凶手，就做出是自杀的判断呢？"

"可再怎么说，凶手是其他人的可能性也太小了。而且，刘贤儿这回一下子看了那么多的照片，以后估计也辨认不出来了,就算她那天见到的真的不是杨文曜本人也没用啦,所以……"

"你们这是故意的吧?胡乱弄来一堆照片给她看,想搞乱她的记忆,你们警察就是这么查案子的吗?"

"不是,我们没有……"

镇久果断挂断了电话,好让对方知道自己的抗议与不满。挂了电话之后,他就像泄了气的皮球,那种感觉就像是自己殚精竭虑摆好的多米诺骨牌,被不知道哪个混小子一脚踢倒了。

可他也并不感到惊讶,这不过是他从一开始就一直在担心的东西终于变成了现实罢了。不知道茶楼小姐刘贤儿的证词到底对警方的判断造成了多大程度的干扰,而这一点恰恰就是几天来一直困扰在镇久心头,久久挥之不去的那一缕不安。警方真会那么容易就把自杀的结论改了?对此还是不能太乐观。每一起案子都有它的惯性所在,既然警方之前已经以自杀的结论结了案,再想将之完全推翻并改判为他杀着实不是一件易事。

靠误导刘贤儿的记忆来完全改变案件结果的战略,不得不承认,确实是有一定的局限性。正所谓"成也萧,何败萧何"。刘贤儿模糊的记忆既能让这件事成为可能,也恰恰有可能因此而变得不可能。当初镇久单用一张照片就让她产生了错觉,足见她记忆力的不可信。她在工作过程中所见到的,不过都是些既不帅,又不年轻,还毫无个性的中年大叔,除了钱之外,她又能有什么理由去关注他们的长相呢？刘贤儿把警察提供给她的照片挨个儿浏览了一遍之后，她已经彻底无法确认她那天晚上见到的人到底是不是杨文曜了。如果这真的是一起谋杀案，那么毫无疑问，抓捕凶手的过程将变得异常的漫长和艰难。所以警察最后才要扰乱刘贤儿的记忆，让这个"凶手"彻底消失，那么就可以皆大欢喜，并且重新让案件的结论回到自杀的原路上去。

对于林虹淑来说，这似乎是一笔眼看就要到手了的保险金，而对于镇久来说，他仿佛已经听到了原本属于自己的那只煮熟的鸭子飞走了的声音。

镇久仔仔细细地盘算了很久，然后拨通了海美的电话。

"我要出去几天。"

海美听到这话，差点没跳起来。

"什么？你又折腾什么啊？要一个人去旅行吗？"

很显然，海美对镇久抛下自己，独自一个人不知道要去哪儿的这种行为很是反感。她生怕镇久又做出什么蠢事来，所以对此非常敏感。

"别激动嘛，我再去趟永同。原本还有 50% 的把握，可现在的情况正在向不利于我们的方向发展啊。"

"意思是我们拿不到保险金了吗？为什么啊？"

"警察那边好像还是坚持了他们原来的结论。"

海美这下更加激动了，不过是因为别的理由。她的这个看似变得可怜的表舅妈就不知道要和谁开始发她的那堆牢骚了。

"但眼下还不能放弃，我这次去永同就是要从头到尾把整件事再仔细地调查一遍。"

"那我也去。"

"你去干吗？"

海美一看拦不住镇久，便用命令似的语气要求和他同行。

不是还打算顺便在永同玩一玩儿吧？满腹狐疑的海美竟毫不迟疑地与林虹淑也取得了联系。一直挂念着此事，整日惴惴不安的林虹淑得知这个消息后，也表示愿意同去。于是，由这三个人组成的"家属小分队"又一次成立了。

七

再次抵达永同的时候，已经是晚饭时间了。镇久一行人再次入住了上回他们来时住过的那家宾馆。刚在宾馆里安顿下来，海美便又屁颠儿屁颠儿跑到镇久房里来找他了。

"镇久哥，我们下一步要怎么行动啊？"

"还没计划好呢。"

"啊？那跑到这儿来干吗？"

"那你还要跟来。"

"快，说。"海美瞪着眼睛命令道。

"……真没有什么计划啊，现在只能一切从头开始了。反正这里是案发现场，我们边调查，边慢慢想办法呗。该见的人这次也得好好见一见了。"

"那岂不是成了打无准备之仗了？"

镇久扔下对他充满了不信任的海美，又独自离开了宾馆。镇久在永同黑漆漆的街道上走了一会儿，最终将脚步停在了他熟悉的地方——"华盛顿茶楼"。他还想再听听刘贤儿怎么说。

"呦，小帅哥你又来啦。"

人已步入中年的女老板认出了镇久，还给他拿了杯水。

"今天还是找贤儿？"

镇久点了点头，坐下来，靠在了沙发上。

为了打发这漫长的等待，镇久用手机玩儿了很久的游戏。终于，茶楼的门"嘎吱"一声响，他看到了抱着小包进来的刘贤儿。刘贤儿也看到了镇久，她走过来很自然地坐在了镇久旁边。镇久瞥了她一眼，然后把手机塞进了口袋里。

"又见了，小帅哥。"

对于这个看上去比自己大十几岁的女人总是这么肉麻地称

呼自己，镇久已经习惯了。

"先来两杯咖啡。"

没一会儿，刘贤儿便端过来两杯咖啡，把其中的一杯放在镇久面前。镇久和她聊了几句闲话之后，便马上步入了正题。

"还是上回那位大叔的事儿。"

"啊？怎么还是那件事儿？我真是快要被烦死了。上回就因为这事儿，我又跑到永同警察局看了一大堆陌生男人的照片，差点儿没把我累死。"

"这回就问你几个简单的问题，我不也是为了工作嘛，我们老板都不知道骂过我多少回了。"

镇久再一次在这儿启用了他的虚拟职业——"律师事务所调查员"。

"哎哟，真是的。"

刘贤儿发牢骚的时候，镇久趁女老板不注意，偷偷往刘贤儿的手里塞了两万块钱。刘贤儿瞄了一眼女老板，轻手轻脚地将钱装进了口袋里。

"我怎么听警察说，你没记清那天晚上见到的那个大叔的样子啊。"

"唉，别提了，烦得要命。警察把我叫了去，交给我一大堆男人的照片，然后把它们打乱了，一个一个问我是不是，结果搞得我现在连那天见到的是人是鬼都不知道了。"

"妈的，果然不出我所料。"

镇久狠狠地骂了一句，把身子重新靠在了沙发上。刘贤儿笑了笑，轻轻用手拍了一把他的膝盖。

"那家'无与伦比'小旅馆老板余春吉的照片你也看过了？"

"他叫余春吉啊？我原来就知道他长什么样儿，经常从他那儿出入，能看到嘛。"

"那看来，你那天晚上在 309 号房见到的那个男人确实不是余春吉了。"

"怎么可能是他。"

两个人围绕案发当天晚上发生的事聊了很多，但终究还是没有什么实质性的内容。过了一会儿，镇久突然问道：

"那个大叔在往咖啡里面倒氰化钾的时候大概倒了多少？你注意到了吗？"

"倒了多少？这个……我就见他用那个小药瓶倒了几下。"

"如果用咖啡勺来衡量呢？"

"差不多一勺？如果把倒进我咖啡杯的那点儿也算上的话。"

要知道，仅仅 0.15 克氰化钾就能让人殒命，再想想这个一勺子的量，立马毒死两个人可以说是富富有余。

"那就是说，他把药瓶里面装着的氰化钾全都倒光了？"

"那倒没有，小瓶子里还剩了差不多三分之一的样子。"

镇久"唰"地一下摆过头，眼角里透着深深的疑惑。

"真的？你确定？警察可是说你连照片都能搞混。"

"看人脸的时候当然难免会出现那样的情况，但当时的那个场景我可是历历在目。我一边目不转睛地盯着他，一边心想：'这个大叔到底在干吗啊。'"

"那倒也可以理解。我们看吸血鬼电影的时候，即使忘了故事情节，也还是会对吸血鬼那对尖利无比的牙齿印象深刻的嘛，我觉得你那种情况和这个差不多。"

"嘻嘻，没错，没错。"

"嗯，那我知道了，谢谢你。"

"这就完了？"

镇久从沙发上站起身来。

刘贤儿则冲他挤了挤眼睛，妩媚地说了句："小帅哥一定再来哦！"

"华盛顿茶楼"对面有一座二层小楼，底下一层是一家药店。镇久见药店的灯还亮着，便赶忙走进去买了一瓶胃复安口服液，但他并非是感觉胃不舒服。他看了看药瓶标签上标识的容量后，将它放进了口袋里。

胃复安药瓶的容量是 20 毫升。即使杨文曜当天所带来的那个胃复安药瓶里并没有装满氰化钾，药量也已经相当之多了。假如真如刘贤儿所说，杨文曜只倒出了瓶子里三分之二的氰化钾，将之分别倒进了两个杯子里而留下了三分之一的话，那问题就不在于他放了多少，而是在于那个瓶子里剩了多少了。可事实是，警方在杨文曜尸体旁找到的那个药瓶，里面几乎是空的。那么，瓶子里剩下的那三分之一的氰化钾到哪里去了呢？

刚从外面回来，看样子是要准备睡觉的海美穿着一身淡紫色的运动服正要回房，镇久看见她后说了句："海美，我看你今天下午的时候好像有点儿消化不良，我把药给你买来了，把这个喝了吧。"说完就把胃复安的药瓶递到了海美嘴边。海美似乎感到有些受宠若惊似的，接过自己男朋友递过来的药瓶。

"你没事儿吧？你这出门在外的，怎么突然决定要成为一个贴心好男友了？"

"其实……"

镇久就把杨文曜药瓶里剩下的那三分之一氰化钾不见了的事情告诉了海美。

"那个小姐不会是又产生错觉了吧？"

海美貌似觉得这件事儿没有什么大不了的，之后便将已经打开了的胃复安口服液一饮而尽。

"呃，虽然现在觉得没有什么，但……"

镇久自己也不知道该怎么说下去。浑身的倦意让海美的两个眼皮之间不停地打着架，一直满怀信心等待着镇久的海美只得带着失望，回到了自己屋子里，而林虹淑也正在屋里等她回去睡觉。

三个人在各自的房间里度过了一夜，一直睡到第二天日上三竿的时候才起床。倒也不是因为他们太累了，而是镇久在这一天没有什么特别的安排和计划。所以，既然镇久没说有什么要紧的事，海美和林虹淑就索性给自己也放了假。

等他们三个收拾妥当，从宾馆里出来的时候，都已经快要到吃午饭的时间了。自上次从永同返回首尔到现在，才过了差不多一个星期的样子，天气就仿佛在一夜之间已变得完全不同了，让人感受到了浓浓的春意。和首尔市区相比，永同早晨清新畅快的空气简直好得不能再好了。镇久张开胳膊，大大地做了一个深呼吸和伸展运动，然后回过头，冲着海美说：

"今天天气真好，你就陪着表舅妈去逛逛葡萄酒庄，还有松湖风景区之类的地方吧，好好放松放松。"

"你又想扔下我？那你干吗去？"

"我就在附近逛逛呗。"

镇久第一个想去逛逛的地方就是"无与伦比"旅店。其实也不是特意要去，只不过是前一日得知了那个药瓶的事情后，让他觉得有必要再找旅店的老板余春吉谈谈，毕竟他才是第一个发现杨文曜尸体的人。

镇久迎着金色的晨光，又一次推开了这家小旅馆的玻璃门。和敞亮的外面相比，这里依旧像上次他来时那样黑洞洞的。镇久走进接待室，问了句"有人吗？"，"来了！"，他没想到回答他的竟然是个年轻男子。

"请问余老板去哪儿了？"

"我们老板他不在，我是来上白班的。"

答话的男人看上去30岁不到，大大咧咧的，总是一副气呼呼的样子。

"那他什么时候来啊？"

"下午的时候就来了，然后会一直在接待室里待到第二天早晨。"

他透过接待室下方的窗子，用怀疑的眼神白了镇久一眼。看样子，旅店老板余春吉只有下午到天亮之前的时候，才会在接待室里守着，白天他还另雇了一个人。可镇久也不是急着要见他，所以又从旅馆里走了出来。

"哎哟，坏了，没钱了。"

　　镇久一边想着早晨该吃点儿什么，一边掏出钱包，可打开钱包一看，发现里面已经没多少现金了。这时，一栋巨大的农协银行①大楼映入了他的眼帘。早饭时间来取钱的人很多，等镇久进来的时候，自动取款机前已经排起了长队，所以他只能等一会儿了。镇久觉得在这儿排队等着，还不如趁这个时间休息一下，于是在银行大厅里找了张空椅子坐了下来，顺手拿起了旁边放着的一本《永同新消息月刊》。但此时，一个站在他右前方窗口前的人引起了他的注意，但吸引他的并不是那个人的细高个儿和周正的外表。镇久虽然只能看到他的背影，但微微斜一下身子便差不多能看到他的半张脸，那人不是余春吉吗？

　　他从肩上挎着的大包里掏出了一块用纸包裹起来的东西，放在柜台上。那个东西差不多有半个砖头那么厚，打开之后，不是绿色，也不是蓝色，而是两捆黄色的五万元大钞②。即使从远处看，每一捆钱也有将近几厘米的厚度，总额应该在一千万左右的样子。而余春吉正坐在窗口前等着银行员工帮他换钱，看上去他想把这些五万块通通都换成一万块。等窗口另一边的女职员将所有换好的钱递还给余春吉的时候，那堆钱的

①农协，全称为"韩国农业合作社中央联社"，农协银行为其下属的金融机构之一，在韩国境内拥有最大的银行网络。
②韩国纸币分为多种面值，每种面值的颜色皆不同，最大五万元面值的为黄色，一万元面值的为绿色，一千元面值的为蓝色。

体积几乎膨胀了五倍。

他为什么要做那种没有什么意义的事？

镇久想了半天，也想不出个合适的答案来。余春吉依旧用他之前提一千万来时的大包将所有的一万块都装了起来，然后把刚才包五万块的那张纸揉成个团扔进了一旁的垃圾桶里。等余春吉一脸僵硬地走出了银行之后，镇久赶忙向垃圾桶走了过去。他撕了一张存取款单对折了几下，把它扔进了垃圾桶里，然后又假装想要把它捡回来的样子，把手伸进垃圾桶，连同余春吉刚才扔掉的那张纸一起捡了上来。银行里，包括大堂保安在内的所有人都没有注意到他"捡垃圾"的举动。

镇久一走出农协银行的大门，就把从垃圾桶里捡来的那张纸打开，看了看。那张纸看上去像信笺一样，印刷着模糊的轮廓线，纸张最下面写着"新永同汽车旅馆"五个小字。由五万元面值组成的总价值一千万元的现金收入，很显然不可能发生在一个汽车旅馆里。从用"新永同汽车旅馆"的信笺包钱的事情来看，刚才余春吉从银行换得的那一千万难道是问"新永同汽车旅馆"的老板或者客人借来的？二者之中，从宾馆老板那儿直接借来的可能性更大。

规模宏大，装修精美的"新永同汽车旅馆"就坐落在马路对面，即便说它是永同的地标性建筑也一点儿都不夸张。上次他们三人来永同的第一天四处找宾馆的时候，这里是最先引起他们注意的地方。阿拉伯宫殿一样的建筑外观让人总能闻到一些不太正经的气息，所以在海美的强烈反对之下，他们三个不得不住在了别的地方。如今，镇久为此反倒觉得有些庆幸。如果他以一个旅馆客人的身份，四处去打听余春吉的钱的事儿，那肯定会引起别人的怀疑。

吃过午饭，镇久重新整理了一下思绪。第二天上午的时候，他来到了"新永同汽车旅馆"。大得让人瞠目结舌的停车场和宽敞的前台大厅与这栋八层的建筑物，交相辉映。镇久一进大厅，先习惯性地扫了一眼天花板，看到了架设在大厅拐角处的摄像头。镇久敲了敲接待室的门，一个看上去五十多岁的男人将门打开一条缝。脸又扁又圆还微微有些泛红的旅馆主人说自己叫张学文，他一般只在白天来上班，晚上则把旅馆交给员工打理。镇久简单地和他寒暄了几句之后，十分镇定地说：

"大叔，我是高丽信用信息公司的员工。"

"信用信息？你们是做什么的？"

"我们算是一家金融机构吧。"

"我又没找你们借过钱。"

"呵呵，没有，没有。其实，我来是有几件事想和您说一下。'无与伦比'旅店的老板余春吉之前向我们提出了贷款申请，因为金额太大，所以需要对他做一下信用调查。"

"那你应该去'无与伦比'找他啊，你来找我干吗？"

"哦，是这样的。我们听附近的人说余春吉近期曾向您借过钱，所以想来了解一下具体的情况。只有弄清了他真实的负债情况，我们才能向他提供贷款以及决定贷款的金额。我们公司对债权人是极其负责的，这是我们一直以来的宗旨。所以希望您能将您知道的告诉我们，万一以后余春吉出现了延期还贷之类的情况，我们也好对违约债权的分割有个应对之策。"

谁都能听出来，镇久说这番话的言外之意是怕余春吉还不了这笔虚构出来的"贷款"。如果张学文确实把钱借给了余春吉的话，哪怕是为了以后考虑，他也应该弄清楚自己以后最少能拿回来多少，以此来免去不必要的麻烦。

"是吗？……嗯，那我算算，合起来总共有个1700万吧。"

"1700万，好，那么余先生是一次性问您借了这么多钱吗？"

"不是，我三四个月前借给了他300万，一个多月前又借给了他400万，这不，今天又借给他整整一千万。"

"这些钱是用汇款的方式给的，还是用现金的方式给的啊？"

"前面两次是汇的款，今天这一千万我给的是现金。我可没说谎啊，我确实给的是现金，不信你可以直接去找余春吉求证。"

"我怎么可能不相信您说的话呢？那应该给的都是五万元

面值的现金了，一千万可不是个小数目。"

"那当然了，这么大笔钱谁还能用一万块的啊。"

"那余先生为什么要向您借钱呢？"

"你们连这个也要知道吗？"

"贷款人的借款原因有异常的话，很有可能会对他后续的贷款造成影响。如果是搞资金池，或者用贷款放高利贷的话，我们是不会贷款给他的。"

"哎，不会的，他不会去做那种事的啦，人家怎么说也是有自己旅馆的人。我听说他是碰上了什么急需用钱的事儿，连他老婆都没告诉。谁还没个急需钱的时候，瞒着家里人偷偷借钱的事也算不了什么。余春吉是一年前搬到这里开了那家'无与伦比'旅店的，他还和我是老乡呢，也都做着开旅馆的生意，因而平日里关系也还不错。那个家伙啊，他才不差钱哩，现在怎么也得有个一两千万的身家，所以我才把那么多钱放心地借给了他。"

"哦，这样啊，非常感谢您的帮助！既然债权结构清晰，信用评价也都做完了，我会尽最大努力帮余先生拿到贷款的！最后还有一件事要拜托您，因为我们所有的信用调查都是暗中进行的，所以希望您能替我们保密，不要把这件事告诉余先生……"

"知道了，知道了。"

张学文爽快地答应了镇久的请求，看来他还是个古道热肠的人。

从"新永同汽车旅馆"出来，镇久独自走在幽静的街道上，陷入了沉思。找了家饭馆，一个人坐在那儿吃晚饭的时候，也一直都在想着什么事情。

余春吉瞒着自己的家人，偷偷从张学文那儿借了三次钱。300万，400万，还有今天的一千万，借这么多钱，他的家里人竟然都不知道。可是，余春吉今天为什么要在农协银行将那成捆的五万块钱都换成一万块的零钱呢？难道是给儿孙们的压岁钱？那也不应该是这个时间啊，镇久一时还真想不出个合适的理由来。可理由肯定是有的，就像人的心中哪怕只有一丁点儿的情感起伏都有它的原因所在一样。自己究竟是该对这个看似心怀鬼胎的人继续紧紧地追查下去？还是说服自己就这么相安无事地过去呢？他知道，不同的决定将会带来完全不同的结果。可凭借着自己积累多年的经验，镇久隐隐觉得这里面肯定有文章。

至今，镇久还清楚地记得他上回来永同初次在"无与伦比"旅店见到余春吉时他的表情，他当时分明有什么心事。而当镇久问起310号房间时，他所表现出的那种耐人寻味的敏感以及似乎快要发火的样子，则间接证明了镇久的判断。虽然他马上就恢复了正常，可为什么一提起 309 号房对面的那间房他就会变得如此的激动呢？还有，既然他那么不喜欢别人提及 310 号房，那他为什么还要如此执着地一直都把杨文曜安排在对面的 309 号房住呢？那个时候，杨文曜案的调查正在进行当中，所以镇久当时觉得余春吉的异常可能与之有关。但结合他今天所做的这起离奇的现金交易，镇久总觉得这里面有什么猫腻。

对特定地点的过激反应，秘密的金钱交易，这往往就是那些见不得人的勾当发生时所具有的共同特征。

但原因还不得而知。

那么，既然余春吉对这间屋子如此的敏感，始终想把它隐藏起来，那亲自去一探究竟不就可以真相大白了吗？

镇久回到了自己的住处。海美和林虹淑的那间房里没人，看来她俩是被镇久说得动了心，一大早就出去玩儿了，到现在还没回来。镇久一进屋，便赶紧从包里翻出上回开 309 号房时使用的那两枚铁片，还换上了旅游鞋。出来之后，他便马上向"无与伦比"赶了过去。不过这次，镇久可就不再是小旅馆的客人，而是一个"不速之客"了。

到了之后，镇久并没有急着进去，而是站在旅馆小楼的旁边掏出手机按旅馆招牌上的电话打了过去。

"您好，这里是'无与伦比'。"

这是余春吉的声音，看来那个来上白班的年轻男子已经和他换班了。

镇久用右手捏住自己的喉咙，细声细气地说：

"我刚从你们这儿路过，发现有几个孩子在你们旅馆后面那个黑漆漆的空地上喝酒，还欺负别人家的小狗。你们旅馆这边难道不应该管管吗？"

镇久故意把自己伪装成一个热心的普通市民。他倚在旁边一栋楼的墙上，等了一会儿，看到余春吉推开旅馆的玻璃门从里面走了出来，晃晃悠悠地向旅馆后面走去。他才没心情关心那些孩子到底是不是在喝酒，他担心的是旅馆周围会不会被这帮家伙弄得又脏又乱，抑或是不是真的死了条狗。然而余春吉到现场一看，只发现了空无一人的案发现场，根本没见到什么"喝着酒还欺负别人家狗的孩子"。镇久则趁着这个机会，迅速地潜入了"无与伦比"旅馆。

他上到旅馆三层，来到了走廊的尽头。309号房对面房间的门上方贴着"310"的字样，这分明就是余春吉声称自己要用的那间房。镇久试着转了转门把手，发现门是锁着的。周边旅馆的防范措施都非常的简陋，"无与伦比"旅馆也不例外，它的房门上安装的是最简单的球形锁，曾经被作为客房的 310 号房也是如此。镇久将准备好的两枚细铁片往锁孔里一插，轻轻捅了几下，房门"吧嗒"一声，就开了。

一进门，首先看到的是对面窗户上挂着的窗帘。夕阳的余晖透过窗子，射进屋里，屋里即使不开灯也能看得很清楚。至于屋子的构造，镇久是再熟悉不过的了，这一间只有浴室和床的位置与 309 号房间的不同。除此之外，墙角还立着一个衣柜，床旁边的小圆桌被一个书桌和小凳子取代，桌上还放着一台笔记本电脑。打开衣柜一看，里面空空如也，一件衣服也没有。反正余春吉还另外有一个家，估计也没必要带衣服之类的东西过来吧。

镇久打开了桌上的笔记本电脑，在等待它开机的时候，他顺手拉开了桌子的抽屉，里面放着几个黑色封皮的笔记本。镇久把它们拿出来，翻开看了看，发现这些都是这家旅馆的日常营业账簿。在来回翻看的过程中，一张纸突然从里面掉了出来。镇久捡起这张纸放在眼前，借着微弱的阳光，仔细辨认了一下。

这张从常见的线圈本上撕下来的纸上密密麻麻地写着一小段文字。这一看，着实把镇久吓了一跳。

这是一封勒索信。

你和那个女人的关系我都一清二楚，那个东西我也看过了。如果你不想让你家人知道这件事的话，那就乖乖地准备好300万，星期天的时候把它埋在南道碾米厂后边葡萄园的第三根柱子下。

勒索信还有一封，不过已经被揉得皱巴巴的了。

我又想了想，总觉得这个价格是不是有点儿太低了啊？那就再加400万吧。星期二晚上，永同医院附近天桥的第四根柱子下面的石堆上会有一个黑塑料袋，把准备好的钱用那个塑料袋包起来，然后扔在那儿就行了。

可是，这个写勒索信的人所说的"那个东西"究竟是个什么东西呢？

镇久又用手在抽屉里仔细搜索了一番，可一无所获。

既然连勒索信都这样随随便便地被夹在旅馆的账簿里，那么"那个东西"肯定也不会放得很远。难道是在他坐在这儿时，手能够到的地方？

这时，书桌上放着的圆形储物筒引起了镇久的注意。筒里插着几支笔，看起来很适合放一些小杂物。镇久把手伸进去掏了几下，一把从里面抓出四五个打火机来。这种打火机比一般的要宽，造型很独特，上面写着"新苗KTV"的字样，一看就是这家KTV用来做广告的赠品。镇久用手再往里掏了掏，又摸到了一个方形的物体，掏出来一看，竟然是个U盘。

镇久把U盘插进笔记本电脑的USB接口，打开后，发现里面存储的是一个视频文件。按下播放键，他便看到了两个人赤身裸体地搂抱在一起来回扭动的画面。原来，余春吉和画面中女子发生关系时的场景被人录下来了。从画面的拍摄角度来看，拍摄设备应该被固定在了与他们头部相反方向的位置上，再加上房内的光线很好，余春吉来回摆动着的脸被摄像机清晰地捕捉到了。两个当事人当时似乎对此毫不知情，很明显，他们是被人偷拍了。画面中的女人躺在床上，背对着镜头，因而很难辨认出她的相貌，只能勉强推断出她大概三十几岁的样子。床旁边还放着一个书桌，而那恰好就是镇久面前的这个书桌。

"原来他们是在这间屋子里被人偷拍的啊。"

这个视频只有短短的几分钟。像雷阵雨一样将所有的能量都在一瞬间倾泻而出之后，余春吉已是气喘吁吁，趴倒在那女人身上，一动不动。而那女人则一把将他推开，伸手从放在书桌上的化妆包里掏出了一盒烟和一个打火机。女人点着烟之后并没有自己抽，而是把它塞进了余春吉的嘴里。这个时候，余春吉才翻过身来仰面躺在床上，一边吞云吐雾，一边盯着天花板发呆。而那女人又卧倒在床上，还是看不到她的脸。可当她掀开被子露出左脚腕的时候，上面一个椭圆形的伤疤却没能逃过镇久扫描仪般的眼睛。

近年来，心术不正的旅店老板在客房里安装微型摄像器材，偷拍客人隐私的事情屡屡见诸报端。可没想到如今，旅馆老板在自家旅馆里被别人偷拍了，这可真是搬起石头砸了自己的脚。肯定是那个给他写勒索信的人暗中将余春吉和那个女人在这间屋子里所做的事情，全部拍了下来，然后借此来敲诈余春吉。依据勒索信上的内容来看，人家第一次问他索要了300万。看他乖乖地就范毫无反抗之意，便又问他要了400万，还有最近的那一千万估计也是如此。所以，每次人家一要钱，他就不得不偷偷地去向张学文借。

如今，那封敲诈一千万的勒索信既然不在屋里，那估计多半就在余春吉的身上了。真是太可惜了，如果那封勒索信也在此，而且还是像之前那样，告诉余春吉一个具体的时间和地点让他去放钱的话，那个一直潜伏在幕后的家伙说不定就能被镇久抓住了。可就算见到了这个人，也没有必要马上就把他绳之以法。可眼下这个杨文曜的事儿还毫无进展，因为它就把这起颇有挖掘价值的敲诈勒索案这么放弃了，镇久心里多少觉得有些放不下。而杨文曜度过他人生最后时刻的那间房，恰恰就在这间房的对面，说不定两件事儿之间会有什么联系呢。

心有不甘的镇久又在屋里找了半天，看看能不能找到什么装着勒索信的信封，可终究还是一无所获。于是，他把勒索信和 U 盘都放回原位，悄悄地溜出 310 号房，当然，他也没有忘记关上房门。余春吉那时已经回到了接待室，不过他累得斜靠在一边，头也不抬一下，在他眼皮子底下神不知鬼不觉地溜走，对于镇久来说简直易如反掌。此时身在接待室里的余春吉只看到了对面的玻璃门有微微的开合，但他似乎并不觉得这有什么异常。

镇久从旅馆溜出来时，春日傍晚的最后一缕阳光正好洒在门口幽静的街道上。以柿子而出名的永同，此时也染上了一层柿子的颜色。镇久一边走，一边尝试着想要将刚才在那段视频中看到的画面从自己的大脑中抹去。因为镜头是固定的，所以镇久大部分时间都在"欣赏"余春吉那干瘪的屁股，每每想起都让他异常不快。

镇久回到宾馆的时候，海美正在门口闲逛，看样子她一直在等镇久。海美说她和林虹淑找到了一家葡萄酒庄，虽然在那儿小酌了几杯，稍稍有些醉了，但现在酒已经完全醒了，从她那白皙的脸蛋儿上也丝毫看不出有醉酒的痕迹。

他们住的宾馆后面有条小河，沿河修建的人们散步的小路上，还放置了许多条长椅。

"哇，这里真是太棒啦。"

海美坐在长椅上，看着缓缓从脚下流过的波光粼粼的金色河水，像个孩子似的发出了赞叹。

"和你说件事……"

坐在海美旁边的镇久将余春吉被人敲诈勒索并偷偷借钱的事情向她和盘托出。

"……事情就是这样。余春吉好像是因为那段不雅视频被人敲诈了，而他一直在按照对方的要求给对方送钱。这些事他的家人并不知情，那些钱都是他向他的朋友——"新永同汽车旅馆"的老板张学文借的。三四个月前借了 300 万，大约 1 个月前又借了 400 万，这和我在 310 号房看到的那两张勒索信上所写的数额是一致的。"

"那今天借的这一千万又是怎么回事啊？估计是又被人家敲诈了吧。"

"我觉得也是，他今天去找张学文借钱多半是因为又收到勒索信了……可我有一点不能理解，余春吉为什么要把借来的五万块面值的整钱全部换成一万块的零钱呢？"

看着镇久眼珠滴溜溜转来转去的样子，海美挺直腰板说了一句话。

"比这个更让我好奇的是，这件事和杨文曜大叔的案子有什么关联吗？放下我表舅的事情不管，你倒一门心思管起别人的事来了，为什么啊？你给我说明白。"

"为什么？至于为什么嘛，那个……"

镇久被海美问得哑口无言，尴尬地用脚在地上划拉着。

"我也不知道啦，可是，为什么这两起案子偏偏都发生在那家旅馆里呢？而且还是对门。不如先调查一下，如果二者真的没什么联系的话，我就不管了。可万一有点儿联系，哪怕只有一丁点儿，我们都应该继续深入追查下去吧？反正杨大叔的这起案子本来就很难翻案，我们能靠着那一丝的希望，走到今天都算不错的啦。"

其实，镇久自己也很清楚，他现在不过是在摸着石头过河。这件事和杨文曜的死之间真的会有联系吗？就算除了同样都发生在"无与伦比"旅馆之外再没什么联系的话，难道就不能创造一个联系出来吗？

林虹淑说她不想吃晚饭，此时正在房间里休息。镇久和海美两个人便在附近一家简单朴素的韩餐馆随便吃了点东西。等吃完晚饭从餐馆里出来的时候，夜晚的大幕已经徐徐落了下来。

镇久在黑暗中向远处望了一眼，然后嘀咕一句："是时候行动了。"

镇久把海美送到宾馆门口，便转身要走。

"你先回去休息吧，我出去一下，一会儿就回来。"

"你最近怎么老这样啊？偏偏要在晚上出去活动，去哪儿？"

"我无论如何也得去找找余春吉的那个老相好啊。"

"那个女人是老鼠吗？大晚上的，你去哪儿找她去？"

"哦，不是，就，不用去找也……"

镇久吞吞吐吐的话也没说完就走了，海美也不想揪着他，打破砂锅问到底，转身回了房间。虽然镇久有些形迹可疑，也不知道他目前所了解到的情况能不能将之称为最近几天的"成果"，但海美还是觉得应该将镇久的新发现告诉林虹淑。

一想到自己接下来要去的这个地方，他便为海美没抓着自己刨根问底，而感到庆幸。镇久掏出手机，拨打了一个号码，那个号码正是他下午在"无与伦比"旅馆310房的储物筒里找勒索信时，无意间发现的印在打火机上面的"新苗KTV"的电话号码。他连打了两次才打通，问清了那个地方的位置。

镇久在储物筒里总共发现了四个造型别致的打火机，上面都印着"新苗KTV"的字样。而视频画面中的那个女人在完事儿之后，从化妆包里和烟一起掏出来的还有一支打火机，虽然有些模糊，但却能看出那支打火机也很宽。所以，可以肯定，女人的那支打火机就是"新苗KTV"的打火机。如果真的如此，她会不会是"新苗KTV"的工作人员呢？储物筒里放着的那四个一模一样的打火机，很可能是那个女人每次去找余春吉时无意间遗忘在房间里的。如果这个女人确实在"新苗KTV"工作，那就有办法把她找出来了。虽然通过视频录像没能看清那女人的脸，但那个椭圆形的伤疤却让镇久记忆深刻。

这家KTV离永同火车站不远，位于主干道边上一栋3层大楼的地下。五十多岁的女老板见到镇久这个身上既没有酒气又没有同伴的小年轻进来时，脸上毫无表情。然而，之后，她却被镇久进包房后说的第一句话吓了一跳："先给我来两个啤酒，再叫个陪唱小姐来，三十多岁的就行。"镇久说完就给女老板塞了三万块钱，先堵住了她那张不知会不会问东问西的嘴。

二十多分钟之后，一个女人走了进来。室内昏暗的灯光将她脸上的浓妆艳抹衬得格外显眼，及膝长的裙子上套着一件青绿色的短袖衫。她一看到眼前这个生气勃勃的二十多岁帅小伙儿，便喜上眉梢地笑着，坐在了镇久旁边。镇久瞄了一眼她的左脚腕，结果发现上面不但没有什么伤疤，反而还十分干净嫩白。

于是，镇久掏出两万元来递给她。

"不好意思啊，我现在突然有点儿急事，必须得走了，我给你一个小时的钱吧。"

"看来帅哥是对我不满意啊，行，我明白，在这儿等着。"

虽然自尊心受到了打击，但那女人还是拿着钱出去了，镇久一脸歉意地跟她挥了挥手。不一会儿，KTV 的女老板打开房门把头探了进来。

"怎么了？您对刚才那个不满意啊？是您自己说要 30 多岁的啊。"

"呃，她不是我喜欢的类型，您再给我叫一个吧。"

女老板听完，便合上房门出去了。十多分钟后，又进来了一名女子。一头短发，穿着紧身裤的她，性格非常外向，一进门就先冲镇久说了一句"哈喽！小帅哥。"然后紧紧地靠在了镇久身边。镇久脸上露出尴尬的表情，赶紧说了句：

"人家谁穿着裤子来这儿工作啊？"

"那还不是因为你急着要人嘛。我宁可不换衣服，也不能把小帅哥一个人晾在这里不是？"

女子一边捂着嘴咯咯咯地笑着，一边把身子往镇久身上靠，镇久隐约间已能感觉到她那柔软的胸部。

"嗯，我想欣赏欣赏你的美腿，别动哦。"

镇久说着，就要把那女子的裤管往上卷。那女子虽然摆了摆手想拒绝，但心里以为这个家伙不过是想和她开个玩笑，倒也没怎么反抗。等那女子的裤管被镇久卷起来时，他发现她的左脚腕与前一个女子的别无二致。于是镇久又给了这个女人两万块，说了几句好话打发她走了。

见这女子进去还不到五分钟就又出来了，女老板很是诧异。而这个短发的陪唱小姐一改在镇久面前时娇滴滴的可人形象，一脸嫌弃地说道：

"那个家伙怎么像个变态啊，非要看人家的脚腕，看完就说自己有事要走。不过，也无所谓啦，反正钱已经拿到手了。"

稍后，镇久自己从包间走了出来，让女老板再给他叫个新的陪唱小姐来。女老板看了看镇久，虽然打心底里觉得这个客人有什么问题，可转念一想，反正包间的钱和酒水钱已经收了，陪唱小姐只进去五分钟就出来他也还是会痛快地给她们一个小时的小费，自己也没有理由拒绝他的要求。

镇久又在包间里等了30分钟。

门开了，这次走进来的是一个长发披肩的三十多岁女子。"您好！"她先腼腆地和镇久打了个招呼。皮肤可能因为年龄的原因看起来有些松弛，但却丝毫没有影响到她的美貌。她身上所散发出的那种柔弱又惹人怜爱的感觉，让哪怕是一个不怎么强壮的男人站在她身边时都能感到自信。是这个女人吗？不得不承认，这个自称金佳颖的女人身上确实有一种独特的魅力，一种甚至让中年男人不惜偷情，都要和她在一起，把她当作恋人的魅力。镇久又瞄了一眼这个文静地端坐在一旁的女人的脚腕。她的脚上穿着轻便的高跟凉鞋，左脚腕上，一个椭圆形的伤疤如烙印般清晰可见。很显然，这就是之前镇久在视频画面中看到的那个疤痕。

"我是从首尔到这儿来出差的。"

表明自己外地人的身份不仅能缓解对方紧张的情绪，也更有助于谈及一些私密性的话题。金佳颖似乎有些害羞，可她很会说话。即便和镇久多少有些代沟，但她却没有让镇久感觉到明显的尴尬与窘迫感。金佳颖用手翻着点歌单，问了句"你不唱歌吗？"，"嗯，待会儿再说。"不停喝着啤酒的镇久答道。

"我可以抽支烟吗？"

金佳颖在从手提包里掏出烟之前，先问了一句。

"对不起，我有青光眼，被烟熏到的话不太好。"

其实，"青光眼"不过是镇久编造出来的借口，他真正怕的不是烟熏，而是拥有狗鼻子一样嗅觉的海美。镇久并不抽烟，可他身上一旦被海美闻出了烟味儿，那肯定要遭到她狂轰滥炸般的盘问，说一些他又自己一个人偷偷跑出去喝酒了之类的话，这才是他真正担心的问题。于是，金佳颖又把刚刚抽出来一半的烟盒推了回去，然后疑惑地问道：

"你为什么不叫个稍微年轻点儿的姑娘啊？"

"我看你和我挺聊得来的啊。"

"是吗？我们之间应该有代沟才对吧。"

女子只是简单地回答着，既不着急也不聒噪。

"其实，有些男女之间是很难沟通的，能相互沟通靠的是感觉。而这种感觉也不是随随便便就能有的，可佳颖小姐，你给我的就是这种的感觉。"

镇久说这一席话的时候，金佳颖一直都将头扭向一边，羞答答地笑着。从看他的眼神里可以看出，金佳颖仿佛觉得镇久就是个处在青春期的孩子。两个人又点了些啤酒，觥筹交错之间，镇久便问起了她的个人生活。金佳颖说自己以前住在京畿道的城南市，离婚之后，因为受不了邻里的指指点点，一气之下便跑到物价水平较低的永同来了。她在永同郡政府前的公寓里租了间房，一个人住着，据她所说是因为那里一低头就能看到郡政府的小花园。

"你一个人出门在外的，不害怕吗？"

"当然怕了，所以我才在前门那边儿买了个假海军陆战队队标贴在家门上。"

"哦？"

"就连贼也要对海军陆战队队员的家忌惮三分呢。"

这个坐在角落里的女子，越看越觉得她有趣。

"那个，您还没结婚吧？有男朋友了吗？"镇久突然问了一句。金佳颖没有回答而是大笑了几声，镇久隐隐觉得她可能是希望自己不要再问下去了。她当然有了，她的恋人不就是余春吉吗。可是，眼前的这个女人知道他正在被敲诈勒索的事儿吗？镇久突然又提起杨文曜的事情来。

"我每次来出差的时候都会住在十字路口顶头的"无与伦比"旅馆，可我听说之前那里有死过人哎。"

"哦，那个我也听说了。一个从首尔来的人在那儿服氰化钾自杀了。"

"可我怎么听有的人说是谋杀啊？"

"怎么可能，不会是那样的。"

金佳颖故意自信满满地说。

"为什么啊？"

"谁会跑到那样的旅馆里面去杀人啊？"

"看来您对那家旅馆还蛮了解的。"

"啊，没有，那倒不是。"

可以看出来，金佳颖有些慌张，草草地结束了这个话题。虽然她看上去很单纯，很善良，可她绝不是个轻易就向陌生人透露自己的恋人及个人生活的冒失女人。

很快，一个小时就过去了，金佳颖跟镇久行了个礼，便站起身出去了。她刚一出门，坐在前台的KTV女老板便抓住她的胳膊，担心地问道：

"那个客人怎么样？他没对你动手动脚的吧？"

"没有，连手都没拉一下呢，感觉他还是正直的。"

"是吗？刚才爱京还说他看上去虽然年轻轻的，可不是个什么好东西呢。"

KTV女老板歪着头说，一副不相信的样子。幸亏坐在包间里的镇久没有听到外面两个人的这段对话。

第二天，天气清爽，阳光明媚，历来心软的镇久耐不住海美的软磨硬泡，答应和她一起去松湖旅游区玩儿。

"这就对啦，也该休息休息嘛，快去吧，我有点儿头疼就不去了。"

像上次一样，为了不去当这对小情人的"电灯泡"，林虹淑又一次"大无畏"地选择了留在宾馆。海美看上去异常的兴奋，而镇久虽然一路上陪她说着话，可却始终无法全身心地投入到这次约会中去。

他脑子里装着的几种选择，就像蛇一样互相缠绕交织在一起，让他难以取舍。

现在，他该去找警察了，可究竟什么时候和海美说呢？余春吉被敲诈以及杨文曜的死，除了事发地点相邻之外，似乎再没有什么联系了。可如果能把这两件事儿联系起来，说不定彻底了结杨文曜案便有了眉目。还有一件事一直搁在他的心头，那就是金佳颖很有可能无意间因为这两件事而受到伤害。虽然余春吉那个人不怎么样，但他昨天夜里见到的这个金佳颖却给他留下了很好的印象，镇久打心底里觉得她是个好人。

镇久又一次被自己吓到了。

如今，事关好几亿收入的案子放在眼前自己不管，非要去担心别人的闲事吗？去年冬天他威胁姜玄的时候，还不是一想到钱就变得无所畏惧了。

海美被四周茂盛翠绿的花花草草彻底吸引了，连连赞叹着。镇久突然抛出一句话来：

"我怎么都觉得自己是一个特别特别善良的人。"

听到这话，海美不禁笑出声来。

"镇久哥你吧，优点倒是有那么几个，可就是没有你说的那一点哦。"

"为什么？你没有觉得我变善良了吗？"

"呃……多少有那么一点儿吧。新房子准备好了，以前身上那种恶狠狠的感觉也消失了不少，果然是不应该从门缝里看人啊。"

镇久对海美的评价深以为然，不由得闭上了嘴。

直到下午时分，两个人才回到宾馆。海美正要回自己的房间，镇久赶忙跟她说了一句：

"你和表舅妈说一下，我们现在得去一趟永同警察局。"

"你终于要采取行动啦？"

虽然海美为他感到高兴，满心期待，可镇久却不停地挠着头。

"虽然没什么具体的计划……可也不能老这么玩儿下去啊。就再去试试看吧，让他们给改成谋杀。"

"那要不要告诉警察余春吉被人敲诈的事儿？"

"那个不能说。"

镇久伸出食指，挥了挥。

"为什么？"海美颇感意外地问道。

"因为我们没有证据能证明那件事和杨文曜的案子有关系啊。突然没头没脑地提起那件事的话，弄不好还会把我也牵连进去。人家警察要是问我，我怎么知道的，我总不能连我偷偷溜进旅馆的事儿也和警察说了吧？那可是擅闯私宅。"

"嗯，对哦。"

听完镇久的解释，海美才好像被说服了似的点了点头。可镇久却无法将自己内心中那份真正的忧虑告诉海美——万一提起那件原本没什么相干的事再"误伤"了金佳颖，就不好了。镇久接着说：

"那个装氰化钾的小药瓶不是空的嘛，我们先把这个问题抛给警察，看看能不能影响他们的行动，说不定到时候又会有什么我们还不知道的情况被曝出来呢。"

镇久说完，海美又一次点了点头。

八

镇久、海美和林虹淑一行三人赶到永同警察局的时候，太阳都快要落山了。

"你有什么计划吗？"

林虹淑一边卖力地走着，一边问镇久，眼神里充满了忧虑。

"我要和警察说氰化钾不见了的事儿，看看警察这边是什么反应。"

镇久虽然嘴上这么说，但心里却有些茫然，暗忖自己此行并没有十足的把握。

远远一看到镇久他们，丰泰元便马上又皱起了眉头。无论如何，这起案子已经算是告一段落了，他给镇久打电话的时候虽然已料到他还会再来，但当他的料想成为现实的时候，他还是感到有些不堪重负。镇久坐在了丰泰元的正前方，而海美和林虹淑则找来两把椅子围坐在了丰泰元办公桌的旁边。同事们见丰泰元被这三个人团团围住，不约而同地对他投来同情和怜悯的目光，一个个先后闪出了办公室。

丰泰元对他们的到来似乎已有所准备，率先开了口。经过重新调查，他们断定刘贤儿改口是因为她自己没记清楚。她当晚在 309 号房见到的那个男人既不是汉川机械的员工，也不是旅馆的老板余春吉，更不可能是别的什么人，所以那个人就只能是杨文曜。他啰啰唆唆说了一大堆，就是想说明一个结论——杨文曜的死肯定是自杀。

丰泰元一说完，镇久就抬起两只胳膊，放在他的办公桌上，问道：

"装氰化钾的药瓶是空的吧？"

"什么？"丰泰元一惊，身子微微向后倾了一下。

"我说的是你们之前在他尸体附近，发现的那个用来装氰化钾的胃复安药瓶。你们不是说那个药瓶被发现的时候，已经差不多空了吗？"

"哦，是有这么个事儿。那他肯定是把瓶子里的氰化钾都倒到咖啡里了呗，这有什么？"

"可是刘贤儿告诉我，他们见面的那天晚上，那个男子分别往两个杯子里倒完氰化钾之后，那个药瓶里差不多还剩三分之一的氰化钾啊。"

"这又是从何说起？"

"这个情况我也是两天前才听说的。您不觉得这里面有什么蹊跷吗？和刘贤儿见面的那个男人分明还在瓶子里留下了三分之一的氰化钾，可为什么后来被发现的时候，瓶子变成空的了呢？光凭这一点就能看出那天刘贤儿见到的那个男子并不是杨文曜大叔，而是冒充他的犯罪分子。犯罪分子在刘贤儿面前演戏的时候，并没有将氰化钾全部倒光，而是留了三分之一在瓶子里，可后来伪造犯罪现场的时候，却不小心放了个空瓶子。就是这样一个小小的失误，让犯罪分子不知不觉间露出了马脚。"

"那也有可能是杨先生在刘贤儿逃走之后，自己把瓶子里剩下的氰化钾都倒进咖啡里喝掉了啊！"

"你这不是为了迎合你的自杀说，而刻意无视实际情况吗？氰化钾这种剧毒有多恐怖，你不清楚吗？一个成年人只要摄入 0.15 克就会马上毙命。刘贤儿说，那天那个男人还说了一句话：'吃进去这么多的氰化钾，死不过是一瞬间的事儿。'可见他当时已经倒出了足够的量。那个东西又不是什么山珍海味，何必还要再多吃进去一点呢？胃复安药瓶的容量是 20 毫升，瓶子虽小，但那里面剩下的三分之一的氰化钾都够毒死一头牛了，他为什么非要把它们都倒进去喝掉呢？"

"你得站在自杀者的角度去想问题。他可能是想结束得快一点，好减少死亡过程中的痛苦啊。还有，金先生你说的话也有问题。犯罪分子，不，假如这起案子里有所谓的犯罪分子的话，他当着刘贤儿的面演戏的时候，既然已经在瓶子里留下了三分之一的氰化钾，那他何苦还要再把里面的氰化钾倒掉，然后把个空瓶子放在杨文曜的尸体旁边呢？他到底图什么啊？"

"所以说犯罪分子是在演戏嘛，他毒害杨大叔的时候肯定是用掉了所有的氰化钾，只有这样才能达到最好的毒杀效果。而且，等刘贤儿进来，他开始演戏的时候，他给她看的那个瓶子里不一定装的就是氰化钾啊。他完全可以在里面装上和氰化钾长得很像的白糖之类的东西。既然是在演戏，他就没有必要冒着风险去使用真正的氰化钾。至于剩在瓶里的那三分之一的白色粉末，很有可能就是他不小心留下的。他根本没想到刘贤儿会对此记得这么清楚。无论如何，犯罪分子都不能再将刚才放过白糖的那个瓶子直接放在尸体边上了，他必须放上装了氰化钾的瓶子才行。可氰化钾已经在他毒害杨大叔的时候用光了，所以他不得不把那个只剩一点儿粉末的胃复安空药瓶放在了那儿。对不对？"

"呃，等等，嗯……"

丰泰元眉头紧锁，连忙冲镇久摆了摆手。他总感觉自己仿佛就快要掉进镇久的圈套，所以想调整一下对话的节奏。然而，镇久并没有理睬他，继续展开了他的攻势。

"还有，假如事情真的如您所说，刘贤儿从 309 号房间逃走之后，杨大叔便把药瓶里剩下的氰化钾都喝掉了的话，那么通过他胃中残留的氰化钾推测出的总摄入量，以及那杯咖啡中所含氰化钾的量的总和至少应该大于胃复安药瓶容量的三分之一。丰警官，这是您所坚持的自杀说成立的先决条件。胃复安药瓶的容量是 20 毫升，氰化钾的量即使只占它的三分之一也已经相当多了，做检测的话应该一会儿就能出结果了吧？这个，你们检测过了吗？"

"……呃，那个我们没做过。"

"就算之前没做，现在是不是应该马上动手开始做呢？刘贤儿不是已经提供新的证词了吗？药瓶里还剩下三分之一的药物呢。一旦检测结果出来，发现数值差异很大，那就说明之前的判断都是有问题的。也就像我说的，是犯罪分子自己出现了失误。也就是说，杨文曜大叔的实际氰化钾摄入量和刘贤儿亲眼看到的那个量是不同的。刘贤儿在 309 号房见到的那个男人在她面前演戏的时候，在药瓶里装的是别的东西，而他最后扔在杨大叔尸体旁边的才是真正装过氰化钾的药瓶。"

丰泰元刚要开口，镇久又接着说道：

"我来简单总结一下，现在总共有三种可能的情况：

"第一种情况，谋杀。犯罪分子先用氰化钾毒害了杨大叔，然后假冒他当着刘贤儿的面演了一出戏，这个时候犯罪分子用的是真正的氰化钾。然而，在刘贤儿逃走前，她分明看到药瓶里还剩下三分之一的药物，可等到尸体被发现的时候，药瓶却已空空如也，这个地方怎么都解释不通。所以，不管是我，还是丰警官您，应该都会摒弃这种观点吧？

"第二种情况，同样是谋杀，但犯罪分子毒杀杨大叔的时候用掉了所有的氰化钾，而在后面演戏的时候，用白糖代替了氰化钾。如果这样想的话，一切便都能说得通了。刘贤儿虽然看到了药瓶里还剩三分之一的药物，可她并不知道里面装的其实是白糖。因为犯罪分子之前毒害杨大叔时用掉了所有的氰化钾，所以他最后不得不把那个装过氰化钾的空药瓶，放在了尸体旁边。这种解释与现场勘查结果，以及刘贤儿的证词高度吻合，因而我觉得这个才是最合理的解释。

"第三种情况，就是警察先生所说的自杀。如果真是自杀的话，那么杨大叔见到刘贤儿的时候，其实并没有将瓶中的氰化钾全部倒出，而是留下了三分之一。等刘贤儿仓皇逃走之后，他又把剩下的氰化钾全部倒进咖啡，喝了下去。可是，在接受这样的解释之前，我们必须先要接受一种听上去更加诡异的情况，那就是已经准备好足量的氰化钾用来自杀的杨大叔，在刘贤儿走后还把瓶中剩下的那些足够毒死一头牛的氰化钾，也倒进咖啡里喝掉了。可如果你们非要继续坚持这种可笑的说法，那就请你们马上做检测。就像我刚才说的，只要杨大叔体内和咖啡杯里检测出的氰化钾总量多余胃复安药瓶容量的三分之一，我就心服口服。"

"嗯……"

丰泰元并没有当即反驳镇久，而是抄起手哼哼了一声。再一次推翻之前自杀的结论，并按照镇久说的去检测什么氰化钾的用量，这一幕幕的闹剧绝对不是他想看到的。而且事到如今，死者早已入土，再想做这些事情也全然不可能了。可是不这么去做的话，这些像蚂蟥一样叮着自己不放的家属们，是绝不会善罢甘休的。他们肯定还会像之前那样，一次又一次地来找自己的麻烦。

丰泰元看了看坐在对面椅子上，弓着身子，盯着自己的镇久，打起精神说：

"因为之前我们一直是以自杀案处理的，所以事发后并没有对氰化钾的用量进行检测。而且现在我们也不能再将逝者从墓穴里挖出来重新检测。这应该也不是你们这些家属所乐见的吧？"

丰泰元拿水润了润嗓子，然后假装不紧不慢地说：

"在我看来，答案很简单。"

"什么意思？"

"金先生你的疑问，说到底全都是因为一句话而产生的不是吗？就是刘贤儿所谓瓶里还剩下三分之一氰化钾的话。"

"对啊，刘贤儿说她非常确定。"

"可事实果真如此吗？她可是个连照片都能搞混，连自己那天见到的人究竟是不是杨文曜都搞不清楚的人啊。说实话，她的证词很难让人信服。这次明摆着就是她又记错了嘛。"

"你们的调查手法还真是'不同凡响'，是不是除了监控录像和 DNA 鉴定之外，你们什么都不相信啊？那破案的时候还要证人有何用？"

丰泰元像是要安慰镇久似的，轻轻摆了摆手。

"好了，好了，您也别在这儿讽刺挖苦我们。现在，无论如何都不能把尸体再重新挖出来，这一点你们没有异议吧？那我们就试试别的方法。可以这样，我们去见见这个看到瓶里还剩下三分之一氰化钾的刘贤儿，还有最早发现尸体的余春吉，听听他们怎么说，你们看怎么样？"

显然，这是丰泰元为了避免冲突升级而提出的一个折中方案。虽然它还不足以让镇久满意，但既然警察都表示愿意跟着自己去一辨真伪，他也没有理由再要求警方做什么了。检测氰化钾用量的这个要求完全是建立在刘贤儿的一家之言之上，丰泰元对此表示质疑，也确实有一定的道理。

"好吧。"镇久毫不犹豫地答复道。而一直坐在旁边还没搞清楚是怎么一回事的林虹淑，也跟着点了点头。

九

丰泰元带上自己大块头的同事金英慕，一起上了警车。"这帮家属这回肯定又是瞎折腾，那我就让他们到现场亲眼去见证自己的无理取闹好了。"丰泰元想了想，便安排镇久他们三个坐在了车的后排。

首先，去"华盛顿茶楼"找刘贤儿。两名警察以及镇久他们三人，总共五个人在足足等了一个半小时之后才见到了刘贤儿的身影。然而，丰泰元并没有等到他想要的结果。虽然他连续问了刘贤儿好几次，但她始终坚持说那个药瓶里还剩下三分之一的白色粉末，至于具体装的是什么她也不清楚。上回让她辨认自己在 309 号房见到的那个男人的时候，她还稀里糊涂的，得问她好几遍。本以为这次她也会像上次那样把"哎呀，那个我记不太清了……"挂在嘴边，可没想到她却从头到尾都表现得异常坚定，这让丰泰元大为恼火。再加上镇久不停地在旁边敲边鼓，"你看，我说她很确定吧？"这就更让他有些怒火中烧。眼前这个难缠的镇久和他那一时无法推翻的主张，让丰泰元心中的怒火越烧越旺，不知不觉间脸色已变得非常难看。

"肯定是有什么问题，我们再去听听余春吉怎么说，毕竟他是第一个发现尸体的人。"

丰泰元虽然嘴上那么说，但在去"无与伦比"旅馆的路上，他就像一只放在火炉边的气球，离爆炸只有一步之遥了。火冒三丈的丰泰元顶着张阎王爷一样的脸，狠狠地推开了旅馆的玻璃门。站在他身后的是块头大他将近两倍的金英慕警官，那样子一看就不好惹。丰泰元低着头透过接待室下面的窗子向屋里喊了一句："我们是来找余老板的。"可余春吉似乎是被吓坏了，一直没敢出声，就那么呆呆地看着外面的几个人。

丰泰元感到很奇怪，不知道这个家伙到底在干什么，怒视着他，似乎马上就要破口大骂的样子。余春吉分别看了一眼这两个像是在满员的地铁里被人狠狠地踩了脚的男人，突然一眨眼的工夫便从接待室的窗口消失了。之后，便听到里面传来"吧嗒"一声响，等站在门口的这帮人意识到这是接待室的门被打开的声音时，时间已经过去好一会儿了。

只见一个黑影"唰"地从屋里闪了出来，向旅馆后面的走廊跑去——余春吉要逃跑。

"啊？怎么回事这是！"

丰泰元见状大吃一惊，虽然完全不明白余春吉为什么要逃跑，但还是赶忙追了上去。不知什么时候，就在前面那个黑影消失的地方，突然有阳光从外面射了进来。肯定是余春吉从旅馆的后门溜之大吉了，身后留下了一道开着的后门。

这个时候，丰泰元和金英慕两个警察才清醒过来，气喘吁吁地又追了上去。话说余春吉已跑出后门老远，转身骑在了一辆倚在墙根儿的摩托车上。丰泰元和金英慕见此，并没有继续追上来，而是赶忙连滚带爬地跑回他们停在前门的车上，准备开车截击余春吉。就在镇久一行人还站在旅馆前不知所措的时候，两位警察早已开着车，消失在了他们的视野里。

摩托车的排气管一路上轰鸣着，喷出大量的灰色浓烟，马力全开地在路上疾驰着。等驶到永同警察局十字路口的时候，余春吉继续以最快的速度向南边开去。这辆闯了红灯之后竟还一路夺命狂奔的摩托车，让路上的其他车辆纷纷停了下来，不得不对它采取紧急避让措施。这个来历不明的不法分子的出现，顿时让本就繁忙的十字路口乱成了一锅粥。车上的车主们下意识地按响了喇叭，路上的行人也纷纷驻足，等待着这场闹剧的平息。

余春吉骑着摩托车在车辆狭小的缝隙间穿梭着，没想到最终竟得以侥幸突出重围。然而，他的好运气在这一刻全都用尽了。只顾着仓皇逃窜的他，竟突然一头撞在了前面停在路边开展维修作业的电力维修车上。

　　空中响起巨大的撞击声，摩托车在空中转了整整一圈之后才重重地砸在了地上，而余春吉则被抛向了空中，飞出去老远，等他翻滚着掉落在地上的时候，已经一动不动了。这一切都好像是一部动作大片，前一秒还枪林弹雨，硝烟弥漫的高潮，突然戛然而止步入了影片的大结局，喧嚣的街道在一瞬间都归于了沉寂。

　　等丰泰元和金英慕从后面追上来的时候，余春吉已经撒手人寰了。

　　"怎么会……"

　　看到余春吉那张鲜血淋漓的脸，丰泰元愣在那里自言自语着。眼前的情况让两个什么都不知道，只顾着在后面追的警察傻了眼，他们怎么都无法理解。

　　周围的人突然多了起来。路上的行人不断地围向事故现场，连街边的店面里也不断有人流往外涌出，让人不禁怀疑是不是永同所有的居民都赶来"看热闹"了。平日里难得一见的大型交通事故，让习惯于享受宁静生活的他们一个个或震惊，或焦急，或祈祷，或同情。而且，在这座本就不大的小城里，人群中认识余春吉的人也绝不是一个两个。

　　那些人中就有随后打车赶来的镇久，海美和林虹淑也从他身后探出头来。

"这到底是怎么回事啊……"

林虹淑屏住呼吸自言自语道，海美则用两只手捂着自己的脸，一句话也说不出来。自己相识之人死去的惨状，确实是惨不忍睹。此时的镇久也已经变得六神无主了，回过头去冲两个人说：

"不然你们先回去吧，我留在这儿就好。"

海美被血腥的现场吓得脸色煞白，一动不动地定在了那里，而林虹淑则点了点头，表示同意。

处理完余春吉的死之后，在"无与伦比"旅馆里四处搜查的丰泰元发现了一个让他无比震惊的情况。在余春吉自己使用的310号房里，他找到了夹在旅馆账簿里的三张勒索信。

每张勒索信上索要的钱数都不一样。一次是300万，一次是400万，还有一次是整整一千万。那张索要400万的勒索信被折得皱巴巴的，可以想象余春吉当时是多么的震怒。本来只是想来找余春吉简单调查一些情况，没想到他却意外地因交通事故而死，如今又查出了敲诈勒索的事儿，这一连串的突发事件都快要把警察们砸蒙了。

"有没有可能是他敲诈勒索了别人啊？因为他做贼心虚，所以我们去找他的时候，他以为事情败露才逃跑的。"

金英慕警官的推测马上便被推翻了。经过对 310 号房的彻底搜查，警方在桌上的储物筒里找到了一个 U 盘，里面存储的是余春吉和某个女人的不雅视频。丰泰元咬牙切齿地说：

"看来余春吉不是去敲诈别人，而是被别人敲诈了。"

"勒索余春吉的人知道他和这个女人有不正当关系，然后暗中把这些都拍了下来，连同勒索信一起寄给了他。"

金英慕修正了他先前的看法。坐在显示器前的丰泰元则将两手抱在胸前，认同地点了点头。

"可余春吉见了我们为什么要逃跑呢？他是被敲诈的一方啊。"

"这个确实很奇怪。"

现在，丰泰元还不敢妄下结论，他没有这个信心

"我们还是先找找这个和余春吉保持着不正当关系的女人吧。"

"嗯，先调出他的手机通话记录，同时对视频中的那个女人和永同居民的照片进行对比和排查。"

其实，最简单的方法是直接去问余春吉的妻子。余春吉的家距离他开的旅馆还有相当一段距离，是永同郡政府附近一栋十分僻静的小院儿。警察上门调查时，余春吉的妻子一头的雾水，完全不知道警察在说些什么，既悲痛又迷惑——"我丈夫的女

人？我不太明白您是什么……"

就在警方去通信公司调取余春吉的手机通话记录的时候，又传来了一个不幸的消息，有人自杀了，就在余春吉死后的那天夜里。

"一个三十多岁的女人在家里服毒自杀了，现在正在医院抢救。"

"嗯？又是服毒？"

"听说是氰化钾。"

服毒自杀，三十多岁的女人，氰化钾？

"他妈的，原本平平安安的永同，这究竟是怎么了啊！"

丰泰元不知道是在对谁发着无名火，与金英慕一起火速向医院赶去。这次服毒自杀的是独居在永同郡政府前面公寓里的34岁女子蔡恩善。她家的邻居在经过她家门口的时候听到了从屋里传出来的痛苦的呻吟声，于是赶紧拨打119报了警。等急救车赶到时，她已倒在鞋柜边上彻底失去了意识。医生看到丰泰元时，无奈地摇了摇头。

"虽然对她进行了全力抢救，可还是……"

回到警局之后，为了对蔡恩善进行尸检以及相关的搜查，丰泰元拟了一张"延长调查申请书"。凭着警察的直觉，他相信这一切绝没有看上去的那么简单。

因不正当关系而遭到敲诈勒索的余春吉的逃跑与死亡，还有紧随其后发生的三十多岁独居女子的服毒自杀。

莫非，蔡恩善就是视频中那个和余春吉保持不正当关系的女人？

疑虑重重的金英慕与同在蔡恩善公寓里搜查的丰泰元，再一次被他们的发现吓到了。在客厅的桌子上，他们发现了一大堆捆好了的现金，全部为万元面值，而且总额刚好为一千万。

"不知道为什么，我觉得这不像是自杀啊，太奇怪了。"

"我也觉得，在一大堆钱旁边自杀……"

丰泰元在见到眼前这一切之后，也不得不开始认同金英慕的说法。

"难道是她因钱结了怨，所以不想活了，死之前还要用钱来祭奠一下自己？"

"现在是开玩笑的时候吗？"

丰泰元一边训斥着金英慕，一边歪着头，认真思索。

"如果不是自杀，那就是有人闯进屋子，用氰化钾毒死了蔡恩善……"

"难道是余春吉干的？"

"肯定不是，蔡恩善是晚上服的毒，而余春吉是在上午出车祸死的，一个死人怎么可能跑来用氰化钾毒死她？"

"那就是自杀咯？"

"就像你刚才说的，就算是自杀的话，也太反常了。"

"那就只能是犯罪分子用氰化钾毒死她之后，逃跑了呗？"

"你有完没完！"

丰泰元感觉自己快要被逼疯了。

死者家属纠缠不休，并提出各种假设来烦自己的杨文曜服毒自杀案。

用不雅视频来暗中威胁余春吉的敲诈勒索案。

余春吉莫名其妙地逃跑和意外死亡。

还有发生在几小时之后的蔡恩善的中毒身亡。

每一起都足以引起巨大轰动的案子，在永同接二连三地发生着。

丰泰元先将从蔡恩善家冰箱里找到的水瓶送去检测了，他希望能从中检测出氰化钾的成分。

同时，警方还在联系各家通信公司，调取蔡恩善手机的通话记录。性急的丰泰元已经等不到拿到通话记录的那天了，他直接翻找起了蔡恩善手机上的通话记录。果然不出所料，余春吉就是与她联系最频繁的人。而另外还有一个她经常联系的对象，手机上显示的名字是"新苗"。丰泰元试着给这个"新苗"

打了个电话，发现这是一家KTV，蔡恩善死前一直在那里做陪唱小姐，不过用的是假名——金佳颖。

KTV的女老板似乎对蔡恩善怀有很深的感情，丰泰元将这个消息带给她的时候，她的眼泪一直止不住地往下流。

"这个孩子是几个月前从首尔还是城南搬到这里来的。她人特别好，我一直把她当作自己的妹妹看待。"

"她没有恋人吗？"

"恋人？那个我倒不知道，她也没在我面前提过。"

"'无与伦比'旅店的老板余春吉经常到这里来吗？"

"他之前常来，可是最近不怎么来了，原来这两个人是在外面好上了啊。"

KTV女老板似乎是才知道这个事情，一个人自言自语道。

"我们在蔡恩善家发现了一千万元的现金，不知道您之前有借给过她钱吗？"

"一千万？没有。"

"那您之前有听说过她问别人借钱的事儿吗？"

"她也不是那样的人啊。她前夫就是因为钱才犯事的，所以她说她在钱的问题上一直都特别谨慎。那些钱应该是她自己攒的吧，她平时过日子都是精打细算的。"

　　"无与伦比"旅馆老板余春吉的死讯在小小的永同郡内引起了轩然大波。没几天时间，各种与之相关的消息已在大街小巷里传得沸沸扬扬。坊间就传闻四起，各种离奇的故事版本也相继诞生。"无与伦比"的老板余春吉在外面搞婚外情，没想到被人得知后狠狠地敲诈了他一笔钱。因为担心自己因通奸罪被抓而在警察赶到的时候畏罪潜逃，中途竟发生了交通事故，意外死亡。而他的情人蔡恩善在得知余春吉的死讯之后，伤心欲绝，便吃氰化钾自杀了。这样的传闻有的和实际情况相符，有的却又相去甚远。

　　镇久对这些传闻也略有耳闻。他和海美两个人齐心合力，到处打听着包括"新苗KTV"在内的各种各样的消息，没多久便收获了预期的效果。而这距他们亲眼看到余春吉的死，才刚刚过了不到一天。

　　"那件事和我们这起案子之间有什么关系吗？"

　　一直都少言寡语的林虹淑难得先开了一次口。镇久、海美还有林虹淑三人此刻正并排走在永同警察局前面的十字路口附近。他们在城里走街串巷，四处打听和之前发生的那起交通事故有关的故事。夜晚的大幕即将落下，街面上已亮起了路灯和绚烂的霓虹。镇久眼睛盯着地面，一声不响地默默走着。看到一旁似乎陷入了沉思的镇久，海美没有像平时那样去打断他。

又走了一会儿，镇久才小声咕哝了一句。

"唉，没想到事情竟然会……"

"怎么，哪里又出问题了吗？"

海美看着镇久，一脸担心地问道。

"嗯，怎么说呢……应该叫作'无心插柳柳成荫'吧？虽然表面看起来是这样。"

"那是什么意思？"

"顺利的话，杨大叔的案子说不定还真能翻案了。"

"怎么翻啊？"海美兴奋地问。

此时，镇久却突然说了句："我现在有件急事要去办。"之后便一溜烟儿地消失在了反方向的街道上。

✝

"杨文曜大叔的案子改判的日子就要到来了。"

余春吉和蔡恩善在同一天双双身亡的两天之后，镇久又带着他新的推论和要求找上了永同警察局的门。丰泰元近来已被这一连串的命案折腾得心力交瘁，一见到镇久，血压顿时又升高了不少。

"你怎么还不回首尔？"

真是个烦人的家伙，丰泰元是多么想说出这句话啊。运气好的话，他还能躲开镇久，可偏偏就在他走出警局来到前院，想在春日温暖的阳光下，抽支烟放松一下的时候，他又一次与刚走进警局的镇久邂逅了。

"我现在真的很忙，没有时间和你说那些事情。"

"不会占用您太多的时间，等您这支烟抽完我就走，反正您抽烟的这段时间也做不了什么事。"

"你也知道，余春吉死后又牵出了很多案子，不单单是杨文曜的那起案子。你先回首尔去吧，以后有结果了我会发邮件通知你们的。"

"杨文曜大叔的案子和余老板的案子是有交集的，所以就请你抽出一点时间吧。"

"我不都说我知道了吗？快点回首尔去吧！"

丰泰元挥了挥自己那两根夹着烟的手指，敷衍地说。看得出来，他对镇久已经烦透了，现在他只想把他赶紧赶走。

"余春吉为什么要逃跑？"

"为什么？你是不是想说他是怕自己杀害杨文曜的事情败露，所以想要畏罪潜逃？那我劝你还是别说了。"

丰泰元冷冷地说，语气很是强硬。

"没错儿，是余春吉杀害了杨文曜大叔，但那并不是他要逃跑的原因。"

丰泰元停下了手上的动作。镇久虽然只是个普通人，但他总能滔滔不绝地说出一些视角独特，又很有道理的话来。这次，他又要延续自己的风格了。

"你又想说什么啊？"

"有些事情可是在永同都传遍了。我的推论果然是对的——杀害杨文曜大叔的犯罪分子确有其人，那个人就是余春吉，而他的作案动机现在似乎也明了了，虽然这也还只是一种假设。"

"等会儿，你刚说的那个在永同传遍了的事情指的是什么？"

"那可就多了。警察刚一上门，余春吉就逃跑了的事；在余春吉屋里发现了勒索信和不雅视频，而犯罪分子一直在利用这个不雅视频敲诈他的事；余春吉有一个名叫蔡恩善的情人，她也在余春吉出车祸死了的那天服用氰化钾自杀了的事；警方还在蔡恩善家的客厅里发现了一千万现金的事等，这些有错儿吗？"

"这些人都是神仙吗？怕是我们内部有人走漏了风声。"

丰泰元自己不停地在嘴里咕哝着。

"如果人家说的这些都是事实，那么将这些事情与杨文曜案做对比的话，就会发现还有一件事没被披露出来。"

"什么事？"

丰泰元用充满怀疑和兴趣的眼神盯着镇久的脸，等待着他的回答。

"勒索信的具体内容难道不应该被公布吗？"

很明显，镇久这是明知故问，他早就已经偷偷看过那些勒索信的内容了。

"对，对，是该公布。"

"还有，余春吉被偷拍的那间屋子不就在那家旅馆 309 号房的对面吗？"

"你是怎么知道的？"

丰泰元光顾着回答镇久提出的问题了，他并没有意识到他的真正用意。接着，镇久用非常肯定的语气说：

"余春吉肯定是把杨文曜大叔当成那个敲诈他的人了。"

"嗯……"

不知什么时候，丰泰元手里的那只烟已经燃尽了。他将烟头扔进一旁的垃圾桶里，可他并没有表现出就此离开的意思。他先用手摸了摸下巴，然后又两手抱在胸前，似乎很有兴趣听镇久继续说下去。

"当然，敲诈他的另有其人。但余春吉以为是生前住在他对面 309 号房的杨大叔偷拍并敲诈了他，可谁知道这完全是一场误会。而且杨大叔每次来都住在 309 号房，这更让余春吉误以为这是杨大叔故意在给他施加压力。因为余春吉觉得自己有把柄捏在杨大叔手里，所以对他坚持住在 309 号房的要求也不敢轻易拒绝。不过可能还发生过什么事情让余春吉更加坚信了自己的判断。说不定那个真正敲诈他的家伙特意给他下了个套儿，专门选在杨大叔入住309号房的第二天，将勒索信寄给了他，所以他才认定杨大叔就是那个敲诈他的人。"

"所以，余春吉是错将杨文曜当作了那个敲诈自己的人，所以一怒之下把他杀了？还伪装成了自杀？"

"那当然！事发当天，杨文曜大叔刚给'华盛顿茶楼'打完电话，余春吉便安排了一个冒牌小姐给他送去了装有氰化钾的咖啡。杨大叔喝完那个咖啡后不幸中毒身亡。之后，余春吉便冒充他，在真正的茶楼小姐刘贤儿面前演了一出服毒自杀的戏。"

丰泰元仔细想了一会儿后，突然"扑哧"一声笑了。

"说不过去吧。余春吉怎么可能当着刘贤儿的面做出那种表演呢？他们两个人可是原来就认识啊，都知道对方长什么样子。虽然我们还不确定刘贤儿那天在309号房里见到的那个男人是不是杨文曜，但绝对不是余春吉。而且，余春吉对经常出入自家旅馆的茶楼小姐也并不是那么陌生，所以从他的角度来看，他是不会冒着那么大的风险，去当着她们的面冒充别人的。"

"那他再另外找一个男人来冒充杨大叔不就好了。随便找一个中年男人，可能连几分钟都用不到，愿意做这种事的流浪汉多得是。"

"您这是又在写电影剧本呢？你说的那种情况根本就不会发生在现实生活当中。"

"可我觉得很有可能。我们可以反过来想，既然余春吉早就计划着要做这件事情，那他肯定会找几个帮手。他亲自出马的话会很容易被茶楼小姐们认出来，日后若被警察们察觉，把他叫来和小姐们当面对质的话，他必定会露出马脚，这无异于自投罗网。"

"他要想演这出戏，他不光要找一个男替身，他还得找一个女人来假冒茶楼小姐吧。一个愿意顶着那样的身份，并诱导杨文曜喝下装有氰化钾的咖啡的女人。也就是说，余春吉得分别雇一个靠得住的冒牌茶楼小姐和男替身，你觉得可能吗？开戏院的啊？"

"不用那么麻烦，只雇一个男的就够了。那个冒牌茶楼小姐当然是要让他的情人蔡恩善来当咯！"

"蔡恩善？……"

"您换个角度想想，犯罪分子先派了个冒牌小姐去毒害了杨大叔，然后又找了个男人冒充杨大叔在茶楼小姐面前演了一出打算自杀的戏，如果不是旅馆老板余春吉，谁还能是最大的嫌疑人呢？因为他是老板，所以他雇的人可以在旅馆里自由出入。如果是其他人作案的话，他们进旅馆前必须先要考虑怎样才能避开余春吉的视线。而且，杨大叔每次住在这儿的时候都要找小姐的习惯，余春吉是最了解的了。"

"慢着，慢着，你这明摆着就是想把你这套雇凶杀人的推理说成是事实嘛……我理解你无论如何都要推翻杨文曜自杀案的心境，但你的证据未免也太没有说服力了吧。"

"杨文曜大叔的死分明就不是自杀，他和蔡恩善可不一样。"

"嚯，您现在连蔡恩善的案子都想亲自解决了？"

很明显，丰泰元是在讽刺他，镇久的越俎代庖，让他相当不悦。

"那犯罪分子到底是谁呢？"

"是余春吉咯。"

"余春吉？呵呵，不可能是他。"

像是在自言自语的丰泰元，分明是话里有话。

"行行行，我们就姑且认为就是你说的那样。那你再给我解释解释余春吉为什么要杀了他的情人蔡恩善。"

"蔡恩善不是余春吉杀的，而是被那个敲诈余春吉的人杀的啊。"

"什么？"

"其实，蔡恩善就是那个敲诈余春吉的人。她将相机之类的拍摄工具放在自己的手包里暗中拍下了那段视频。之后，她又装作另外一个人把视频和勒索信寄给了余春吉。蔡恩善作为余春吉的情人，她可以随心所欲地进出旅馆，更不用说偷拍和发勒索信了。而且，她也知道杨文曜大叔入住旅馆的时间，所以故意选在杨大叔入住之后，才将那些东西寄给余春吉，以此来将嫌疑引到杨大叔的身上。"

有件事丰泰元一直觉得很可疑。在他反复研究那段视频的过程中，他发现画面中那个女子的正脸自始至终没有被摄像机捕捉到，可当两个人发生关系时，画面却变得清晰起来。而且，从镜头始终都是固定的这一点来看，视频并不是由第三个人拿着摄像机拍摄的。这个在画面中始终没有露脸的女人，她的手包里难道真的放了一台摄像机吗？

"似乎也像是那么回事儿，可这也都还只是你的猜测啊。"

"这不是猜测，我有实实在在的证据和铁证如山的事实！"

"什么？拿出来看看。"

"蔡恩善死于氰化钾中毒就是最好的证据。"

"怎么讲？"

丰泰元的视线始终没有离开过镇久的嘴。

"余春吉在毒害了杨文曜大叔之后，再次收到了勒索信。这次，对方给他开出的价码竟然是一千万。这个时候，余春吉才明白过来——杨文曜根本就不是那个敲诈自己的人，他杀错人了。不管对方是真的敲诈者，还是被自己误以为是敲诈者的无辜好人，余春吉都把他杀了。所以对于再次出现的敲诈者，杀了他，也就成了余春吉最自然的想法。于是他毒害杨文曜大叔时所使用的毒药氰化钾又一次派上了用场。我们都知道，茶楼小姐刘贤儿和那个杨大叔的替身见面时，那个药瓶里还剩有三分之一的毒药，可当杨大叔的尸体被发现的时候，药瓶不是空了吗？现在，这个异常的情况也有答案了。在骗走刘贤儿之后，余春吉为了以防万一，他把瓶子里剩下的那三分之一氰化钾又取走了。可没想到后来新的敲诈者还真出现了，所以这剩下的三分之一氰化钾就用在了她的身上。"

"那照您的意思，蔡恩善是被余春吉用氰化钾毒死的咯？呵呵，真是可笑至极。看来金先生还不知道呢，蔡恩善服毒自杀的时候，余春吉已经在骑摩托车逃跑的途中，出车祸死了。死人还能跳起来把活人给毒死吗？虽然有些东西听起来还像那么回事，不过我看你这些驴唇不对马嘴的推理，还是到此为止吧。"

"余春吉确实到死都没弄清楚那个敲诈自己的人是谁，可他却有办法杀了那个人。"

"哦？怎么杀？"

丰泰元斜着眼睛，一脸不屑地看着镇久。

"敲诈者不是在勒索信上要求余春吉把钱用包或者塑料袋包起来扔到自己指定的地方吗？余春吉便把氰化钾撒在了那堆

一千万元的现金当中。"

"嗯？"

"大多数人数钱的时候都会习惯性地用手指蘸点自己的唾液，这样，敲诈他的人便在不知不觉中摄入了氰化钾。即使不是这样，人体通过呼吸吸入一定量的氰化钾颗粒后，也会死亡。虽然不知道那个人是谁，但想要杀了他并不难，尽管并不一定百分百奏效。因此，余春吉才到银行有意将所有的五万块换成了一万块。对方数钱的数量越大，他接触或者摄入氰化钾的可能性就越高。当然，不管是吃进去也好，还是吸进去也罢，余春吉其实对这两种手段都没有十足的把握，但他还是想与对方进行殊死一搏，没承想对方果然中招。可事情的结果就是一对有情人双双殒命。余春吉本想用这样的方法毒死那个他恨之入骨的家伙，可他又何曾想到那个人竟然就是自己的情人蔡恩善啊。"

"那余春吉又为什么要逃跑呢……"

"一来是因为他误杀了杨大叔，二来则是因为他觉得犯罪分子当时应该已经被自己撒了氰化钾的钱毒死了。警察当时来找他时，他误以为自己的罪行东窗事发，所以仓皇逃走。就算他连杀了两个人，内心中的惶恐与不安却不是那么容易就能消除的。"

丰泰元默默地低垂着头，没有说话。镇久则充满自信地给他指明了方向：

"您是不是应该去检查一下那一千万啊？如果上面真的沾有氰化钾，那就说明我的推测都是对的。"

镇久说完，顿了一下，然后又对着丰泰元补充了一句：

"说不定，你们还能从蔡恩善家搜查出他们毒害杨大叔时用的那个保温瓶呢。就是她假冒茶楼小姐时提进去的那个装了毒咖啡的保温瓶。"

丰泰元将在蔡恩善家客厅里发现的一万元面值的现金火速送往道警察厅①进行检测。可让他万万没有想到的是，得出的最终检测结果显示，这些钱的表面确实存在氰化钾成分。这个结果的出现，直接证明了镇久所有关于余春吉和蔡恩善案的假设，丰泰元企图否定他的希望破灭了。

第二天在收到"延期搜查令"之后，丰泰元又重新回到蔡恩善家进行了彻底的搜查。因为有了明确的目标，所以很快便找到了几样很有价值的证物。其一就是一个被撕掉了几页的线圈本，本子的纸张和余春吉收到的勒索信所用的纸张一模一样。这些纸张的发现和在那一千万元纸币的表面发现了氰化钾的事实，都足以证明蔡恩善就是那个敲诈余春吉的犯罪分子。

他们还发现了另外一件具有决定性意义的证物。在厨房的

①道：韩国的行政区划单位之一，相当于中国的"省"。

天花板上一个极隐秘的角落里，他们找到了一个旧保温瓶。这个保温瓶似乎之前用来装过咖啡，而随后又在保温瓶的内壁上检出了少量的氰化钾成分。这个证据就间接证明了蔡恩善假冒茶楼小姐，并用混有氰化钾的毒咖啡毒死了杨文曜的事实。

警方所幸一并调取了蔡恩善的银行账户资料，发现她的户头上在短短几个月期间存入了几笔大额存款。这样的存款行为对于靠在 KTV 当陪唱女过生活的蔡恩善来说很不正常，唯一的解释就是她将从余春吉那儿敲诈来的钱，存入了自己的账户。

"余春吉这个家伙看来还真是个不折不扣的小气鬼啊！他的情人蔡恩善敲诈他的时候一次才要三四百万。"

面对眼前这一系列渐渐趋于清晰的真相，丰泰元也不禁摇着头感叹道。

"表面上看起来是个风光的旅馆老板，没想到对待自己的情人竟这么抠门儿，也是活该被人家敲诈！"

金英慕警官也跟着骂了一句。

看来，至少在警察内部是绝对没有人会同情这个余春吉的。

自那之后没过多久，镇久又来找丰泰元。不过这次，他有意识地说了一句："别激动，这是我最后一次来找你了。"

"蔡恩善敲诈了余春吉，还有余春吉杀了蔡恩善，哦，不对，是余春吉杀了敲诈他的犯罪分子的事情，现在都已经真相大白了，您没有什么好否认的了吧？"

"嗯……"

"那余春吉杀害了杨文曜大叔的事儿呢？"

"……"

"别的我不知道，但我可是听说你们从蔡恩善的家中搜出了装过氰化钾的保温瓶哦。我之前已经说过，是蔡恩善冒充茶楼小姐，并用含有氰化钾的咖啡毒死了杨大叔，难道有了这个东西，还是不能证明我之前的推论吗？"

"可我还有一个想不明白的地方。"

"愿闻其详。"

"蔡恩善有那个必要去和余春吉合作一起毒死杨文曜吗？她明知道自己就是那个敲诈余春吉的人，那她何必非要去配合余春吉，毒死一个无辜的人呢？就算余春吉请她帮忙，她也是可以拒绝的啊。"

"让余春吉深信杨大叔就是那个敲诈者，这对蔡恩善来说意义重大，因为这样可以最大限度地排除她自己的嫌疑。所以，为了长久地维持余春吉脑子中的错觉，她只能帮助他完成他的计划。"

"可是，毒害了杨文曜之后，蔡恩善又给余春吉寄了一张索要一千万元的勒索信啊。余春吉也因此才知道原来杨文曜不是那个敲诈自己的人。这个女人之前为了将杨文曜打造成那个敲诈者，甚至不惜同余春吉一起害了杨文曜的性命，可她后来这样做，岂不是有些前后矛盾？站在蔡恩善的立场上来看，如果她在杨文曜死后继续敲诈余春吉的话，那余春吉肯定马上就会意识到自己搞错了，这一点蔡恩善是很清楚的。所以，既然她已经决定要继续敲诈余春吉，那她就没有理由当余春吉的帮凶，否则她就会从一个敲诈者变成一个杀人犯，孰轻孰重这傻子都想得清楚嘛。"

"那只能说在参与杀害杨大叔的过程中，她的脑子里还没有诞生继续敲诈余春吉的念头。她前两次只问余春吉要了300万和400万，并没有多要，可能是一时急需钱才出此下策。可没想到余春吉竟乖乖地满足了自己的要求，这就让她改变了自己的想法，胆子也一下子变得大了起来。所以那个索要一千万元的决定应该是在她改变了想法之后做出的，而那个时候杨大叔已经被他们害死了。虽然她知道自己一旦将这第三封勒索信寄出去，便会暴露真相，但她认为那也无所谓，因为之前两次的成果极大地鼓舞了她，让她深信自己这一次也会成功。"

这下，丰泰元似乎也不知道该怎么反驳了，陷入了深深的沉思。

自杀和他杀。

警察必须从这两个可能当中选出一个。无论如何，刘贤儿所谓的她那天晚上在 309 号房见到的男人似乎不是杨文曜的证词还在，从蔡恩善的家里又突然发现了被检测出含有氰化钾的保温瓶，在这一个又一个的疑点之下，以自杀草草结案确实有些勉强。虽然镇久的假设并不完美，但以他杀的角度来看待这起案子确实也没有什么根本性的矛盾。

蔡恩善利用她和余春吉的不雅视频对他进行敲诈。

余春吉误认为杨文曜就是敲诈者，于是伙同一名身份不明的男子和蔡恩善一起毒害了杨文曜。

蔡恩善第三次敲诈余春吉的时候，他将撒有剧毒的钱交给了敲诈者（蔡恩善），将她毒死。

这就是结论。

在回首尔的 KTX 上，这次海美和镇久并排坐着，林虹淑则一个人独自坐在了他们后排的座位上。在自己那强烈好奇心的驱使之下，海美再也憋不住了。

"太不可思议了，要不是你又重新和我讲了一遍，估计我到现在还没明白是怎么回事儿呢。不过，我表舅他真的不是自杀的？是旅馆老板和他的情人合起伙，害死了他吗？"

"我也不知道。"

"什么？你也不知道？"

"对啊，我也不知道是自杀还是他杀。"

"你胡说什么呢？你不是说警察很可能要将结论改成他杀了吗？"

"那不过是因为他们没有办法确定是自杀，所以就以他杀来结案咯，就算是他杀也没有证据。"

"证据？警察不是在那个叫蔡恩善的女人家找到了一个装过氰化钾的保温瓶吗？那不就能说明他们确实演过那么一出啊。"

海美的穷追不舍让镇久突然想起了几天前发生的一件事，他暗暗苦笑了一下。

就在余春吉和蔡恩善双双死于非命后的第二天晚上，镇久独自来到了位于"华盛顿茶楼"附近的"金城旅馆"。来这儿之前，他刚刚在永同警察局前面的十字路口处与海美分开，走之前还曾对海美说自己"有件急事要去办"。

"开间房。"

接待室同样被遮挡了起来，玻璃窗底下的小洞里，一只拿着房门钥匙的手突然从里面伸了出来。整个过程仿佛就像是在使用自动售货机一样，早已约定俗成。镇久从对方手里接过二层206号房的钥匙，转身便上了楼。一进屋，他就拿起桌上的电话按了一串号码，那是"华盛顿茶楼"的号码。

"金城旅馆 206 号房，送杯咖啡。"

"外卖三杯起送哦。"

"我知道，让贤儿送来。"

"好嘞……"

华盛顿茶楼的女老板故意将声音拖得很长。镇久就那么坐在床上等待着刘贤儿的到来，而且不停地看着表。差不多一个小时之后，外面传来了敲门声。

"进来吧。"

提着小包进来的刘贤儿一看到镇久，脸上便笑开了花。

"小帅哥，你终于也想试试了？"

"别多想。你只要帮我一个非常简单的忙，我绝不会亏待你的。"

"干吗？"

刘贤儿往床脚一坐，便开始往开解她提来的那个小包。

"我就想买你的那个保温瓶。"

"啊？这个？"

刘贤儿停下了手里的动作，用怀疑的眼神盯着镇久。镇久从口袋里掏出两张五万块大钞递给了她。

"这十万块里除去赔你们老板保温瓶的钱之外，剩下的都归你，不少吧？"

"哎哟，哪儿的话，不过你买这玩意儿，干吗呀？"

刘贤儿话还没说完，手已经将那十万块接过来揣在口袋里了。

"也没什么，就是工作的时候要用。不过，你回去和老板汇报的时候，一定要说是自己不小心把保温瓶弄丢了哦。"

"那当然了，我怎么可能出卖你呢，钱我都收了。可是，话又说回来了，你不是要拿这东西去做什么坏事吧？"

"你拿着这样一个破保温瓶能做出什么坏事来？莫非还能用这东西去打人不成？"

"嘿嘿，不会，不会啦。"

刘贤儿用手捂着嘴，笑着说。

蔡恩善的住处并不难找。镇久第一次在 KTV 见到她的时候，她用的是假名"金佳颖"。她说自己家就在郡政府前面的公寓楼里，为了震慑坏人，家门上还贴着假的海军陆战队的队标。她还说自己之所以住在那儿，是因为可以清楚地看到郡政府前面的小花园。进到这栋孤零零的公寓楼之后，镇久开始从高往低挨家挨户地寻找。可以看到郡政府小花园与贴着海军陆战队队标这两条线索为镇久的排查工作，省了不少力。最终，他在八层楼走廊的尽头找到了蔡恩善的家，可她家的门是锁着的。医护人员赶到她家将她送往医院的时候门还开着，应该是丰泰元警官他们一行人在搜查完这里后，将门锁上的。这是一把机械锁，同样属于铁片往进一插就能打开的那种。

镇久打开随身携带的手电筒仔细地观察着屋里的每一个角落。马上，客厅桌子上放着的一大堆现金便吸引了他的眼球。相信警察们见到这堆钱时，也感到很震惊，但那个时候，蔡恩善连个犯罪嫌疑人都不是，在毫无根据的情况下转移，或者没收人家的财产是违法的，所以他们就把钱原封不动地留在了这儿，并锁上了门。镇久戴上手套，从那堆钱里捡起一沓来仔细看了看，然后一边点着头一边将钱放回了远处。接着，他来到了厨房，将从刘贤儿那里买来的保温瓶搁在了餐桌上。他打开瓶盖，然后从客厅拿过来几叠钱，将它们放在打开了的保温瓶上方，使劲儿抖了抖。只见像白糖一样的小颗粒不停地往下掉，全都掉进了瓶子里。将这几沓钱放回原处，盖上保温瓶盖之后，镇久踩着凳子将保温瓶放在了厨房天花板的一角。

从打开蔡恩善家的房门到从她家里出来，镇久总共用了不到十分钟的时间。

"我仔细看了一下蔡恩善家客厅桌子上放着的那堆钱，发现钱上面沾着一些小颗粒。事情果然不出我所料，余春吉为了毒死敲诈者，将撒满氰化钾的钱交给了对方。在确认了这个事实之后，我便偷偷潜入蔡恩善家将保温瓶藏在了厨房里。在此之前，我还有意将沾在那堆钱上的氰化钾往保温瓶里抖了点儿。之后，我便去找警察阐释了我那一半真实一半含有水分的推理。警方为了验证我的判断，马上派人到蔡恩善家展开二次搜查，结果找到了我之前藏在那儿的保温瓶。恰恰就是这个东西的出现，才让杨文曜的死和余春吉、蔡恩善的案子有了交集。"

为此，镇久就得先找一个旧保温瓶来。而最简单最隐蔽的方式便是把刘贤儿叫到旅馆，然后从她手里买来茶楼用的旧保温瓶。但镇久在讲述这一部分的时候有意隐去了一些内容，万一都让海美知道了，估计他就得马上从这辆疾驰的 KTX 上飞出去了。

"原来是这样啊……可是，还有一个问题……"

"那就问呗，华生·周①。"

海美冲着得意扬扬的镇久挥了挥拳头，问道：

"那说到底，杨文曜大叔的案子和余春吉的案子之间其实没有任何联系咯？"

"那个……，我不都说我不知道了嘛。"

"这不都是你一手导演出来的事情吗？"

---

① 华生，著名侦探小说《福尔摩斯探案集》中的重要角色。在小说中，他是大侦探福尔摩斯的朋友和得力助手。

"我是真不知道啊,警察也不知道,估计也没有人会知道了。"

"那你也应该有点儿什么想法吧? 有吧? "

海美笑呵呵地把身子凑过来的时候, 镇久却将视线转向了窗外。

"其实不该是那样的。"

"什么? "

"我偷偷放在那儿的保温瓶,还有刘贤儿前后不一的证词,整个案件就是因为这些东西的出现,才偏离了它原来的方向。可这些都是我人为制造出来的假线索啊。如果把这两个线索从案件当中剔除掉的话, 杨大叔是自杀的结论肯定更符合常识。余春吉被人敲诈的案子完全又是另外一回事了。"

"是吗? "

"如果余春吉毒害了杨大叔并演了那出戏的话,那亲自参与作案的除了他之外,应该还有蔡恩善和那个他雇来的杨大叔的替身。如果我是他的话,我绝对不会叫上另外两个人和我一起做这种传出去要掉脑袋的事。与其拉上这么多人,倒不如想想别的方法。"

"那么杨文曜大叔的遗体被人发现的时候,他身边那个装氰化钾的胃复安药瓶为什么是空的呢? "

"余春吉发现杨大叔遗体的时候,肯定已经看出来他是服用氰化钾自杀的了。因为人在摄入氰化钾之后，嘴角会吐白沫，而且氰化钾自身会散发出一种类似于杏仁的香味儿。只要稍微有点儿常识的人，都是可以看出来的。当他看到里面还剩下一些氰化钾的药瓶的时候，觉得日后可能会用得上，于是便赶在警察到来之前把剩下的那点儿氰化钾全都藏了起来。由此可见，那个时候，他脑子里已经有了要杀死那个敲诈者的想法。反正药瓶的问题应该就是这么回事，将杨文曜的自杀与余春吉的案子分开来看，其实更符合逻辑，也更加简单。可总而言之，现在不论是哪一种可能性都只能靠想象了，没人知道真相到底是什么，因为知道真相的人都死了。"

海美点了点头，又问道：

"那到头来，结论就是'没有结论'咯？感觉好乱啊，不过这应该算是镇久哥你给搞乱的吧？还用这种……"

"虽然手段确实有些不光彩，但结果还算是好的嘛。"

"怎么就好了？"

"蔡恩善敲诈了余春吉，余春吉呢又杀了蔡恩善，而且这两个人都已经死了。这两个人究竟有没有杀害杨大叔，我们不得而知，可就算没有，现在把杨大叔的死推在他们两个人的身上，他们又能怎么样？更何况他们生前本就已是戴罪之身了，走之前做一点善事岂不是更好？杨大叔的家人日后得以享受到那笔本不该拿到的保险金，可都是他们的功劳呢。不过，这点儿钱对于那些富得流油的保险公司来说，不过都是九牛一毛。"

"可我总感觉你有的时候怎么那么坏啊……"

"什么？"

"哈哈，无论如何，你都算是立了一大功！干得好，镇久哥！"

海美拍了一下镇久的肩膀，脸上洋溢着满意的笑，她那是在为表舅妈家那即将到来的"幸运"而感到高兴吧。

十一

面对警察给出的修改后的结论，几个保险公司只得认栽。杨文曜死于他杀的最终判定，让保险公司彻底丧失了拒绝赔付的法律依据。

等镇久和海美两个人拎着水果篮儿再次来林虹淑家的时候，他们见到的是一个笑容满面，容光焕发的林虹淑。

"镇久，这次可真是辛苦你了。"

林虹淑马上给他们俩端来了茶和水果。三个人坐在客厅的沙发上有说有笑，相谈甚欢。儿子杨玧浩走出来简单打了个招呼，便又马上躲回自己的房里去了。

"哪里哪里，大家都受累了。"

"没错儿，好在事情已经解决了，到头来还是警察揭开了事情的真相啊。"

见林虹淑有意避重就轻，岔开话题，海美马上站了出来。

"表舅妈您这话说的，警察原来可是以自杀结的案啊！真正揭开真相的也应该是我们镇久吧？茶楼小姐也是在他的诱导之下，才做出那样的证词的啊。"

"嗯，那倒是。"

林虹淑一笑而过，放下茶杯，又换了个话题。

"听说保险公司能给赔 6 个亿呢，这下我们的日子算是好过了。那样的话，我们玹浩也能有辆自己的车了。叫什么来着？雷克萨斯？听说是日本进口的，我们玹浩现在激动得不得了。"

看到林虹淑一副喜不自胜的样子，镇久的脑海里突然冒出了一个曾经很有名的广告，广告词是"我拿到了十个亿"。广告的画面中则刻画的是一个失去了丈夫的妻子，带着满脸的幸福，一边休整着花园，一边和帅哥保险营销员深情对视的场面。那是一个让无数韩国男人看完之后，顿感脊背发凉的广告。

"您已经拿到保险金了吗？"

"还没有，不过他们打电话过来说下个月就能拿到了。听到这个消息啊，我那个心里别提有多踏实了。"

海美莞尔一笑，用充满诚意的语气对她送上了祝贺。

"那真是恭喜您了，这样我们镇久的报酬马上也就能拿到了。"

"报酬？"

林虹淑把手中的杯子往桌子上一放，一本正经地说。

"对啊！"

"报酬我不是都给了吗，那 200 万。"

"啊？那些钱不是用来做前期准备的吗？您之前不是说过事成之后，会把保险金的 20% 给我们，作为报酬吗？"

海美把眼睛睁得浑圆，气冲冲地说。镇久则冷眼看着林虹淑，没有说话。

"你这是哪儿的话，我什么时候说了？"

林虹淑用手擦了擦从嘴角流出来的茶水，诧异地说。

"这像话吗？你也不好好想想，如今请个律师把官司打赢了也不过才给 300 万，镇久他连个律师都不是，给 200 万都算够多的了。事实就是如此嘛，镇久，你说，我说的对不对？"

林虹淑期待着镇久的首肯，可镇久低下了头，还是没有说话。海美见状，再次提高了调门。

"表舅妈！您怎么可以这样！我们大老远地跑到永同去，辛苦了那么多天，把您家的事儿看得比自己的事儿还重要啊！"

"你这是跑到这儿耍无赖来了吗？"

林虹淑突然大声吼了起来，完全和平日里看起来胆小羸弱的她判若两人。谁都无法相信金钱的力量竟强大到转眼间便将她变成了一只野兽的程度。这时，卧室的门开了，身着圆领体恤，脖子上挂着金属项链的杨玧浩从里面走了出来。

"干什么呢？怎么跑到别人家撒野来了？海美姐姐你不是一直都口口声声说，和我们家关系很好吗，就是这样好的？现在看着我们家有点儿钱了，爸爸又不在，就想来趁火打劫吗？"

长相十分俊俏的杨玧浩终于在这一刻露出了他那完全不次于街头小混混的卑鄙嘴脸。镇久拉着被气得无言以对的海美，站起身来。

"海美，我们走吧。"

"胡说！表舅妈这样也就算了，玧浩你竟然也……"

"你现在这是在威胁我们把钱交给你吗？你想让我叫警察吗？"

杨玧浩认认真真地履行着家里唯一男人的"责任"，不过这个"责任"中透着肮脏的邪恶。在用尽了自己身上一大半的力气之后，镇久才将暴跳如雷的海美从林虹淑家拽了出来。身后先是传来杨玧浩一声粗鲁的叫骂，紧接着便听到了"哐"的关门声。

拉着海美走出公寓楼的镇久，面无表情地仰望着头顶上湛蓝色的天空和徐徐飘动的云彩。不知他是从遥远天空中那些悠悠而过的云朵中，看到了那些欲壑难填之人的内心，还是看到了前一秒还抱着你，卿卿我我，后一秒已为了钱而与你翻脸的茶楼小姐。镇久看着看着，嘴里突然冒出一句话来：

"这天气真他妈的好！"

虽然话里带着海美不喜欢的脏字儿，但海美并没有像往常那样兴师问罪。

"我们去散散步吧，顺便冷静冷静。"

无精打采的海美挽着镇久，默默地在路上走着，许久都没有再看他一眼。十多分钟后，突然有气无力地说了一句：

"镇久哥，对不起……"

"没事啦，早就应该料到会出现这种情况的。"

这句话让海美赶忙抬起了头，望着他。

"我们太傻了，我们从一开始就应该让她写一份承诺书，对吧？上面写上事成之后会给我们 20% 保险金的保证，要是写清楚的话，看她还怎么耍赖。"

"要是别人的话当然得那样做咯，可谁让那些人是你家的亲戚呢。你当初说起人家家里的事的时候，一把鼻涕一把泪的，哪还好意思提承诺书的事儿？"

这个方法虽然听起来像那么回事，可实际上却没有任何法律效力，这一点镇久很清楚。只要林虹淑不愿意给钱，那说什么都没有用了。因为在这种情况下，就算有什么承诺书，保证书之类的东西，也无法借此去起诉林虹淑。镇久之前曾当着林虹淑的面做出能将警察做出的自杀判定，改为他杀的承诺，然而从这个承诺诞生之日起，围绕它产生的许多行动都已经越过了法律的红线。为了得到保险赔偿金，他不但私闯民宅，还运用各种手段让自杀摇身一变成为了谋杀，这些一旦被警察知道，后果可想而知。从一开始，镇久的心里就怀有一种不安，他不确定林虹淑会不会对此事守口如瓶。

"可你还是因为我才……"

"虽然没拿到钱，但也算是吃一堑长一智了嘛。"

"……那我就更觉得对不起你了！"

海美平白无故地冲镇久吼了起来。镇久没有说话，他停下脚步，一把将海美拥入怀中。海美也因此没能看到从镇久眼中一闪而过的那稍纵即逝的眼神，那狼一样的眼神。

一个中午，"华盛顿茶楼"里还像往常一样冷冷清清。一个六十多岁的老头儿和眼睛上化着浓妆的女老板正围坐在一张桌子前聊得兴起。今天没什么生意的刘贤儿也远远地坐在电视机前的椅子上津津有味地看着正在重播的电视剧。

突然，一阵突如其来的骚乱打破了屋里的沉闷。门外传来一行人急匆匆的脚步声。女老板已感觉到了来者那不同寻常的气势，一看两名男子一把拉开店门从外面冲了进来，她就赶忙从座位上站了起来。

"欢迎光……"

"刘贤儿小姐在吗？"

茶楼女老板还没来得及把话说完，就被两个男人的大声叫嚷给堵了回来。这时，坐在角落里的刘贤儿才转过头来看了看。

"啊，原来是警察大哥啊。"

进来的两个男人正是永同警察局的丰泰元和金英慕警官。他们看到刘贤儿之后，便马上冲她走了过去。

"请你协助我们做一下调查。"

"什么？……"

"你是不是有一个用来存钱的储蓄罐？麻烦你拿来给我们看看。"

"储蓄罐？为什么啊？"

那个刘贤儿视之如生命的储蓄罐里，原封不动地装着她所有的存款。可现在警察竟突然跑来让自己把它交出来，这几乎把刘贤儿给吓了个半死。

"你别误会，我们是绝对不会动你的钱的，更不会没收。我们只是想来确定一件事情。"

"可再怎么……"

"拜托了！你现在如果能赶紧把它拿出来的话，于你于我们都方便，事情也很快就能结束。可如果你一直拒绝配合我们的工作，我们就只能对你采取强制措施了。我们也不想做到那一步，所以还是请你拿出来让我们看看吧。"

"……好吧，但我有个条件，你们不能看我把它藏在哪儿了。"

两位警官点了点头。刘贤儿哭丧着脸朝茶楼里面的小单间走去。过了一会儿，她便拿着一个小铁盒走了出来，上面还盖着个盖子。

"你，就把钱都藏在那个里面？"

女老板似乎觉得她的这种行为很不可理喻。

刘贤儿注意到了女老板鄙夷的眼神，红着脸将储蓄罐交给了两位警察。丰泰元当即就打开了储蓄罐的盖子，把里面的钱全都掏了出来。这其中有好几沓皱巴巴的五万元大钞，还有两沓是面值一万元的。金英慕解开钱上绑着的纸条，一张一张地仔细端详着，突然，他猛地抬起了头。

"元哥，好像是这张。"

金英慕的手里拿着一张皱了的五万块，上面用圆珠笔写着"大成机械"四个字，而这四个字的旁边还写着两个电话号码。

"这一张我们借走用一下，几天后一定还给你。"

刘贤儿虽然一脸的为难，可还是无奈地点了点头。金英慕还递给她一张警方征用证物的文件，让她签了字。

"只要鉴定出这张五万块上的字是杨文曜写的，之前的结论便能被彻底推翻了。"

走出"华盛顿茶楼"的金英慕一边大步流星地向永同警察局的方向走，一边和丰泰元说着话。

"那个，还真是……有钱不存在银行，竟然会藏在那种地方，我还真是没想到。如果刘贤儿保管的这张钱确实是从杨文曜那儿得来的话，那就说明刘贤儿那天晚上在'无与伦比'旅馆里见到的那个男人就是杨文曜。要她陪自己一起死，还往咖啡里倒氰化钾之类的异常举动，也不是余春吉找人演出来的，而就是杨文曜本人自杀时的真情流露……那天晚上，杨文曜在自杀之前，肯定把身上所有的钱都交给了刘贤儿。刘贤儿几乎把那些钱都塞进了她的储蓄罐里。"

"可，刘贤儿还藏有残留着杨文曜笔迹的纸币的消息到底是谁提供给我们的啊？"

"不知道，听说之前有一个陌生男子往局里打过电话，不过应该不会。"

"什么不会？"

"可能是保险公司那边的调查人员吧。这可是个事关好几亿的巨额理赔案呢。他可能是知道些什么事情，不过他没法明说，所以就采用了那样的方式呗。"

"这个案子可真是把我们折腾得够呛，只要杨文曜的笔迹鉴定结果一出来，那就百分之百能证明是自杀了。"

"是啊，那些什么余春吉假冒杨文曜演戏之类的说法果然就是胡说八道。怪不得我当初改掉判定结果的时候，总觉得哪儿不对劲呢。到头来还得把调查报告再改回来重新提交上去，唉，真丢人。"

丰泰元从烟盒里掏出一支烟放在嘴里，依旧一脸的烦躁。

"我们不得不很遗憾地通知您，杨文曜先生是自杀身亡，这是我们得出的最终结论。"

挂断从永同警察局打来的告知电话，坐在昏暗的厨房里一口一口品着咖啡的镇久，又回想起了不久前刚发生的一些事。

他那个时候为什么就会突然觉得林虹淑日后肯定不会给钱呢……

余春吉和蔡恩善死的那天晚上，也就是镇久入住"金城旅馆"，并从"华盛顿茶楼"叫来了刘贤儿的那天晚上，为了弄一只旧保温瓶来放在蔡恩善家，他给了刘贤儿两张五万块，从她那儿买来了旧保温瓶。就在给钱的那一刻，镇久的内心中突然隐约感觉到一丝忐忑。事成之后，林虹淑真的会如约付钱吗？

所以，镇久便在那时留了一手。第一次去林虹淑家时，她给了镇久200万的准备金，其中有一张五万元上留有杨文曜的笔迹和两个电话号码。而镇久那晚在给刘贤儿钱的时候，故意将这张留有杨文曜笔迹的五万元给了她。

在金钱面前，一向温顺的林虹淑露出了自己锋利的爪牙，轰走了帮了她大忙的镇久和海美。

而这样一个决定，也决定了她日后的命运。

"杨文曜的钱现在就放在刘贤儿的存钱罐儿里呢。"

当然，镇久就是那个给永同警察局打匿名电话的陌生男子。

新黄房间的秘密

"啊——！"

女孩稚嫩的惨叫声拖得很长。戛然而止，又再次响了起来，拖着比上次还要长的尾音。充满恐怖和痛苦的垂死哀鸣声中，还夹杂着一个男人变态的笑声。

恩菲的梦境被惨叫声撕得粉碎，一下子清醒过来了。她 11 岁小小的身躯蜷缩在地板上，手腕和脚腕被绳子东一道西一道地捆住了。

"这里……哪儿？"

眼前是一个完全陌生的房间。窗外看得到干枯萧索的树杈。房间里没有一丝阳光，黑漆漆一片，但从地上茂盛的树影来看，肯定还是白天。恩菲只记得自己独自走在放学的路上，突然被一个人从身后猛地捂住了嘴……这就是她最后的记忆了。

小女孩在一个完全陌生的地方醒来，如同挂在蜘蛛网上的蜻蜓一般浑身无力。但听到那震慑耳膜的惨叫声，接下来该做什么，她心知肚明。恩菲被惨叫声惊醒后，解下捆住手脚的绳子，挣扎着，摇摇晃晃地爬起来，这一切并没有用多长时间。断断续续的惨叫声不断地冲击着她的耳膜，同时也不断地催促着她加快动作。

脚上的绳子很快被解开了。可能"他"觉得恩菲还是个小女孩罢了，所以只是随意绑了一下。恩菲站了起来，虽然手腕上的绳子还没有完全解开，但这并不影响她的行动。她小心翼翼地打开门走出去，惨叫声不知道什么时候止住了，四下杳无人迹，恩菲被吓坏了。这时，旁边的玄关依稀映入眼帘。恩菲并没有找到来时穿的运动鞋，可能是被"他"藏了起来。于是她只好光着脚，蹑手蹑脚地走到玄关前，悄悄地推开门。这时的恩菲总觉得会有一双大手突然从身后抓住自己的脖颈，但最终还是靠着求生的盲目本能，战胜了这种恐惧，飞一般地逃了出去。树枝挡住了眼前的路，自己果然是在山里。

好不容易逃出来的恩菲，开始拼命往前跑，尽管她并不清楚自己所在何处，但所幸的是天还没有黑透，循着光亮，她依稀看到了下山的路。跑着跑着，胳膊上的绳子渐渐松了，她不知何时跑出了大路，在树林里踉踉跄跄地逃命。石块、树枝划破了她的胳膊，钩破了她的衣服，哪怕伤口开始流血，她也全然顾不得了。如果在山里迷路，一定要向着有光的地方走，顺着溪流走。虽然记不起老师是在哪节课上讲过，但此刻，这句话如钟声一般，在恩菲的脑海里不断地回响。

不知道在树林中跑了多久，不知不觉间，天完全黑了，甚至找不到太阳在哪个方向。好在她已经基本上从山上下来了，树枝渐渐变得稀疏，眼前出现了平地，也有了人走过的痕迹。当她认识到自己已基本逃离了险境之后，紧绷着的神经顿时放松了下来，这时她听到有人在说话。

"哎哟，天黑得真快啊。"

"这不才刚到早春嘛。"

"咱们赶紧下山吧。"

这是日常生活中常听到的对话，可以确定的是这两个人绝不会是绑架自己的人。于是恩菲用尽最后一丝力气，从树林里走了出来。一个披头散发、光着脚、浑身上下全是泥土和血迹的小女孩，突然从黑漆漆的树林里冒出来，着实把两个登山客吓了一大跳。

"哎呀！"

"怎么回事？"

恩菲站在这两个大惊失色的中年人面前，虚弱地说："叔叔……救……救……我……"然后就晕倒在地，彻底失去了意识。

"吓坏了吧？"

海美的脸上写满了担心，她坐在恩菲的床边，紧握着病床上恩菲的小手。低垂的刘海下，恩菲的表情显得很平静。

"姐姐，我没事了。"

不知道是不是这几天警察的来访和问询让恩菲感到心累，这孩子的话越发少了。尽管亲切的女警获得了医生的同意，还和福利院的老师一起前来，尽可能让恩菲在轻松的环境下聊天，但对于年幼的恩菲而言，和"警察"交谈毕竟还是一种负担，紧张是在所难免的。

海美是银河福利院的捐助人，这所福利院就在京畿道龙门山山脚下。虽然她打心眼里很想为福利院捐一辆小货车，经济能力却不允许。因此，海美觉得与其一直挂念着那些不切实际的愿望，还不如从力所能及的小事做起。于是，她决定和一个孩子结成对子，用实际行动照顾这个孩子，来满足自己想要帮助他们的心愿，这个孩子就是恩菲。虽然一开始只是当志愿活动去做的，但相处下来，海美发现自己越来越喜欢恩菲了。恩菲的小脸白白的，像德国洋娃娃一样漂亮，而且性格像大人一般冷静、理性，刚好弥补了海美所欠缺的部分。每到周末，海美就会把恩菲接到自己在蚕室的家里，像亲妹妹一般照顾她。恩菲也很喜欢到首尔市中心玩，每次看到她的笑脸，海美的心情也会跟着好起来。

海美看着病床上的恩菲，就像自己的亲妹妹遭遇了不测一样，万分难过。

"你被坏人绑架，然后逃出来了？那个浑蛋！那个坏叔叔没欺负你吧？"

"没有……我没看到他的脸。"

"不管怎么说，恩菲，你真勇敢。"

恩菲没有接话，只是明朗地笑了。清晨的阳光透过病房的窗户，静静地洒在她白净的笑脸上，她仿佛根本不是什么病人或是案件被害人，只是和平时一样，是个跟喜欢的大姐姐一起平静地享受清晨的女孩罢了。如果要说这美好的画面有什么瑕疵的话，那就是此刻在床边还站着一个无精打采的男人，他就是镇久。

镇久从一开始就对海美资助福利院的事情不感冒。

"还志愿活动呢，真是改不了老毛病！我说，你瞎折腾什么啊，这到底是为了谁好啊？"

镇久甚至曾想用这种方式来打击海美，可是海美并没有动怒。说来也是，以镇久的性格，别说让他去做志愿活动了，哪怕是让他接受别人的志愿服务都够呛。

"哥，你别胡说，你不要把别人都想得跟你一样。还有，这不光是志愿活动，我喜欢恩菲，她就跟我的亲妹妹一样。"

听到海美说喜欢恩菲，镇久彻底没话可说了。

"这要是亲弟弟吧，我还能极力反对一下……"

镇久好不容易才挤出这么一句没头没尾的话。

一听说恩菲遭遇这样的事，海美就逼着镇久也来探望她。镇久一直愣愣地站在床边，后来看着海美的眼色，才不情愿地对恩菲说：

"听说犯人已经抓到了，你就别担心了。"

恩菲转过头，看了看镇久，过了好一会儿，才艰难地说：

"……没抓到呢。"

"你就别操那么多心了，警察已经抓到犯人了。"镇久漫不经心地回了一句。

"我不知道具体情况，但是听说那个叔叔最后被释放了。"

"啊？这什么意思？怎么能把犯人给放了啊？"海美惊愕地问道。

"是因为……我。"

恩菲垂下眼睛，目光躲躲闪闪，最后落在了被套上。

　　杨平警察局被这件前所未有的大案子弄得鸡飞狗跳。小学四年级学生恩菲，在没有任何理由的情况下遭到绑架，而且这么小的一个姑娘，居然自己从罪犯的家里逃了出来。况且她说自己听到了女人尖锐的惨叫声，这就说明当时肯定还有另一名受害人。一般孩子在这种环境下肯定早就被吓得尿裤子了，但这个孩子却能迅速果断地选择逃生，在山中狂奔，碰得浑身是伤，硬是在山里徘徊了几个小时，最终获救。媒体大肆报道这则新闻，完全是意料之中，连警察局内部也都对这个冷静的孩子充满期待。原因在于当时杨平辖区内的确发生了一起女子失踪案，警察推测是暴力绑架，加上这起案件发生在恩菲被绑架的地点附近，周边的人们都心有余悸。同时，对恩菲的期待也源于她提到的罪犯作案手段、作案地点还有曾听到过女人惨叫声的回忆，这一切刚好和警察推断出的"女子失踪案和恩菲绑架案的罪犯是同一人"这一论断不谋而合。因此警察们推断，按照恩菲下山的路，倒追过去，找到作案地点，掌握嫌疑人的位置，是早晚的事情。这么一来，逮捕罪犯，救出被绑架的女子，这案子就结了啊!

"恩菲,你好好回忆回忆,姐姐和警察叔叔们帮你把坏人抓起来! "

杨平警察局的巡警权智熙轻轻地拍了拍睡了一天才醒来的恩菲,温柔地说道。她坐在床边,低着头的样子真的好像个大姐姐。恩菲侧过头来看了看她。恩菲的另一边站着一个戴着金边眼镜、个子不高的小伙子和一个二十多岁的女孩,两人都在用怜惜,或者说是忧心忡忡的目光注视着恩菲。他们分别是银河福利院的院长魏钟道和老师崔银光。

"是啊,老师也在这儿,别害怕,没有人能伤害你的,恩菲,你把知道的事情,全部告诉警察姐姐就好。"魏院长稍稍推了推眼镜,蹲了下来亲切地对恩菲说。

恩菲用惊慌的眼光看了看这三个人,眼神闪躲间费力地说出一句话:

"我……想不起来了。"

"想不起来了?"权巡警诧异地问道。

"……嗯。"

"那下山的路呢?"

"我不知道是从哪边下来的,就只是一直朝着有光的地方、有小溪的地方跑。老师告诉过我们在山里迷路的话,就要这么做……"

"嗯，你做得很好，咱们恩菲真聪明，那大概走了多久呢？"

"那个……记不清了，好像是……一个小时……两个小时？要么……大概三个小时？"

"……也是，被吓坏了，肯定记不清时间的，那恩菲对那个绑架你的人或者是山里的那栋房子还有印象吗？"

"那个……也记不清了。我没看到他的脸，只是在醒来的时候听到了他的笑声，但是笑声几乎被惨叫声盖住了，所以也没怎么听清。"

"那那栋房子呢？是什么样子的？"

"我不清楚，当时太害怕了，只想着要快点逃出去，别的……就没顾上。"

恩菲一直回答说不知道、不清楚，看着权巡警失望的脸，她感到有些抱歉。

"也是啦，你肯定被吓坏了，但真的一点儿都想不起来了吗？"

"嗯……具体的细节我记不清了，但有一点我可以肯定，就是……那间房子……"

"房子！房子怎么了？"

"全都是黄色的。"

"啊……这样啊……"

权巡警站在那儿细细想了想这个意料之外的答案。黄色的房子？有几个人会把房子粉刷成黄色的？这个罪犯到底是个什么样的变态狂啊？

福利院长魏钟道和崔银光老师，像是在嘉许恩菲认真回答了警察的问题一样，站在床边轻轻地摸了摸恩菲的脑袋。

恩菲刚恢复意识，权智熙巡警就争取到了医生的同意，跟她见了面，得到那些信息没多久，杨平警察局就立刻展开了行动，争取在罪犯发现恩菲逃走、进一步采取行动之前把他捉拿归案。

"虽然孩子记不得自己在树林里走了多久，但就当时得救的状态来看，最少也有一个小时左右。一个光着脚的孩子不大可能走三个多小时的山路，所以立刻搜查距恩菲获救地点三小时的路程范围内所有的房子。"刑警队队长紧急下达了指示，动员了大规模的人员，从山脚向山顶开始了地毯式的搜查。

警察们迅速、大范围的搜查很快就有了成效。从房主身份和房屋状况来看，只有两处符合条件。最先被发现的一处是座闲置的空房子。虽然没有人住，但仍然保留着一些陈旧的家具，还有地下室。可是就算罪犯只用作作案地点，也总会留下一些有人来过的痕迹，但是这里什么都没有。况且恩菲一天前才从作案地点逃出去，如果说最少一天前有两个人在这个房子里待过的话，这间房子未免也太荒凉了。

第二处房子离第一处大概有30分钟的路程。一找到那里，警察们的神经就绷紧了。那栋房子在野外，孤零零的，散发着一种阴森的气息。那里离恩菲被发现的地方有两个多小时的路程，位于小溪的上游，而且最重要的是，一名男子独自生活在那栋房子里。房子比山里搭的窝棚要好得多，普普通通，是一栋还说得过去的平房。警察敲门后，门"嘎吱"一声，打开了，一个男人蹒跚着从里面走出来。男人大概三十几岁，穿得又脏又乱。男人叫许万宁，个子很矮，再加上驼背，整个人看起来更加猥琐了。看到警察，他歪斜的眼睛中带着敌意，嘴角噙着几分嘲笑。

"真不像话，我的家不允许你们搜查。"

许万宁强硬地一口回绝了。如果这里是犯罪现场的话，警察可以无须搜查令进行紧急搜查，但是仅仅凭借"这里距离恩菲被发现的地方大概有两个小时的路程"这一理由，不能证明这里就是犯罪现场，也就不能成为搜查的直接条件。尽管警察十分怀疑这里就是犯罪现场，却也不得不暂且铩羽而归。当然，在正式拿到拘留搜查令之前，刑警们都悄悄地藏在这栋房子周围，密切监视着许万宁的一举一动。

第二天早晨，警察手持拘留搜查令，再次敲响了许万宁的家门。许万宁嘴唇抽搐着让开了玄关，把警察迎进了门。家里很干净，这和许万宁破旧褴褛的外表形成了鲜明对比，警察对他的怀疑反而更大了。虽然不能说穿得很破旧的人，家里也一定很破旧，但是这给人一种异样的情绪，让人怀疑他匆匆忙忙地把家里打扫整理了一遍。许万宁家里有两个房间，警察把客厅兼厨房彻彻底底地搜查了一遍。客厅里有一扇门，好像是建好了以后又新开的一扇门，警察打开一看，里面是一个大大的空仓库。

"这个房间是干什么的？是一开始就有的吗？"

"靠，真是无语。这个房间不过是后来需要又新建的。"

"那属于违规建筑吧。"

"你有本事就凭这个把我关进监狱啊！我交点罚金，不就行了！"

许万宁吐了口唾沫，皱着眉，搓着手。他又粗又糙的手指映入眼帘。

"为什么需要这个房间？"

"那是我的事情啊。"

"您是做什么的？"

"收集古董的！"

许万宁一下子发起火来。与其说是发火，还不如说是掩饰内心的不安。

"可是为什么这样空着呢？好像是有计划地清空的。"

刑警们用怀疑的目光，细致地扫视了仓库里的每一个角落，心里有底气了。

在一个角落里，刑警们在堆着的工具下面发现了几根头发，比许万宁的最长的头发还要长。在那附近撒上鲁米诺后，开始渐渐显示荧光，证明这里有血迹。还有类似唾液的东西。就是这个家伙！

虽然许万宁剧烈反抗，但是愤怒的刑警们还是顺利地押着他，朝杨平警察局走去。虽然没有逮捕令，但是紧急逮捕的条件已经十分充足了。几乎是同一时刻，另一个冲击性的消息传来。在离许万宁家不远的山里，登山爱好者在路边的草丛里发现了一个年轻女人的尸体，并被吓得摔了一个屁股墩儿。昨夜的一场骤雨，把山里的土砂冲走了，尸体的手露了出来。周围的泥土应该在不久前刚被翻开过，还很新鲜。尸体看上去被埋得很浅，可以看出来，罪犯埋尸体的时候应该很仓促。而且警察们很快就发现在许万宁家发现的头发、血迹和唾液正是这具女尸的。女人叫全世利，在便利店打工，下班后，在她晚上回家的路上失踪，她的家人报过警。全世利骨架很小，长着一张娃娃脸，猛地一看就像个初中生，但其实她今年刚满二十岁。

"没有被性侵的痕迹。那个浑蛋好像就是个疯子，绑架过路的女性……"

"恩菲逃走以后，许万宁那个浑蛋知道警察会去，就着急忙慌地杀死了被绑架的全世利，埋在了附近，再把家里打扫干净。"

"他好像有很强的自卑感，所以折磨身体比自己小巧的女子和普通小孩，来满足自己变态的优越感。"

刑警们围绕这个案子，七嘴八舌地说了几句。

在全世利的头发和血迹的铁证面前，许万宁却抵死不承认自己绑架杀人。

"绑架？那个孩子在山里迷了路，我只是让她在我家休息了一会儿而已。"

许万宁用"那个孩子"来称呼全世利。也有可能是这样，许万宁只针对比自己弱小的人下手，全世利因为长了一张娃娃脸，而遭遇了他的魔爪。

"那为什么会有血迹！你抵赖也没用！"

"那是因为那个孩子太累了，流鼻血了呗。"

刑警不知道该说什么，冷哼了一声。

"恩菲，被你绑架到家里以后逃走了，她在你家里百分之百听到了女人的惨叫声。如果说全世利只是在你家里休息的话，应该不至于惨叫吧？"

"我根本不认识叫什么恩菲的孩子，我只是把迷路的孩子带回家，帮助他们罢了。"

"你发现恩菲逃出去了，心里很害怕，就赶紧把全世利杀死了。我们第一次去你家之前，你已经把她杀了。恩菲可是把整件事记得清清楚楚呢！这孩子虽然年龄小，但是很聪明，是个强有力的证人。"

恩菲是个聪明的孩子，但是没能成为一个强有力的证人。

"我也不知道是不是那个叔叔。谁的脸我都没看到。"

透过审讯室的玻璃窗看到许万宁的脸之后，恩菲摇了摇头。但直到那时，警察都没有把这件案子想得多么复杂。恩菲虽然没有直接看到许万宁的脸，但她可以做证，她是被绑架到一栋孤零零的房子后醒来的，还听到了女人的惨叫声。她思想深刻，十分聪慧，就算是在法庭上，也能充分赢得法官的信任。所以直到下面这个单纯的事实出来之前，刑警们都相信，尽管许万宁说什么都不认罪，但从法律上还是可以判定他绑架后杀人的罪行的。

恩菲被绑架后，是从一个黄色房间里醒来的。

但是许万宁家没有黄色的房间。

许万宁家里有两个房间，一个是许万宁的卧室，铺在地上的被子，沾满了污渍，看上去一年到头都不叠一次。警察从房间的用途和样子判断，这个房间不是恩菲被关起来的地方。另一个房间里面什么家具都没有，完全空着。窗外能够看到周围的树林，走出房间，客厅玄关的位置也和恩菲逃出来时的位置一致，警察推测这个房间可能是恩菲被关起来的地方。但是这个房间的墙上糊了深灰色的墙纸，昏暗的房间很符合许万宁风格。里面别说黄色了，连一点明亮的色彩都没有。不论警察怎么检查，许万宁家里，除了仓库，剩下的两个房间都平凡得不能再平凡了，这是无法改变的事实。

警察向福利院的魏钟道院长说明了情况，并请求道："看来不管怎么说，都必须得让恩菲去现场确认一下才行啊。"

"去现场……是说让恩菲再到她被绑架的地方去吗？……这么做的话很可能会再次对恩菲造成冲击和伤害啊。"

魏钟道面露难色，但在警察的耐心劝说下，他最后还是小心翼翼地同意了，并要求自己和福利院教师崔银光作为监护人同行。

虽然有福利院长魏钟道、老师崔银光和包括女巡警权智熙的好几位警察的陪同，但对小小的恩菲来说，要决定再次到她被绑架监禁的房子去，并不容易。不过恩菲还是温顺地点了点头。权智熙很惊讶，摸了摸恩菲的脑袋。来到现场，恩菲看了看房子周围的环境，歪着头说："好像是这里，又好像不是。"

"有什么不一样的地方吗？"

"那时候特别黑，当时我被吓得魂都没了，也没看清楚……对不起……"

"没有啦，那是当然的啊。就算是一般的大人，可能也不敢再回来呢，恩菲这么勇敢，才能够做到呀！"

权智熙鼓励着恩菲，一直来到了那个被怀疑的房间。小心地在房间里看了一圈，恩菲轻轻地摇了摇头。

"我还是不知道。当时太害怕，受了惊吓，除了想要赶快逃走，什么都想不到。那边好像有一张书桌……房间好像不是这么昏暗的啊，是一间黄色的房间呢。"

恩菲对房间的记忆，除了强烈的黄色，就什么都没有了。

"恩菲啊，你看仔细了吗？是黄色的房间吗？"

两天后，巡警权智熙再次找到恩菲询问，但是恩菲用清澈的眼睛望着她，肯定地点了点头。

"是的，姐姐。是一个黄色的房间。"

"会不会是傍晚的晚霞的光照进去，所以看起来是黄色啊？"

"不是。"

"你好好想想。也有可能房间不是黄色的，而是夕阳的光照进去，看起来像黄色。傍晚的阳光就是黄色的啊。"

"……没有阳光照进去啊，就是一个黄色的房间。"

恩菲下了定论，这让权智熙很泄气。

其间，警察经过内部会议得出的结论是"恩菲受到光的影响而产生的错视"。他们相信，仔细诱导一下的话，恩菲就能恢复正常的记忆。但是恩菲的话出人意料地坚决，这让警察大失所望。在迅速抓获罪犯的同时，没人注意过这个小小的事实，但它却成为真正的障碍物。警察们本来觉得恩菲是个小学生，适当地诱导一下就能够让她含糊其词，从而解决问题。但是随着时间流逝，恩菲的记忆和陈述越来越肯定，警察们开始慌张起来。

恩菲被罪犯监禁的地方是一个黄色的房间。

但是许万宁家没有黄色的房间。

这样的话，许万宁就不是罪犯。

这个简单的三段论推理无法打破。

"……事情就是这样的。"

海美和镇久走出恩菲的病房，在医院的大厅里，听福利院长魏钟道和老师崔银光讲述了这段时间以来发生的事情。

"真是奇怪啊。恩菲明明是从一个黄色的房间里醒来的，但是犯人家里却没有黄色的房间。"

海美歪着头回想了一下。魏钟道突然哈哈大笑起来。海美吓了一跳，看向他，他却没有任何表示地说：

"就是说啊。要是恩菲不说那些的话，事情还会简单些呢，也有证据了。可恩菲硬说是黄色房间，反而让事情更复杂了。照现在的情况来看，还不一定能处罚得了那个叫什么许万宁的家伙呢。"

魏钟道的语气里透露着恩菲十分固执的意思。崔银光安静地站在魏钟道身后。

"那罪犯就是另有其人呗。"

魏钟道的语气在海美听来很不舒服，她很不满意，扔了一句话出来。

"不是呢，警察会抓好人吗？是恩菲记错了才对，否则的话……"

"否则的话？"

"有些人想出风头，就会捏造虚假的事实，比起说什么都不记得，自己也想在里面起点什么作用呗。这也是有可能的。所以恩菲才固执地说是黄色房间。"

"恩菲不是那样的孩子，虽然年龄小，但是心思不亚于大人呢。"

海美反驳道，不过这次在后面站着的崔银光出来帮腔了。

"虽然恩菲的确跟您说的一样善良，但是她有一点很特别的地方，应该说不像个孩子吧，但也不是故意去模仿大人，所以其他的孩子跟她相处起来很困难。而且和她年龄相仿的朋友也不多，应该也是因为这个原因吧。"

魏钟道突然又哈哈大笑了起来，海美看了看崔银光，她却是一副漠不关心的样子。看来不合时宜地大笑是魏钟道的习惯了。也有可能是他努力想要给孩子们一种亲近感，才形成了这个习惯吧。

海美没有再说话，朝坐在旁边的镇久看了一眼。他用指尖画着毫无意义的字符，很明显是想要赶快离开这里。镇久则是一句话也不说，不是表示中立，而是毫不关心。

"我明白了，我会再来的。"

"好，谢谢，恩菲会很开心的。"

他们过分郑重地跟年纪小小的恩菲告别了。

"那个福利院的院长和老师是不是都挺奇怪的？"

海美在厨房的饭桌旁坐下，看着镇久做咖啡的样子说。她执意跟着镇久来到十里的公寓里，刚去见了恩菲回来，终于还是提到了这件事。

"太正常了，才奇怪啊。"

镇久正在往咖啡粉上倒热水，心不在焉地说了一句。

"你说的那是什么话啊？"

"你以为现在遇见个正常人，很容易吗？"

"真烦人！你能认真说话吗？"

"好了。"镇久倒好了水。他把咖啡壶取下来，然后坐在海美对面，认真地开口了。

"我觉得他们人还行。"

"哼，你的'还行'标准有多低，我会不知道吗？只要不是罪犯就是好人，这不就是你的标准吗？"

"可能比那还高一点吧。最起码还是你喜欢的做'志愿活动'的人嘛，也挺有礼貌的。一般人可能会因为我们年轻而无视我们呢。"

"可是他们都太不重视恩菲的话了嘛！"

"不管怎么说，比起孩子的话来，一般人的确更愿意相信警察的调查嘛。"

"就算是那样，他们名义上是福利院的院长和老师，就应该相信恩菲的啊。但他们却觉得恩菲是故意固执，编出那样的话来。"

"因为小孩子的确有可能会这样。"

"恩菲不是那样的人。"

海美端起咖啡，用嘴唇慢慢地啜饮，突然"啊"了一声，接着说起来。

"院长和老师身上是不是有问题啊？"

"什么问题？"

"嗯，就是，穿着羊皮的狼。恩菲也有可能是因为某种原因被他们逼着说谎啊，或者是因为他们而感到不安的话……"

"嗯……"

"哥，你是怎么想的？也有这种可能的啊。怎么样？调查一下院长吧？终于到了名侦探镇久出动的时候了！"

"嗯……"

镇久抄着手，身体靠在椅背上。

"海美，你这样让我出手，我有点紧张。"

"为什么啊？电影里不是经常会有院长或者是其他人干一

些奇怪的坏事吗？"

"看来电影都把你对人的印象变得不正常了，现实生活中不做坏事的更多啊。"

"哥，你今天怎么会进行正面思考啊？"

"与其说是正面思考，不如说是我根据概率分布进行客观的思考。你说的那种情况只是一部分罢了，所以发生那种事情的时候，媒体才会大肆报道，也会被改编成电影。要是大部分的院长和其他人都那样的话，那样的电影还能吸引人吗？"

"是这样吗……"

"要想减少赌小概率的错误，最好不要毫无根据地讨厌院长和老师。"

"……可是他们好像就把恩菲当作很多学生中的一个，太轻视她了，所以我的确不乐意，他们还断定是恩菲错了，说什么'小孩子不就经常会这样嘛'。"

"那海美，你那么相信恩菲的原因又是什么呢？"

"因为我和恩菲相处过，我了解她啊。她不会故意说谎的。她那么肯定地说是黄色房间的话，那就真的是黄色房间。"

海美突然端着咖啡站起来，朝客厅里的沙发走去。

可能是因为走得太快，往客厅走去的时候，海美的胳膊把客厅桌子上放的相框打翻了。

"哎呀！"

相框掉到了桌子后面布满尘土的地方。那是海美买的相框，照片上的镇久和海美摆着甜蜜的 pose。镇久没在意相框被打翻，只是坐在厨房里呆呆地看着。

海美放下杯子，趴在客厅的地上，把胳膊伸到桌子底下。她并没能一下子就摸到相框，不是因为桌子底下太黑，而是因为桌子底下满是废纸和杂物。看来镇久看到厌烦的东西的时候，没有单独整理或者是扔掉，而是直接堆在了家具底下。

海美先不摸相框了，先把手边的纸掏了出来。

"真奇怪，居然还有奖状呢？"

那张纸不知道在家具底下待了多久，到有光的地方一看，白色硬挺的纸张被尘土掩盖，随着岁月流逝，变成了现在泛黄的样子。

"这是什么？"

准确来说，那不是一张奖状。标题是"冬季学校入学通知书"，上面印着"某某初中三年级金镇久"。海美站起来，拿着纸念了出来。

"又不是全勤奖，这是什么啊？对该生授予韩国数学奥林匹克冬季学校入学资格？金镇久，你数学竞赛获什么奖了吗？"

"哦？那玩意儿在那里啊？"

坐在厨房饭桌旁边的镇久站起来，朝海美走过去。

"难道……"

"没什么。"

镇久瞟了一眼那张纸，近乎抢一般地从海美手中接过来，然后扔到客厅角落里的盒子里了。

"莫非……？"

海美被抢了纸的手还留在半空中，眯缝着眼看着镇久。

"莫非什么啊？"

"该不会是你伪造了一张奖状，然后想用来干什么奇怪的事情吧？"

"……看来是我把疑心病传染给你了啊，对不起咯。"

镇久脸色复杂地摇了摇头。

"怎么说都是授予的奖状……"

海美想要再看一下那张纸，但是镇久摆了摆手。这要是在平时，海美肯定无法忍受镇久居然拒绝了她，但是她看得出来，镇久的心情一下子不好了，就没有再强求。海美感觉镇久好像联想到了一些不想记起来的回忆。

两天以后，海美很快就有了机会确认那张奖状是不是真的。

镇久和海美傍晚在建大入口站附近的地下民俗酒吧见面。镇久有个叫宋治宇的高中同学，在那里开店，所以偶尔会顺便去一下。

"快进来，海美也快请进。"

宋治宇很和蔼地高声迎接了他们，然后把他们带到了靠墙壁的雅座上。

"老宋，过得怎么样？店里不错啊，赶紧给上点吃的，肚子饿了。"

镇久十分自如地跟宋治宇说。宋治宇身材颀长，有点块头，从外表上看，没什么可挑剔的，但是海美却不喜欢他。虽然他的店还算像样，但是态度里却流露出以前的流里流气。

米酒和泡菜炒豆腐上来以后，宋治宇并没有离开，而是坐在镇久旁边聊起天来。好机会，海美这样想着，找了个合适的机会插话。

"镇久哥高中的时候怎么样啊？"

海美不喜欢宋治宇，之前从来没有问过他这样的问题。

"高中的时候？我只记得他不学习。"

这么说着，宋治宇好像感觉很好笑，就哈哈大笑了起来。然后又补充了一句。

"不过后来醒悟过来，好好学习了，所以虽然高一的时候就自动退学了，但是通过了资格考试，上了大学。"

海美虽然知道镇久是通过资格考试上的大学，但还是第一次知道他就上到高一。

"他数学学得好吗？"

"数学？"

宋治宇的语气急转而上。

"哈哈哈，说什么呢。这小子这辈子就跟学习绝缘，你应该知道的啊，高中都没上完一年，好像高一就自动退学了吧？"

宋治宇说着瞟了镇久一眼。"好像是吧，我没记得在校园里见过雪呢。①"这么说着，把杯子里的米酒喝光了。

"那他应该没去参加过数学竞赛吧？"

"数学竞赛？还有这种东西呢？哈哈，没听说过，也没见过。上课的时候就趴着睡觉，剩下的时间都在打篮球，放了学不回自己家，到我的自炊房里去玩，躺一会儿再走。因为这个跟屁虫买拉面，就花了很多钱呢。"

"镇久哥篮球打得好吗？"

"他是个篮球天才呢，虽然没有华丽的技术，但是在我认识的人里面，镇久是篮球打得最好的一个了。一般人都以为带球很稳或者会扣篮，就是打得好，那其实是错误的看法。篮球呢，

---

① 韩国的新学年是春季学期开始，到冬季结束。

必须要有队员在需要的时刻，出现在需要的地点。但镇久呢，一般我控球想要传球的时候，他就在那儿，经常能在很恰当的时候出现在空位上。如果是他自己持球的话，就会在合适的时刻、合适的地方传出去，调节比赛。从这些方面来说，没人能比得上镇久。"

"看来哥哥还打过篮球呢……"

"又不是老头儿，就别说以前那些没意思的事儿了。"镇久摆了摆手，说道。话题也就没法再继续下去了。

懒惰的镇久居然篮球打得很好，这多少有点意外。不过这依旧不是数学方面。那么写着他获得冬季学校课程入学资格什么的，那张奖状还是什么的东西，又是怎么回事呢？真的是伪造的？可是为什么呢？各种各样的问题，出现在她的脑海里。

不管怎么说，宋治宇坦诚的聊天方式让海美生出了一丝之前从没有过的好感。这时，烟雾缭绕中，商店对面墙上挂着的电视里正在重播海美喜欢看的一部电视剧。美丽的秀爱患了老年痴呆症，失去了记忆，而金来沅却单纯地爱着她。电视上演的正是他们的婚礼。海美梦呓般地小声嘟囔着。

"唉，都知道她患了老年痴呆症了，还怎么结婚啊，真的有那么纯情的男人吗？"

宋治宇用眼睛扫了一遍女演员的身体，然后自言自语地说。

"哈哈哈，说是得了老年痴呆，可是身材都跑哪儿去了啊。"

海美刚刚对他生出的一丝好感瞬时消失殆尽了。

离开之前，镇久去结账，先上了台阶，出了商店。海美正想跟着上台阶，宋治宇对她小声说：

"不管怎么说，托你的福，镇久现在生活得像个正常人了，谢谢你啊。"

"他高中的时候很奇怪吗？"

"也不是奇怪，你可能知道，他的父母都不在了。可能是因为这个原因，他不仅对学习不感兴趣，对学校生活本身就完全不感冒。基本上就是习惯性地上学的感觉。后来和我们几个游手好闲的家伙混在一起，但跟我们又不是一类人。不管怎么说，这家伙有些地方很特别。"

听他这么说，作为朋友还挺为镇久着想的呢……要不要原谅宋治宇呢？这个想法在海美脑海里一闪而过。

回到家后，海美躺下，脑海里突然划过一个奇怪的念头。镇久的高中生活虽然短暂而没有意义，但是那时的他没有距离感，很活泼，也有朋友。但是镇久从来没有提及过他的初中同学。甚至从来没有听说过他初中和初中以前的生活是什

么样的。难道那段时期比起高中来就这么没的可说吗？镇久
这个人……海美的房间本来就黑，这么想着，她觉得眼前更
是漆黑一片了。

　　第二天，海美早上就准备好，朝往十里坡顶上镇久的公寓
出发了。并不是因为有想要重新和镇久说的话或者是质疑他。
虽然昨天见到镇久的高中同学，听说了镇久过去没什么了不起
的，反正也没有多么地出乎意料。不是好就是坏呗。镇久也不
是那种通过努力来一层层建塔的人，他的人生就像全都赌在了
衍生商品上，一直都提心吊胆。这天早上，在床上的海美睁开
眼睛，眼前浮现的不是镇久，而是福利院里恩菲闪烁的眼睛。
这幅画面并没有很快消失。这个孩子的眼睛真奇妙啊……好像
很悲伤，要么就只是单纯地凝视着这个世界。不管怎么说，不
只是警察，就连福利院院长和老师都干脆不相信恩菲，她现在
肯定很孤单。这种时候，能够安慰恩菲的人只有我——海美了。
对，把镇久也带去。除了海美，还有一个脸白白的哥哥也相信
自己呢，恩菲要是能这么想的话，也会振作起来的。只要镇久
闭上他那张玩世不恭的嘴，就会有用的。对，光知道吃喝玩乐
的镇久也有义务去做一件有意义的事情。

"今天一起去。"

一来到镇久的公寓，海美就气势汹汹地对镇久说。镇久正在厨房的饭桌上用笔记本上网，用鼠标到处点着。

"去哪儿？"

"去看恩菲。"

"……"

镇久面露不满，没有说话。这反而说明他已经了解了海美的意图。

"咱们去给她买点好吃的，安慰一下她吧。"

"为什么啊？"

"什么为什么！因为我海美小姐说一起去呗！"

海美一下子提高了嗓门，去拽镇久正拿着鼠标的胳膊。海美虽然不问青红皂白、不管三七二十一地把镇久拉起来了，但是他嘴里还在尝试进行最后的抗议。

"你觉得志愿活动和强求是一回事儿吗？毫无情感可言的做爱跟体操又有什么两样？强求的志愿活动只能是劳动啊！"

海美瞪大的双眼冒着火，镇久闭上了嘴。

恩菲上学的小学坐落在杨平郡龙门山登山路的入口处。要是没有绑架犯之类的坏人的话，教育环境还是很不错的。这里空气好，山水也好，让身心的疲惫一扫而光。

他们大致是趁放学的时候去的，但是今天恩菲却一直没有出现。海美和镇久一起在后门旁边等着，一个女生背着书包经过，书包上用签字笔写着大大的"4-2"。看来是和恩菲一个班的呢，她应该知道情况吧。这么想着，海美叫住了她。

"你是4年级2班的吧？"

"嗯，有什么事情吗？阿姨，你是谁？"

女孩留着短头发，戴着一副圆圆的眼镜，她抬头看着海美，用怀疑的语气问道。看来最近因为恩菲被绑架事件，学校老师也叮嘱学生要对陌生人保持警戒。听到"阿姨"这个称呼，海美眼前一黑，一股怒气涌上心头，不过她努力忍住了，继续问道：

"……我不是阿姨，是恩菲的姐姐。恩菲现在还在教室里吗？"

"恩菲吗？今天老师单独把她叫去了，现在还在学校里呢，一会儿就能出来了。"

海美一提起恩菲，女孩的语气就和气了许多。海美被女孩亲近明快的反应鼓舞了，就想接着问几个跟恩菲有关的问题。

"原来是这样啊。恩菲最近怎么样？过得好不好？"

"过得挺好的，老师也十分称赞她呢，说她虽然差点就遇到危险了，但是做了件很勇敢的事情。"

"你们也知道这件事情啊。"

"当然知道了。"

"同学们对恩菲好吗？"

"当然好了。"

"那一起相处，一起玩吗？"

"那倒没有。"

"你和恩菲亲近吗？"

"一般。"

女孩回答得很顺畅，好像对海美不停地问也有点烦了。海美不知怎么的涌起一股怒火。就算不这样，刚刚也对"阿姨"这个称呼忍了一次了，第二次涌上来的时候，海美也在不知不觉间提高了嗓门。

"为什么不亲近！不都是一个班的吗！恩菲多善良啊！"

"……我也知道她很善良，就是有点……"

女孩的气势一下子就矮了下来，好像在表达上也遇到了困难。镇久只是在旁边傲气十足地听着她们的对话，一句话也没有说。表情上流露出的意思是，这次不只是强求志愿活动了，连友情都强求了。

"是什么啊？说说看。"

"……就是她平时喜欢自己去某个地方玩，这次也是……"

"这次也是什么？"

"便利店的姐姐被绑架杀死了，但是恩菲却活了下来，一个人逃走了。所以我们对这种事情也有点那个……虽然那个姐姐对恩菲不好……"

"便利店的姐姐？那这次遭了坏叔叔毒手的人是你认识的姐姐吗？"

海美被吓了一跳，问道。镇久也朝女孩看去。

"是，就是在学校前面的便利店打工的姐姐啊，认识她的孩子都知道她被绑架死掉了，恩菲可能还不知道吧。老师很坚决地对我们说，这可能会给恩菲留下不好的记忆，所以要是故意谈论这件事的话，老师会发火的。所以我们也不谈论这件事，恩菲应该不知道。"

"原来是这样……不过，那个姐姐对恩菲很不好吗？"

"恩菲没有钱，还老在便利店里磨蹭，便利店的姐姐就经常对她发火。有时候还骂她是不是乞丐，拽着她的胳膊，把她赶出店里……"

海美心里不是滋味。恩菲虽然没有零花钱，但除了饭，也想买好吃的东西吃，这一点和其他的孩子没什么两样。在便利店工作的女孩觉得恩菲很烦人，但就算是这样，对一个小孩子做得那么过分的话，看来那个女孩的性格也不怎么样。

"那什么，你们好几次看到恩菲平时被那个姐姐骂，所以就觉得恩菲把那个姐姐留在那里，一个人逃走了吗？在背后这么嘀咕吗？"

"也不一定是这样，但不管怎么说那个姐姐都死了嘛。"

海美在女孩面前弯下身子，严肃地说：

"听好了。你们是因为不知道才乱嘀咕的，事情不是那样的，恩菲并没有跟那个姐姐一起被抓住，然后卑鄙地一个人逃走。恩菲被抓走以后，连那个姐姐的脸都没有看到，也不是她故意装作没有看到。恩菲虽然没有表现出来，但是她心里很受惊吓，受到了很大的冲击。所以说不要不了解情况，就说什么奇怪的话，好好做，明白了吗？"

"……哦！"

女孩垂下视线回答道。虽然女孩这么回答了，不过很明显，对一些不懂事的孩子来说，海美说的几句有道理的话是没用的。

女孩走后十几分钟，恩菲出现了。恩菲远远地看到海美和镇久，就跑了过来，跑得刘海都飘了起来。明亮地笑着的样子就像一个没有受到任何伤害的小孩子。

"镇久哥哥也来了呀！"

镇久的嘴角微微上扬了一点，做出来一个"类似"微笑的表情看着恩菲。看到恩菲这么欢迎镇久，海美的心情好了起来。

"恩菲啊，你好。老师说什么了呀？"

"嗯，就是，说我最近看起来很没精神，让我振作起来，还有学校的同学说什么，都让我不要放在心上。"

"同学们说你的坏话了？"

"不，也不是坏话……"

虽然恩菲说到最后，支支吾吾的，不过班主任都把她单独叫过去安慰她的话，看来跟之前那个小女孩说的一样，一部分孩子之间有一些异常的气流呢。

海美和镇久带着恩菲朝面食店走去。可能之前心里不是滋味，堵得慌，海美点了满满一桌子的炒年糕和油炸食物。嘴边沾着红色的酱汁的恩菲往嘴里塞着年糕，看到这里，海美开口了。

"有没有哪里不舒服？"

"没有，不过警察姐姐一副不相信我的眼神，让我有点伤心。"

"最近警察姐姐还经常来找你吗？"

"没有，最近不来了。不过她最后一次来的时候，让我一定再想想，然后把电话号码留给我。"

"没必要勉强改变自己的记忆。"

坐在海美身边的镇久突然开口了。

"嗯，我不会的。老师和警察姐姐都说不是那样，不过连院长和福利院的老师都是一种不相信的眼神，所以……"

"除了那三个人，其他人都相信恩菲说的话，我也相信。"

镇久又突然说道。听到他的话，恩菲开心地笑了起来。

"本来想带镇久来当哥摆设的，没想到还起了点作用呢。"

镇久无意中单调的语气中完全没有大人面对小孩的时候，特有的套近乎的感觉，这反而更体现出了对恩菲的信任。

海美回头朝着镇久挤了挤眼睛。

下午，海美和镇久带恩菲回到福利院，正好在门口遇到了魏院长。他礼节性地呵呵一笑。

"恩菲啊，海美姐姐又给你买了很多好吃的吗？"

魏钟道对恩菲笑着说。恩菲立刻害羞地点点头，摇了摇海美和镇久的手，进去了。

"看来恩菲过得还不错，学校那边挺照顾的。"

"是啊，我们福利院也对她格外上心呢。"

"那个，不过我听说那个死了的女孩是在恩菲学校附近的便利店工作的学生呢，您知道吗？"

"对，看来罪犯就在附近转悠，寻找一般的孩子下手呢。这么看来，在一个地方就对两个人下手了呢，啧啧。不管怎么说，我们担心会对恩菲造成冲击，所以一律都不谈论这件事。"

魏钟道啧啧地咂了咂舌头。

"那最近还有异常的事情发生吗？或者又有孩子失踪之类的？"

镇久从旁边插进去问了一句。一提到案情，魏钟道的脸色就不高兴了。

"一点都没有，前一段时间不是把犯人抓住了嘛。真是的，就因为这样的人，我们也十分担心呢。本来学校和福利院的位置就比较偏僻，也没法一直跟着孩子上下学，只能严格强调让孩子们注意。"

"那个叫什么许万宁的，还没有被放出来吧？"

"那个人现在好像正被警察起诉呢，因为恩菲说自己待过的房间是黄色的，事情有点难办呢。反正警察应该会看着办吧，不过听说，要是犯人请到律师，交点罚款，走运的话，事情就会比较难办呢。任谁看，那个人都很明显就是罪犯，但我担心他一下子就被释放出来呢。"

魏钟道的话里明显透露着因为恩菲，而让事情难办的类似于叹息的心情。

"那应该会挺困难的呢。"

海美安慰似的说道，魏钟道立即接了句"这是我们的分内之事嘛。"然后又哈哈笑了起来。

"金镇久？以前我们俩关系挺好的。啊，会不会是我一厢情愿啊？"

穿着一身杰尼亚天青色花纹西装的李时铉轻轻抚摸着 Alain Mikli 眼镜的镜框。李时铉是海美的朋友申美津的男朋友。海美心里很吃惊，她回想着李时铉的话：这个男的说他和镇久关系很好？而且好像还是他自己觉得跟镇久关系不错？

海美正冷冷清清地一个人在和大学同学聚会，这是一个带现任男朋友参加的聚会。海美对镇久说一起去的时候，镇久正牢牢地坐在电脑前面上网，只是用厌烦的声音说了句："我忙，去不了。"像这种人勉强带去，也不会提升我的形象，海美这样想道，所以忐忑不安地独自来了。

他们在江南站后面的牛排店里吃了晚饭。然后都聚集到旁边建筑两层的啤酒屋里放松。聊天的时候偶然提到了初中的事情。海美这才知道申美津带来的李时铉和镇久年龄一样大，还是一个学校毕业的。李时铉毕业于 L 医科大学，今年在江南区的某家大型医院里实习合格了。在今天的聚会上，他也是一位备受瞩目的职业男士。也就是说，今天带这样的男朋友来参加聚会的申美津也很有面子。李时铉的着装上也到处透露着富家子弟的气氛。要说遗憾的一点的话，他身材很小，穿着 46 尺码的杰尼亚西装都看起来松松垮垮的，五官都挤在一起，应该说相貌看起来很沉闷吧。

海美端着啤酒杯，硬是坐在了李时铉的旁边。金镇久跟宋治宇那样的朋友混在一起，海美虽然觉得一直走精英路线的李时铉应该不会很了解镇久，但还是问了一句。

海美这样想着，先是被李时铉"关系很好"的回答吓了一跳，不过他接下来的话让海美的脸一下子就红了。

"镇久的台球简直绝了，对初中生来说，能得 500 分就是特别厉害的了。因为 three cushions 能打到最后就特别牛了，但其实他比那还厉害。可能从小家里就有台球桌吧。"

他大声说着笑了，周围几个不懂英文的也跟着笑了起来。

那就是了嘛，初中的时候打台球，高中的时候打篮球。只是球大了点，其他没有什么变化。海美的脸一下子红了，皱起了眉头。说了几句轻浮话的李时铉看到海美的表情，压了一下气焰，清了一下嗓子说：

"不过除了台球打得好，镇久还是个模范学生呢。"

"什么？模范学生？"

这个男人到底明不明白什么叫模范学生啊，不会是不闯祸就叫模范学生吧。

"对啊，你不是镇久的女朋友吗？你不是清楚吗？"

李时铉原来是在说场面话啊，海美刚这么想，李时铉就接着说。

"不过也是，还是有一点不同的。他并不是所有的科目都学得很好的那种全能选手，只钻研自己喜欢的东西，对其他的东西完全不感兴趣，所以全校排名并不高。反而是我的排名比较……嗯，不管怎么说，镇久很喜欢数学，也学得很好。其实说学得好是完全不够的，应该说是天才，数学天才。"

数学学得很好？听到这句话，海美的脑子里一下子想起了什么。

"……那他参加过什么竞赛吗？"

"镇久那小子没说过吗？他初三的时候参加过 KMO，就是韩国数学奥林匹克竞赛。他参加了高中部竞赛，获得了金奖，大家都被吓了一跳呢。那时候金奖是最高奖，大概有三十几个得金奖的吧，初中生里面，包括镇久在内，也就 10 个左右得了金奖。"

周围传来大家"哇——"的惊叹声。学习不好，打台球打到 500 分，和学习好打出 500 分来是天差地别的。如果说前者是让人们哄堂大笑的理由，那么后者就变成了让人惊叹的理由。海美也因为镇久过去留下的辉煌而有些得意。相反，李时铉觉得自己称赞别人有些过头了，就瞥了周围一眼，跟泼冷水似的又加了几句。

"也是，他把其他的东西全都抛开，只喜欢数学，当然能学到那种程度了。台球也是一样，高中部的比赛因为高三要参加高考，没法参加，所以只有高一和高二竞争，不过他那时还是个初中生，这也算水平相当不错了。"

他的话给人的不是一种"数学天才"的感觉，而是隐隐更接近于"数学书呆子"的形象。海美还是无法想象自己认识的镇久和眼前的李时铉关系不错的样子。

"不过时铉，你刚刚说你和镇久关系很好来着？"

"那时镇久有非常多的朋友。"

镇久有过很多朋友？

"都是一些什么样的朋友啊？"

"主要都是模范学生圈子里的呗，只要是跟数学有关的，问镇久就绝对不会让人失望，而且大家的爱好也都差不多。"

"那镇久哥的梦想是做一个数学家吗？"

"当然了。有一个奖项叫菲尔兹数学奖，相当于数学界的诺贝尔奖，镇久曾经说过他要做韩国第一个拿到菲尔兹数学奖的人，这是他的抱负呢。可能因为他爸爸是一个有名的历史学教授，镇久肯动脑子，也喜欢学习，尽管只是做自己喜欢的东西。镇久的爸爸说过，不管是数学还是台球，能够钻研下去，就非常好……"

"镇久哥的爸爸是历史学教授？但据我所知，他的父母都不在了啊？"

李时铉歪着头，好像觉得海美不知道这件事很奇怪。

"就在那个时候去世了，在镇久去冬季学校上课之前。如果能上完冬季学校的课程，再通过几次测试的话，就能获得参加国际竞赛的资格。镇久说他到了高中以后，要挑战国际竞赛，他把这个当作目标，这个也曾是他怀揣了很久的梦想。就在那个时候吧，镇久的爸爸是去哪儿来着？蒙古还是中国新疆来着？反正就在那个时候，带着一个调查团和镇久一起出国了，然后在那里去世了，好像是出了什么事故来着……镇久的妈妈本来就不在，也不知道是去世了还是离婚。就是镇久和他爸爸两个人一起生活，他爸爸去世以后，就剩下了镇久一个人。不过从那以后镇久就变了，不学数学了，也不打台球了，对学习一点也不感兴趣了，和我们这些模范学生圈子的关系也不了了之，不过很快就毕业了。我也不知道是什么原因，他爸爸去世以后，他把自己曾经那么喜欢的数学也放弃了，那可曾经是他唯一的梦想啊。"

海美仿佛在听一个陌生人的故事。那个镇久是我认识的这个镇久吗？不会是有跟镇久重名的另一个人，正好数学学得很好吧？可是在镇久家看到的数学奖状……

海美想得脑袋昏昏的，这时李时铉又说了起来。

"不过我听说的是，镇久的爸爸……"

"镇久哥的爸爸怎么了？"

海美从想法中惊醒，问道。

"啊，不是……我其实也不知道。"

李时铉吞吞吐吐，然后换了个话题，向海美问道：

"真是光说以前的事儿了呢，镇久现在在做什么啊？"

"最近也就……正在准备就业。"

"是吗？"

李时铉说着轻轻地晃了晃脑袋。虽然光线不怎么明亮，但是海美却看到了。李时铉咬住嘴唇，忍住了隐隐露出来的笑容。

这个人啊，听说初中曾经学习很好的镇久现在完蛋了，所以在开心吗？海美一下子起了一身鸡皮疙瘩。曾经是全校前一二名的李时铉，在数学上却不得不屈居于镇久之下，所以内心很生气来着吗？后来镇久的人生走进了低谷，所以内心隐隐地十分满意吗？这个东西！穿杰尼亚真是浪费！海美觉得，还不如跟稍微低俗一点的宋治宇做朋友呢。

就是这样了，通过他的嘴了解到的跟镇久有关的事情真是让人惊讶。海美之前不了解镇久初中的生活，但就算这很新奇，还是很难让人相信初中时的镇久和高中时的镇久是同一个人。喜欢数学和台球，跟李时铉等模范学生圈子一起相处的金镇久。和上课时间一直睡觉，跟宋治宇等差等生混在一起，整天只知道打篮球的金镇久。这两个人除了名字，真的完全是同一个人吗？

镇久现在还和短暂高中时期的同学见面，毫无距离感。相反，初中时，他刷新了数学和台球的新纪录，有着参加国际竞赛的梦想，但他却不想提起的闪耀的初中时光的故事，也从来没有说过一句所谓的学习好的时候的模范学生的故事，还有在异国他乡去世的父亲的故事。

这么想着，海美却觉得中间的原因，她根本问不出口。又重新想了一遍镇久的事情，却无法立刻找出犀利的解决方法。

"真是遇到了一个让人头疼的人啊。"

海美一口喝光了杯子里的啤酒，然后又跟周围的人聊了起来。

这天晚上，海美回到蚕室的单人间里，躺在床上，脑海里又浮现出了恩菲悲伤的眼睛。恩菲刚刚经历了普通人难以承受的事情没多久，作为亲近的人，当然要无条件地站在她那边，保护她、安慰他。本来她心灵的伤口就没那么容易愈合，再加上警察和老师都有些无视她说的话，多次追问一样的问题，恩菲本身就很敏感，眼神当然奇怪了。另外，虽然恩菲不知道，但她被绑架后，醒来的时候，惨叫的正是学校前面便利店里打工的学生，并在恩菲逃走以后遇害了。一些不懂事的同学之间好像还流传着恩菲为了活命，独自逃走了的说法。现在的恩菲比什么时候都需要朋友们的关心，如果这时候孩子们从单纯的正义观念上排挤恩菲的话，恩菲肯定会受到伤害的。

就是这样，问题本来就没有解决方法，只能让她忘掉这些不好的记忆。

喝了酒醉醺醺的海美，开始计划一场不合时宜的旅行。

"咱们带恩菲去旅行吧？"

"……"

镇久正坐在沙发上，手里是一本打开的书。他假装没有听到海美的话。海美一屁股坐在镇久身边，摇了摇镇久的身体。

"别装作不知道啦，你明明听到了嘛。"

"为什么？"

镇久的视线被晃得失去了焦点，实在受不了了，就把书放在了膝盖上。

"什么为什么，小孩经历这种事情，该多么受惊吓啊。如果恩菲有父母的话，父母还能安慰她。恩菲又没有父母，虽然有福利院的院长和老师，但是从他们的立场上看，又不能只把心思放在恩菲一个人身上。"

"可是，这种程度的话应该克服了吧？上次见她的时候，看着挺平静的啊。"

"虽然表面上看起来是那样，但其实内心里不是啊，她只是不表露出来罢了。好不容易逃了出来，警察却是一副不相信自己的眼神，再加上福利院的院长和老师也在责备恩菲说什么奇怪的话。最大的问题是学校里的同学，说什么恩菲自己逃走了什么的，在背后嘀嘀咕咕，恩菲该有多孤单，多郁闷啊。"

"……嗯，那你们去吧。"

"说什么呢，我不是说了一起去嘛！"

"为什么一定要我去啊？"

"一起去吧。"

"我必须去的理由是什么？除了海美的偏脾气以外，再找一个理由出来。"

"得有人帮我们拿行李嘛！"

"那就不应该多带一个人了，少带点行李不就行了。"

海美严肃起来。

"哥，虽然你可能觉得和小孩子一起去旅行没什么意思，但是恩菲却异常地相信你，依赖你。"

"其实不是这样，是因为海美你吧？"

"不是，很明显的。上次我一个人去看恩菲，她还问你有没有一起去呢。恩菲对你可能有一种同质感。"

海美这么说并不是她捏造出来的，想要让镇久和她们一起去旅行。海美甚至想过，这可能是因为恩菲没有父母，她本能地从现在同样没有父母的镇久身上感觉到了某种相似性。

"那就找一天一起去主题公园玩吧。"

"干吗把时间定那么短，还是去过南美洲的人呢！怎么说也得过一夜吧。"

"还得过一夜？"

"当然了，想要安慰一下恩菲，让她振作起来的话，怎么说也得两天一夜吧？"

"两天一夜的话，要去东海吗？"

"按照我的经验呢，我去年元旦的时候在正东津看了日出，一直都忘不了那个场景呢。而且好像从中得到了很多吉祥的运气，所以去年一整年遇到了很多好事，还遇到了你。"

听到最后一句话，镇久的心情好了起来，声调稍微高了一点。

"所以去哪儿好呢？"

"去济州岛吧。那里有一个很有名的城山日出峰，去那里看日出吧，把所有不开心的事情全都忘掉。这次记忆肯定能让恩菲永生难忘。"

"行，小事一桩。这是咱们三个第一次也是'最后一次'旅行，得有个好心情才行。"

听到镇久强调"最后一次"，海美翻了个白眼。

恩菲的情绪一般表现得不是很明显，不过这次她明亮地笑着，很明显十分开心。可能自记事以来，还从来没有去旅行过。更何况是和亲切的姐姐一起进行两天一夜的长途旅行。

"镇久哥哥也一起去吗？"

"嗯，镇久哥哥虽然看着不厉害，但其实打架很厉害的，坏人都不敢出现呢。"

恩菲听到镇久也一起去，看起来更开心了。

"好啊，恩菲最近有点忧郁呢，去旅行应该会有很大的帮助，谢谢了。"

福利院院长魏钟道这么说着，又哈哈地笑了起来。

一登上去济州岛的飞机，恩菲就有点兴奋。她坐在海美旁边靠窗的位子上，一直望着窗外。

"汽车和房子都好像玩具啊！"

这是第一次坐飞机的孩子的正常反应。恩菲用双手珍惜地捧着空姐递给她的橙汁。

他们住在了城山日出峰附近的别墅型酒店里，别墅里有两间卧室，其中一间卧室是镇久用，另一间卧室是海美和恩菲一起用。为了看日出，第二天凌晨就必须起床，朝城山日出峰出发。这对镇久来说，是一个无比折磨人的时间。

"明天我起不来的话，你们两个就自己去吧。我允许了。"

镇久已经开始为睡懒觉放烟雾弹了。海美顶了一句。

"都来到这里了，你还想犯懒？你还好意思见恩菲吗？"

"……反正也不是什么值得炫耀的事儿。"

恩菲看着支支吾吾的镇久，咯咯地笑了起来。

镇久并不是对恩菲不亲近，但也没有像亲哥哥一样和蔼可亲。

比起平时枯燥无味的态度和语气来，镇久这次说的话已经算是有意思了，恩菲听到这里一下子笑了出来，这只是让海美觉得很新奇。

他们运气不错，一般来说，日出会因为天气的原因不怎么样，但是今天天气很晴朗，空中飘着几朵白云，这应该也算是在城山日出峰看到的比较好的日出了吧。

太阳升起之前，已经有几十个人像鸽子的羽毛一样四下静坐着，各自等待日出。镇久、海美和恩菲三个人碰巧坐在一块前面没有遮挡物的大石头上。恩菲在中间，三个人并排骑坐在石头上。

到了时间，黎明被打破，日出开始了。金黄色的曙光一缕缕透过云彩的缝隙穿了出来，好像给云彩穿上了裙子。人们到处发着感叹。太阳好像在升起。视野里一片光明，万物都吐露着新气象。

海美短暂地陷入了忘我的世界。镇久嘀嘀咕咕的心里都好像在这个庄严的时刻受到了洗礼，没有说话。恩菲坐在海美和镇久中间，阳光照在她的脸上，她的脸仿佛在金色的水中洗过一样，散发着光芒。太阳用自己的光芒给这个世界染上色彩，慢慢地，慢慢地升了起来。就像固执的红色一团，又像温暖慈悲的源泉。

过了一小会儿，恩菲小声地说：

"真美啊。"

"是啊，真的是金黄色呢。"

海美看着身边的恩菲说。恩菲的视线固定在日出上。

"嗯，这首歌真的好美。"

海美一句话也没说，望着恩菲。

居然说是歌呢，这个孩子居然都能用诗一般美丽的语言来表达了呢，恩菲比我知道的还老成呢。

海美的视线越过恩菲，移到镇久身上。镇久也在回头看着恩菲。恩菲没有意识到两个人的视线，完全沉浸在太阳和云彩的天然合唱中。

怎么会这样呢。

海美看到镇久慢慢地皱起了眉头。不，与其说是皱眉头，倒不如说是某种夹杂着阴沉和可惜的表情。看到这么美丽壮观的日出，周围的人都很高兴，恩菲也十分开心，可是镇久是怎么了？海美心中出现了一个大大的问号，同时涌起一股奇妙的感觉，但她什么也没说。

庄严开始的日出就这样在三个人的心里各自留下了不同的余韵，然后结束了。

太阳已经完全升起来了，在阳光的照耀下，恩菲正在休息处外面的平台上跑着玩耍。她发现了一只不知谁带上来的白色马尔济斯犬，正在悄悄地靠近它。海美和镇久坐在休息处的窗边，透过窗子看着平台上的恩菲，喝了一口罐装饮料。自从看完日出往下走，镇久就再也没有轻易开过口。海美觉得很稀奇，看了看镇久的脸色开口了。

"现在可以说了。"

"什么？"

"恩菲都出去了，你刚刚不是因为恩菲在，所以想说的话才没有说出口吗？"

"其实恩菲在的话，也不是没法开口，不过……"

"自从看完了日出，你就特别奇怪。发生了什么事啊？不对，咱们一直待在一起，也没有分开单独行动，你想到了什么吗？针对那件事……"

"刚刚看日出的时候，我的确突然想到了一些东西。"

镇久面无表情地又喝了一口饮料。这次海美抬了抬眉毛。

"难道……"

"难道什么？"

"你是觉得恩菲那时心怀恶意吗？"

"什么心怀恶意啊！"

镇久直愣愣地望着海美。

"就是……比如说，恩菲故意撒谎什么的。"

"撒什么谎？"

"……那就不是这样了。我还以为你现在还不相信恩菲呢，对不起啊。"

"不是，恩菲没有撒谎。"

"对吧？"

海美按捺住心里的高兴，坐在了镇久的旁边。

"看这两天也是呢。恩菲表达感情很直接，就是一个单纯的孩子嘛。"

"那是为什么呢？黄色房间又是什么？难道那个男人真的不是凶手？"

"那个叫什么许万宁的应该就是凶手，警察也很确信这一点。那附近的山里让人怀疑的房子只有那一栋，而且在那个男人的家里发现了死去的女孩的血。只有一点，恩菲说自己被抓住的房间是黄色的，碍于这一点，案情才迟迟不前。"

"所以说那栋房子里没有黄色房间的话，就很难认定那个男人就是凶手啊。"

"也是……"

镇久顿了一下。

"快说说看。"

"那是我的想法啊。"

"当然是你的想法了，难道还能成了我的想法啊？快说说，快点。"

"恩菲刚刚看日出的时候，说了句这首歌真好听什么的话。"

"是啊，小小的年纪却能说出这么具有诗性的话来，我都被吓了一跳呢。"

"我倒不觉得那只是一种诗性的语言，不管怎么说，一个孩子在那一瞬间，能使用那样的表达，还是有点难以置信。坐飞机的时候，她说房子看起来像玩具，这说明她喜欢直接把她看到的东西说出来。所以我觉得有一种可能，就在下山的时候问了恩菲，'你刚刚说的听到音乐声是怎么回事啊？是在表达你看到日出的感觉吗？'这么问的。但是恩菲跟我想的一样，回答说'不是啊，我真的听到了好美的音乐，哥哥没有听到吗？'"

"嗬，那恩菲是幻听了吗？"

海美放大了瞳孔，镇久"嗯"地呻吟了一声，身体一下子向后伸开了。

"那这么说来，恩菲就成了一个神眉鬼道的孩子了啊，不是这样的。"

"那是什么？"

镇久休息了一会儿，小心翼翼地说。

"你曾经幻想过吗？比如说把视觉和听觉调换一下，会怎么样？"

"把视觉和听觉调换一下？"

"把声音看成颜色，把颜色听成声音。这样就好比是，把脚步声看成蓝色，把人的说话声看成红色。反过来，看到蓝色的话，就听到的是脚步声；看到红色的话，就听成人的说话声。"

"好像什么科幻电影啊，不过这么想象起来好像的确挺有意思的。那杀人犯来杀自己的时候，也听不到脚步声，而是看到一片蓝色啊。这样更可怕了，眼前好像展现出了一片离奇古怪的世界。"

海美好像正在努力地在脑海里想象万花筒一样的画面。然后好像突然醒过来一样，说道：

"可是咱们正说着恩菲的事情呢，你怎么突然说这么奇怪的话？"

"我就是想说恩菲的事情呢。"

"这两者之间有什么关系啊？"

"恩菲具有独特的感觉。"

"什么独特的感觉？"

海美一下子竖起了耳朵。

"……恩菲会不会拥有共感觉呢？"

"什么啊，谁都拥有空间感的好不好。"

海美一副扫兴的样子，直起背来，把空掉的饮料罐扔到了旁边的垃圾桶里。

"不是，不是空间感，是共感觉。"

"共感觉？"

"嗯，是一种在原来的感觉以外产生的其他感觉，也就是说，听到声音就会看到颜色的现象，等等。"

"那种东西现实中存在吗？"

"虽然很少见，但的确是有的。也可以说是感觉混淆了，听觉变成了视觉，视觉变成了听觉。就好像是，听到海浪的声音，就看到黑色；看到红色，就听到某种声音。也有的情况是声音变成了味道，味道变成了颜色。准确来说，不是变化，而是两种感觉同时感知到。这种情况在女性中出现的比率要高很多，在小孩子中出现的概率也比成人要大很多。据说，人本来在婴儿时期的时候，感觉器官还没有分化，所以那时候所有人都拥有共感觉，随着人渐渐长大，这种共感觉就消失了。只有极少数的人在长大以后还拥有共感觉，这些人里面有很多就在音乐或者美术方面有比较高的成就。不过也有一些比较平凡的人在某些特殊情况下会产生感觉混淆。"

"哇——虽然当事人可能会弄混，不过我还挺羡慕他们的呢。名义上，我也算是美术专业的，要是能有这种感觉的话，也许就能创造出一种新的美术了。"

"不过，像以斑驳陆离的抽象画著名的康丁斯基就是共感觉拥有者，他在听到音乐的时候，就把眼前看到的东西画在画布上。"

"对呢，对呢，所以说他的画有一种用颜色进行演奏的节奏感。"

"音乐家里面是谁来着……啊，李斯特也是共感觉拥有者，据说他经常要求'让音乐更蓝一点，紫一点'。不管怎么说，恩菲就是因为拥有共感觉，所以才在看到日出的时候听见了音乐，在看到整个世界都被染成金黄色的特殊场景时，沉睡的共感觉就出现了。"

"那黄色房间也是这样？"

"对，恩菲被绑架后，醒来的时候，一直听见旁边房间传来女人的尖叫声，听到这种让人起鸡皮疙瘩的声音以后，恩菲就看到了黄色。可能在她眼里，不只房间是黄色的，就连眼前的一切也是黄色的。也就是说，房间并不是黄色的，而是眼前的整个世界都是黄色的。听到某种声音的同时，能够看到颜色，这种情况叫'声音→颜色共感觉'，是共感觉现象中最常见的一种。低音对应的是暗沉的颜色，声音越高，看到的颜色越明亮，到了高音，主要就是看到黄色系统里的红色。充满恐怖的女人的惨叫声是一种很高的音，这种高音对恩菲来说，就成了眼前的黄色。然后她就慌慌张张地逃走了，再然后晕倒了，直到一天以后才醒过来。在这种情况下，她的记忆就固定了，认定房间是黄色的，这还是可以理解的。学校里的同学觉得恩菲有些地方和自己不一样，疏远她，应该也是因为只有恩菲独有的感觉和说话方式。"

"原来也有可能是这样啊……那只要说清楚恩菲是具有那种特殊感觉的孩子就行了啊，将凶手绳之以法，也完全没有问题了。"

"应该是吧……"

镇久把目光转向了窗外，海美也往窗外看去。恩菲正跑来跑去地和白色的马尔济斯犬玩耍。小狗摇着尾巴追她的时候，她就吓得逃走了；等小狗蜷起来的时候，她就悄悄靠过去。如此反复，乐此不疲。镇久把视线固定住，说：

"据说在共感觉中，很少出现把视觉向其他的感觉转化的情况。恩菲好像不仅具有把声音向色彩转换的'声音→颜色共感觉'，在某些情况下，还拥有把颜色听成声音的奇特能力。就好比今天早上看日出的时候。从某种角度看，这是一种很难能可贵的才能，可能会在艺术方面比较明显地拥有这种独特的能力。当然这是说遇到了好环境的前提下……"

恩菲正在鼓起勇气去抓马尔济斯犬的尾巴，她纯洁无瑕的脸上充满了好奇和淘气。

"不管怎么说，有才能的人最后总能受人瞩目，出人头地的。"

海美喃喃地说，就像恩菲正站在她面前，她正在安慰恩菲。

"难说呢，这不就像之前说过的起点一样嘛……不管怎么说，这就好像是去了奥兹的多萝西，就算没法铺出一条黄砖路来，至少也不能丧失自己的能力。虽然小草也能穿透水泥生长，但是被车轮碾压过后也照样玩儿完。"

镇久的话说到最后，听起来就像是在自嘲。透过窗子，海美看到阳光下恩菲明媚的笑容。

恩菲也有可能不知道自己拥有特殊的能力，就这样度过一生。可是拥有这种能力，恩菲能幸福吗？现在正明媚地笑着的孩子，也有可能某个时候就无法绽放笑容，对自己腐朽掉的能力发出叹息，在没有音乐、没有颜色的小房间里独自垂泪。

"下次我也给你们拿行李吧？"

听到镇久的话，海美回过头看向他。镇久的脸还是朝着窗外，但是已经不再用哀伤的眼神看着恩菲了。他焦点涣散，好像在看向另一个次元，他的目光无神，好像不仅仅是因为睡眠不足。海美感觉他的眼睛里带着一种空虚，就像一个很久以前就失去了某种珍贵东西的人在淡淡地回忆过去的时候流露出来的空虚。

"镇久你怎么了？"刚问出口，海美就摇了摇头。不过，没有父母的恩菲从镇久身上感受到了失去父母的同质感，和另一种同质感。但是现在镇久好像也从恩菲身上找到了这些同质感。这种想法在海美心中久久萦绕，不肯散去。

穆斯的启示

一直以来，法庭都是一个让人莫名紧张的地方，就算是跟案件无关，坐在旁听席上也一样。更何况是一个作为凶杀案的证人，出席的二十几岁的年轻女性呢？

坐在旁听席上等待的海美一直紧紧抓着镇久的手，十指相扣的手里浸满了汗水。

"证人朱海美，出庭了吗？"

被法官喊到名字的海美站了起来，朝设在法庭中央的证人席走过去。三位法官坐在裁判席上，从他们的角度看，右手边是穿着黑色法官服的检察官，左手边坐着两位被告人和他们的律师。证人席正对着审判席，正好位于审判席、检察官和被告人形成的三角正中央，所有人的注意力都集中在证人席上。一个可爱的二十几岁的女孩居然作为证人出现在法庭上，坐在旁听席上的人们也都把视线集中在她身上。

"请证人宣誓。"

海美拿着证人宣誓词的手抖个不停。圆圆的大眼睛因为害怕而瞪得更大了。对生性活泼的海美来说，一点小紧张就足以让她犯下荒唐的错误。这次也一样。她面对法官举起右手，开始读宣誓词："……我发誓我在法庭上说的所有话都是……"读到这里，她轻轻地瞄了一眼坐在裁判席上的法官说：

"……真实的吗？"

从旁听席上传来和凶杀案不相符的低低笑声。"是否发誓在法庭上说的话都是真实的"，完全成了海美向法官发问。法官"嗯，嗯"了两声，支支吾吾地说："要发誓的不是我，是证人。"镇久开始担心海美能否顺利地说完证词。

"要是我先上去做证的话就好了。"

案发当日，镇久和海美在一起。现在坐在被告席上的河成南和金珠熙是一对情侣，因有杀人嫌疑而被诉讼。检察官怀疑他们一起杀死了被害者，但被害者被杀的时候，镇久和海美正在他们家做客，而且他们家离案发现场很远。虽然警察并不相信这一切。为了证明河成南和金珠熙不在场，律师才打算让镇久和海美两个人出庭做证，并从战略上决定先让海美出庭。两名被告正穿着破旧的未决犯（犯罪嫌疑人）囚服，坐在被告席上，焦急地望着海美。

被告人律师崔仁烨站了起来，是一位肚子凸出来的中年男子，一双很不相称的细长眼睛，十分特别。

"朱海美，你和被告人是什么关系？"

"那位女被告人，也就是金珠熙，是我打工的百货商店里认识的姐姐。"

"你们很熟悉吗？"

"金珠熙性格爽快，而且把我当妹妹，很照顾我，我们就熟悉起来了。她喜欢喝酒，也喜欢人，这一点跟我很相似，所以我们很合拍。"

海美连没用的话都扯了出来。

"你认识坐在她身边的河成南吗？"

"认识，他是珠熙姐的男朋友，我们一起喝过几次酒。"

"被害者遇害当天也是一样吗？"

海美点了点头。律师说"请回答"，海美好像突然回神了一样，小声地说"是"。

"你知道河成南其实有妻子吗？"

"之前一直不知道，直到出了这次案子才知道的。不过听珠熙姐姐说，他很快就要离婚了……"

"虽然已经提交了离婚诉讼，但是被害人宣惠英在法律上分明还是河成南的妻子。不，应该说曾经是河成南的妻子，因为她已经被害了。"

他们有共谋用刀杀死河成南的妻子宣惠英的嫌疑。

这就是河成南和金珠熙坐在被告席上的原因。对妻子的爱情完全冷淡下来的河成南，从金珠熙身上找到了新的爱情，所以他以妻子宣惠英为对象，提起了离婚诉讼，但是宣惠英反对，说不可能离婚。宣惠英就是在这种对峙的情况下被杀害的。至少从作案动机上看，河成南和金珠熙的动机比谁都要大。

检察官在审判的开头陈述中，是这样陈述他们的杀人动机的。

"宣惠英强烈反对，拒绝离婚。这并不是因为她还爱着出轨并提出离婚要求的丈夫，而是因为她很觉得委屈，无法忍受就这样分开，让他们二人结成一对，幸福地生活。河成南在有妻子的情况下，离家与金珠熙同居，这是明确的事实，所以只要宣惠英不同意离婚，河成南的离婚诉讼就只能败诉。按照我国现行离婚法律制度的大原则，即有责主义，原则上不接受对婚姻破裂负责一方的离婚请求。河成南和金珠熙得出了一个结论，那就是，只要宣惠英不同意离婚，二人永远无法结合。一般人遇到这种情况，会选择分手、忍耐、道歉或者是劝说。但是他们二人在思考之后，放弃了这些有良知的人会使用的方法，同时也抛弃了自己作为人的良心。最后他们决定共谋杀死宣惠英，让她消失在这个世界上。"

被告人律师崔仁烨嘲讽道："按照检察官的主张，他们真是当前罕见的热恋啊。就算牺牲其他人的生命也要争取的禁忌之恋，您是这个意思吧？"同时也承认了他们的确具有很强的作案动机。但是，他指出被告人具有强有力的不在场的证据。

宣惠英是在安山市被杀的，而河成南和金珠熙的家在距安山市很远的南扬州市。案发当时，河成南和金珠熙正在家里和金镇久、朱海美这一对情侣一起喝酒。为了使这个主张更具有说服力，他申请了两位证人出庭做证，并让海美先出席做证。但是确信被告人就是凶手的检察官认为，这两个人所谓不在场的证词，全都是谎话。

"请你说一下，那天傍晚，从遇到两位被告人以后，你们都做了什么。"

律师崔仁烨抛出这个问题后，就摆出了一副等待的样子。与其一点点地发问、猜测，还不如直接让海美自由地讲述一下当天事情的全过程，这样反而更具有可靠性。

"我们几天之前就约好了。姐姐和她的爱人，那个……河成南两个人，说他们一起在南扬州市买的房子，在几个月前准备好了，想趁着搬家，邀请我和我男友去家里玩。我男友之前也跟他们见过几次，我觉得应该挺有意思的，就跟他们约好了。所以……"

"'男友'是指你的男朋友吧？"

崔仁烨瞟了审判席一眼，跟海美确认了一下。年老的审判官好像不太熟悉"男友"这个词，眼神里正透着一股要求海美说明白的意思。

"啊，对，是的，我有说缩略语的毛病。不管怎么说，那天是 10 月 7 日，周五晚上……"

"那就是被害人遇害的那天晚上呢。"

"是，我并不知道被害人方面的情况。反正我和姐姐一起在百货商店下班后，出来的时候是 8 点 30 分。然后在百货店的入口那儿和我的男朋友金镇久会合，我们三个一起到百货商店的后街，就是绕过乐天酒店，往停车场那边走，在那里跟坐在被告席上的河成南会合。之前就说好了，河成南开车去接我们，他的君爵就停在路边。上了车以后，我们顺便去了旁边的乐天玛特，买了很多吃的和酒，放在车的后备厢里，朝南扬州市开去。"

这是不到一个月前发生的事情，作为海美的男友参加了那次聚会的镇久，当然也清清楚楚地记得那天发生的事情。

他其实一点都不愿意去。并不是因为讨厌那几个人。金珠熙和河成南都不是那种很挑剔或者摆架子的人，一起消磨时间也倒不错。他们两个是一对儿，为人都很爽快，个子比较高，外表看起来也十分干练，可以说是一对十分登对的情侣。从海美到百货商店去打工开始，金珠熙就和她以姐妹相称，十分亲密，所以很自然地经常见面。镇久也见过金珠熙的男朋友河成南好几次，虽然没有亲密到以兄弟相称的程度，但也能一起舒服地喝上两杯。特别是最近，金珠熙一下子就把海美当成妹妹来看，对她十分和气，两个人也很快亲密起来。周末傍晚，金珠熙和河成南把海美和镇久带回在南扬州市新买的房子里，一直玩到凌晨。这种无聊的酒局，让镇久对他们的亲密感一下子就减少了许多，直白一点就是让镇久很烦。

他们提议邀请海美和镇久去家里玩的时候，海美没有理睬镇久的意见，二话没说，很高兴地同意了。到田园地区的熟人家里去参加 party 过夜，总是能够满足年轻女性的幻想。看到海美满怀期待的脸庞，镇久也无法冷酷地说出拒绝。

"咱们坐姐夫的车去，姐姐说，只要人到了就行呢。"

那时候，海美还不知道河成南是一个即将离婚的有妇之夫，只知道他和金珠熙打算要结婚，正在同居，所以也就自然而然地称呼河成南作"姐夫"了。

河成南的君爵停在百货商店的后街上，黑色的君爵在路灯的照耀下，反射着熟透的葡萄酒一样深沉的颜色。看上去刚入手没多久，光彩照人。

"哇——好漂亮啊！"海美赞叹着，突然看了镇久一眼。她的目光里带着一种责难，让镇久意识到，要说代步工具，别说是君爵了，自己连辆自行车都没有，总是让女朋友走路，显得很没有诚意。

他们顺便进了百货商店旁边的乐天玛特。金珠熙和河成南买了两盘生鱼片、一瓶葡萄酒、啤酒和各种饮料、水果、下酒菜，还有其他的食物、一次性纸杯和碟子等，十分丰盛。镇久和海美也买了几十个装的包装卷纸，作乔迁的礼物①。为了让礼物看起来更有诚意，他们特意买了最贵的。买完东西出来，四个人、八只手里都提着一个袋子。虽然君爵是一辆大型车，但是坐上四个人以后就没办法放下这么多东西了，所以只能打开后备厢，把所有的袋子都堆在了里面。

海美和金珠熙坐在车的后座上，叽叽喳喳地继续着她们不

①按照韩国的风俗，参加乔迁宴，一般要带卫生纸、肥皂等做礼物。

知道从哪里开始就一直在聊的话题。她们主要聊的是职场里的事情，更准确地说，是跟同事有关的闲话和对同事品头论足。某人的身材还挺不错的呢，真让人意外；谁谁真的干了什么呢……知道了什么内幕的两个人在后座上津津有味地聊着天，反观正在开车的河成南和坐在副驾驶上的镇久，他们没什么可聊的，气氛有点冷淡。镇久只在好几个人聚在一起的时候见过河成南，两个人从来没有单独说过话。本来在这种场合下，应该由女人做桥梁，让男人之间也能聊起来，但是两个女人完全陷入了自己的世界中，让两个完全不熟悉的男人坐在一起，好像亲家一样，气氛十分冷清。

镇久有一下没一下地摸着仪表板上的粉红色毛绒兔子，也把导航仪上的所有按钮都按了一遍。面对镇久努力减少尴尬感的努力，河成南回应似的说："打开音乐，听一下吧？"说着，他打开了车载音响的开关。U盘里的音乐通过车载音响流淌出来，稍微驱散了两人没有对话的尴尬，消磨了一点时间。

他们到南扬州市的时候，已经接近晚上10点了。在百货商店后街上会合的时候是8点半，去掉在乐天玛特购物的时间，相当于在路上花了一个小时。就算是在南扬州市，金珠熙和河成南的家也在很往里的地方，再往前走一点，就到了大成里了。以前交通不方便的时候，这里曾经是一处旅游地，有很多人下定决心，收拾东西来这里旅行。汽车从马路上行驶到没有铺修过的土路上，走了一小会儿，就出现了一栋淡雅的单层房子，周围丘陵环绕。在快要到门口的时候，汽车停了，车载音响里流淌出的是白智英的《不要忘记我》。

驾车的河成南按下按钮，打开后备厢，镇久和两位女士下车，把袋子都取下来，朝门口走去。

"我去房子后面停一下车，马上就好，你们稍等我一下。"

河成南确认后备厢里的东西都取出来了，就从房子的右侧慢慢地把车开进去了。河成南停好车很快就出来了，四个人跟来的时候一样，一人拎两个袋子，进了家门。

房子很淡雅，客厅和厨房一体，十分大，有两个房间，一个浴室。

"房子里没有什么特别值得看的，不过这里空气好，所以就在这里买的。"

"是啊，来一看，觉得真好啊！离首尔也不是太远，上下班的时候有种兜风的感觉呢。"

"太棒了！"

两位主人隐隐透着自豪，海美又羡慕地感叹了一句。

到达的时候就很晚了，所以他们就打开房门，到处简单地看了看，就算结束了参观。紧接着，party 就开始了。他们在客厅里摆了一张大桌子，然后把从超市买来的新鲜生鱼片等都摆上了。一瓶葡萄酒只倒了一轮就空了，他们接着开始喝啤酒。不管怎么说，坐在一起，与在汽车上的前后座间气氛的鲜明对比就消失了。酒席上一直很热闹，气氛很和谐。主要是海美和金珠熙在说话，偶尔也夹杂着河成南和镇久的说话声。河成南说要送镇久和海美回去，所以就喝了几杯啤酒。

"我们坐出租车回去就行了，喝一杯吧。"虽然镇久劝河成南继续喝，但是他一直没有再喝。

"谢谢啊，姐夫你考虑得这么细心周到，所以姐姐才喜欢上了你啊。"

海美看了看河成南和镇久，轻率地说。镇久一下子就生气了。

"海美，你不是说你喜欢不修边幅的野兽男吗？你到底喜欢细心周到的男人，还是喜欢不修边幅的野兽男？在这两个里面选一个吧。你以为会有细心周到又不修边幅的野兽男啊？"

"那这么说来，镇久你是野兽型的啊？看不出来呢。"

金珠熙假装被吓了一跳，开玩笑地说。海美立即接上了："姐，他才不是呢，他啊，是我的玩具。"说着，海美胡乱拨弄了一下坐在旁边的镇久的头发。面对海美令人无法理解、毫无原因的动作，镇久也没法追究下去。

大约凌晨 2 点的时候，他们的聊天变得有一搭没一搭了。

虽然以铁打的超强体力出名的海美还很有精神，但是金珠熙却累得没力气了，这样就没人接海美的话了。热闹的气氛也不知不觉间安静下来。镇久已经连话都不想听了。

镇久和海美看出来河成南和金珠熙已经没话可说了，就从座位上站了起来。河成南说要开车把他们送回去，一起站了起来。海美摆摆手说要坐出租车回去，但河成南很倔强，一直坚持说要送他们回去。"你姐夫就是这个性格，要是不送你们回去啊，他会难受的。"站在旁边的金珠熙也劝他们坐河成南的车回去。

镇久跟海美的想法不一样，"可能也没有出租车会来这里。"他也在旁边轻轻地回答说。出了门口，等了一会儿，河成南的黑色君爵很快就从房子的左边开了出来。金珠熙说自己一个人在家很无聊，一下子坐在了车子的后座上。镇久立马被一种淡淡的狼狈感笼罩了。如果是三个人的话，就算镇久坐在副驾驶上，气氛也还好，但是金珠熙和海美坐在后座上的话，就跟来的时候一样了，坐在副驾驶上的镇久和河成南又被孤立了。

河成南可能也觉得无聊的时候很尴尬，君爵车里已经打开了音乐。跟来的时候一样，镇久一直摸着副驾驶前面的仪表板上放着的毛绒兔子玩具。

"兔子真可爱啊。"

"……"

这种情况下，沉闷的一方就算输了。镇久想要打破这种冷冷清清的气氛，他的话的确有点不自然，但是河成南却毫不留情地采取了沉默，这让镇久很泄气，也很尴尬。镇久把音乐的音量调高了。

海美家在蚕室，可能因为回来的时候是凌晨，所以比去的时候花的时间稍微少了一点，不过还是花了足足50分钟。河成南和金珠熙把镇久和海美送到蚕室，他们开车离开的时候已经是凌晨3点多了。

但是据调查，河成南的妻子宣惠英被刀杀死的时间，在前一天晚上11点到第二天凌晨1点之间。那时，海美和镇久正在参加乔迁宴，四个人玩得正热闹。

而且，尸体被发现的地点是河成南原来的家，也就是他在离家和金珠熙同居之前，和宣惠英一起居住的经济型公寓住宅。那里位于安山市，距离南扬州市80公里。

镇久担心的情况并没有出现，海美很好地陈述出了当天的情况，和镇久记忆中的情况完全一致。

"……虽然那里是南扬州市，但是距离市中心很远，靠近大成里，是一个很闲静的地方。有点像田园式公寓……就那样到了他们在南扬州市的家里以后，我们四个一起吃东西、喝酒，玩得很开心。一直到过了凌晨2点，才离开往回走的。我家在蚕室，珠熙姐和河成南开车把我和我男朋友镇久一起送到蚕室。我和镇久一起在蚕室下车，然后镇久坐出租车回家，珠熙姐和河成南就开车回南扬州市了。"

"你和河成南在蚕室分开的时候是几点？"

"那时候差不多到凌晨3点了。"

海美一陈述完，辩护律师的肩膀就一耸一耸的，十分得意地回到座位上。

宣惠英被害的时间是晚上11点到凌晨1点之间，那时候两位被告人正在距离安山市80公里的南扬州市大成里附近，跟朱海美和金镇久二人一起吃东西喝酒，一起玩。这就是海美在法庭上做证的内容。

海美好像并不知道自己的证词有多么重要，表情很淡然。这也是因为，她在充分地说明那天发生的事情时，缓解了刚刚出庭时候的紧张。

镇久利用休庭的一小段时间，转了转自己僵硬的脖子，到处看了看。右后方斜对着的一个人引起了他的注意。那个男人年龄接近40岁，穿着一件白色的无领衬衫，一身藏青色的西装。黝黑的皮肤衬得本来就瘦削的双颊更深了，一双小眼睛又细又长。男人的视线落在海美的背影上，并不带敌意，好像是沉浸在海美的证词中了。镇久的视线停留得有些长，那个男人可能意识到镇久在看他，回过视线，和镇久对视。情况有点尴尬，但是很意外地，男人冲镇久嗤嗤地笑了，他好像知道镇久和正在做证的海美是一起的。他可能看到了海美在去做证之前，和镇久紧紧抓着手的样子吧。

这好像不是一个简单的旁听者，可能是跟凶杀案有关系才来的吧。

镇久回过头来，检察官都庆录正一脸悲壮地站着询问海美，表情上带着一种必须要把被告人送到他们应该去的地方的决然。他朝证人席走去，脚步中散发着三十几岁的饱满的年轻和霸气，但是戴着钛合金框眼镜的脸又扁又平，十分沉着，却不讨人喜欢。检察官看起来很不简单，面对他的询问，海美的姿势一下子僵硬起来，脸上也再次布满了紧张的神情。虽然之前律师也曾提问过，但怎么说也算是"自己人"，从现在开始，海美要面对的是彻底攻击并挖掘自己漏洞的进攻者、捕食者。

"证人和被告人金珠熙关系很亲密吗？"

"……亲密。"

"到了为被告人撒谎的程度吗？"

"法官大人！"

340

辩护律师崔仁烨站起来抗议了。检察官都庆录一下子转了话锋。

"那天，就是发生凶杀案的10月7日晚上，你和金珠熙、河成南两个人见面是真的吗？"

"是，这种事情怎么可能是假的？"

"全都是假的。"

"法官大人！"

崔仁烨提高了声调，检察官马上又换了一个问题。

"好，就算你说的是真的，那你是不是弄错了呢？比如说可能是另外一天。"

"没有，那一天是周五，我清楚地记得第二天是周六。虽然百货商店本来周六就休息，那天更是因为特殊原因，不用去上班，所以我就记得更清楚了。我们才放心地把乔迁宴定在了那一天。"

"那我再问你，就算你那天真的去了南扬州市被告人的家中做客，那么金珠熙和河成南两个人中有没有人离席2个小时左右？"

检察官这么问，是在假设两人中的一人离席去安山市杀死了宣惠英。海美很肯定地摇了摇头。

"没有，别说是2个小时了，除了稍微去一下洗手间，我们一直都一起待在客厅里。那天的气氛特别好。厨房和客厅是一体的，冰箱在客厅里，所以我们就在厨房和客厅里来来回回，吃东西、喝酒，一直都待在一起。"

"这样不会感到尴尬吗？你们两个女的可能还好，但是你的男朋友和河成南关系并没有那么亲密啊。"

"我和珠熙姐姐本来很喜欢聊天，我们俩可以聊上几个小时呢。男的加进来以后，反而让我们可聊的内容更多了，而且还一起喝酒呢。"

"那么，在你专心聊天的时候，河成南可能悄悄地出去又回来了呢。"

"你是把我当傻瓜看了吗？你居然不知道还有这种情况吗？整个聊天过程中，不只是我和姐姐两个人在说，河成南和我男朋友也偶尔插几句，只不过说得不多罢了。气氛一直很好，怎么说呢，就算一个人走开，也会觉得很冷清的那种气氛？如果有人出去过又回来，我肯定会记得的，所以没有人出去过。"

检察官都庆录突然用威胁的语气说：

"你刚刚宣誓过了吧？如果说谎的话，会按照做伪证来处罚的，请慎重回答。"

海美心里一紧，但是并没有改变证词。

"但是我说的都是事实。"

"证人，你酒量大吗？"

"啊？算是吧。"

"那天喝了很多酒吧？"

"那天气氛很好，我好像有一点喝多了。"

"那会不会是你喝醉了，记不清了呢？河成南或者金珠熙也有可能趁你喝醉了睡着的时候出去啊？本来，如果喝得很醉，就会睡着、醒来，这样反反复复。酒醒了以后，不知道自己当时究竟是醒着，还是睡着了，这就是我想说的那种状态。"

"我又不是什么酒鬼……您也太看不起人了吧。我没有那样。"

"那你还是一心想要把金珠熙救出去是吗？"

辩护律师崔仁烨又站了起来。

"法官大人！这已经不是诱导性询问了，这已经接近催眠性询问了。"

旁听席上有人嗤嗤地笑了。裁判长很明显要制止，正要说什么的时候，检察官说："我换个问题。"这么说着，又轻轻地回避了。

接下来的问题主要是针对海美之前所说的内容进行再次确认，中间还时不时地夹杂着"证人，请慎重回答""非要给别人做伪证的话，会出大事儿的"这样压迫性的话语。他可能觉得对年纪轻轻的海美来说，用这种方式让她害怕，会管用。

"我说的都是事实。"

海美一直到最后都没有推翻自己的证词。坐在旁听席上的镇久也觉得，海美说的内容和事实没有出入，也没有傻乎乎地捏造内容。海美比想象中要说得好呢，镇久心里这样感叹到。

是错觉吗？检察官都庆录的脸上好像有袅袅升起的透明雾气。他在抑制自己的怒火。起诉的检察官十分确信被告人杀人了，这理所当然。也就是说，他认为证明被告人不在现场的海美在撒谎。海美的证词越说得堂堂正正，在检察官看来，就越是赤裸裸的谎言。镇久感觉不太妙。

海美走下证人席，辩护律师崔仁烨立刻站了起来，凸出来的肚子挺得更大了，他豪爽地说：

"裁判长，为了再次证明被告人不在场，我申请让金镇久先生出庭做证。"

"金镇久，是那天和被告人一起参加乔迁宴的人吗？"

裁判长问。

"是的，他是刚刚做证的朱海美的男朋友，也是那天晚上和被告人在一起的另一位证人。"

"允许。下次开庭时间是……"

下次开庭定在两周后的同一时间，同一地点。镇久如果不出席做证的话，需要交几百万韩元的罚款，所以镇久如果有这个觉悟，两周以后就必须在法庭上出庭做证。镇久走出法庭，隐隐抱着可能会找到那个坐在后面的黑脸男人的想法，但是那个男人已经消失不见了。

"哎呀，我们海美说得真好，把检察官都 KO 了。"

镇久来到法庭的走廊里，拍了拍海美的肩膀。

"那个检察官不会是傻子吧？姐姐一直和我们在一起，还说什么杀人。那个检察官挺年轻的啊，他好像错误地以为凭着一腔热血推翻我的证词就行了。"

比检察官年轻多了的海美耸了耸肩膀。不过，那天是海美对自己的证词得意扬扬的最后一天。

"哥哥，出大事儿了！快起来！你现在居然还能睡得着？"

第二天下午，海美毫无预兆地来到镇久在往十里的公寓中，镇久正在睡午觉，海美抓着他的后脖颈拼命地摇晃。镇久起来，睁开惺忪的睡眼，海美面如土色。

"怎么了？你错过百货商店的大甩卖了？"

"检察官说要以伪证罪把我送进监狱！"

"什么？"

镇久一下子起来了。海美尖细的声音都在颤抖，按照她的话说，她之前收到了检察厅的传唤，让她明天就到检察厅去。传唤理由是昨天海美在法庭上有做伪证的嫌疑。

果然，镇久在法庭上的不安变成了现实。检察官认为海美在撒谎，那个检察官不简单，不是个听天由命、没有能力的饭桶。他认为海美若无其事地做了伪证，想要把两个凶手救出来。那这么说来，检察官的意图是要把海美朝两个凶手伸出来的救命之绳砍断。可是镇久明确地知道，海美绝对没有撒谎。

第一次遇到这样的事情，年轻的，不，年幼的海美吓得哆哆嗦嗦。镇久也跟着皱紧了眉头。唉，这件案子是凶杀案，检察官肯定不会就这么轻易地放过，他们肯定会继续追问海美，想要从她的口中得到"这些都是谎言"的结果，甚至不惜以伪证罪处罚海美。

其实很容易就能猜到海美想要保障自身的安全。警察的最终目的就是维持故意杀人罪的起诉，只要她承认自己上次的证词是假的，检察官就可能以让她在法庭上推翻自己的证词为条件，免除海美的过错。但是对海美来说，她不可能选择撒谎来推翻自己的证词。把事实说成谎言来推翻自己的证词这件事，不仅是因为海美从情绪上完全无法接受，而且因为这会让金珠熙和河成南变成进退维谷的杀人犯。至少从海美的道德观念上来说，她绝对无法接受为了让自己置身事外，而把无辜的人变成杀人犯。就算是道德观念比较薄弱的镇久，也无法劝她推翻自己的证词，置身事外。

他们没有想出比较有效的对策，就这样过了一天。

第三天下午，镇久把海美送到首尔中央地方检察厅，在检察厅外面踱来踱去。

大概过了3个小时，从检察厅大门出来的海美几乎已经半死不活了。

"他们说，如果发现我在凶杀案里做伪证，就会拘留我，我现在坦白也没有关系，如果非要固执到底，可能会把我关进监狱里待几年。"

海美在检察厅里受到了很大的惊吓，连平时喜欢吃的饭菜都只吃掉了一半。她和镇久到附近的饭馆儿吃饭，海美把勺子扔在桌子上，长长地叹了一口气，镇久看着海美，陷入了深思。这表面上看是检察官想推翻海美的不在场证词，实际上也是对我的警告。从伪证嫌疑调查的角度来看，事情进行得也太快了。审判后第二天传唤，第三天审问，这一系列的动作，就是检察官对两周后即将出庭证明被告人不在场的镇久发出的信号，也是警告。好好说，要是撒谎的话，看到后果了吧？给你也安上伪证罪！——这就是信号的内容。

虽然镇久听懂了检察官的警告，但眼前最要紧的是让不安的海美镇静下来。海美放下勺子后，镇久也"哐"的一声把勺子拍在了桌子上。如果说海美是把勺子胡乱扔在了桌上，那镇久就好像是在发表什么宣言似的把勺子摔在了桌子上。

"海美啊，你相信我吧？"

"这种情况下还问什么'你相信我吧'！最近这句广告词很有名吗？"

"还有心情开玩笑，真是万幸。虽然我现在连车都没有，但我也是有女朋友的人。白手起家，以考试院①为起点，在往十里买了公寓，还是抓过杀人犯的人呢。上次还差点……解决了想要套取巨额保险金的杨文曜大叔的自杀案件。"

"真是的，我后来听亲戚说，他舅舅家最终没有得到保险金呢，你知道这是为什么吗？"

陷入苦闷中的海美一下子抬起头来，注意力被吸引到其他的地方去了。能够迅速转变情绪，是海美的优点。

"那个我也不太清楚呢……"

镇久支吾着说完，又接着道：

"这次不是跟钱有关，而是跟你有关的问题。我也得在两

---

①考试院是韩国的住房形态之一。居住群体主要为考生、单身的职场人士、老人、残疾人及其他贫困人员，是一种单人居住的城市贫困阶层的不稳定的居住场所。

周以后出庭做证。这个案子里肯定还有什么东西。两周的时间也很充足，我会调查的，相信我，我肯定会找出真相救你的。"

"那你是不是找到什么线索了？"

海美很高兴，虽然镇久不算是一个够格的男朋友，但是她相信镇久发掘案件真相的能力。镇久真诚地说：

"嗯，我差不多知道事情是怎样的了，不过现在还没法说出来。反正只要再解决一两个小问题就行了，不会花多久的。"

"真的吗！哥哥你真是个名侦探！"

其实他说差不多知道事情是怎样了，完全是大话，不过对于安抚海美的不安情绪十分有效。海美舒展开额头，又拿起了勺子，她却不知道，镇久的脑海里现在却是一团灰蒙蒙的雾气，一点都看不到前景，十分郁闷。

辩护律师崔仁烨十分欢迎镇久的拜访。他让镇久坐在办公室里的真皮沙发上，然后让秘书去泡普洱茶，忙活了一会儿。其实崔仁烨作为辩护律师，在拜托他出庭做证，和让他不要出庭做证之间摇摆，这时候和镇久见面是很微妙的。虽然之前有海美做证，但是如果镇久的证词和海美一致的话，那这件案子就跟赢了没什么两样了。但是如果提前邀请镇久在这里见面的话，就有点棘手了。就算崔仁烨什么都不做，如果镇久有心说出事情的真相，并且内容和海美一致，就算是把被告人从杀人的嫌疑中拯救出来了。不过镇久现在来见他，这件事如果传到检察官的耳朵里，检察官就可能会针对这一点进行攻击，比如说他是否指使镇久做伪证，两人是否事先串好证词等。就在他克制自己跟镇久见面的时候，证人自己找上门来了，这让他难掩喜色。

"我来找您是因为有几件事想要了解一下。"

崔仁烨心里算计着，就算他不再单独拜托镇久出庭做证，只要自己的话对镇久的胃口就行了。所以他毫不犹豫，尽可能详细地把镇久想了解的相关案情告诉了他。

安山市古栈洞中央公园后面幽静的马路边有一栋3层高的K经济型公寓住宅。10月8日凌晨刚过4点，一个青年正想往一层112室面前扔报纸，却发现一股血流从开了三分之一的门缝里流了出来。他把从腋下抽出了一半的报纸放在地上，打开门，发现房子的主人宣惠英全身被血染红，趴在地上。宣惠英穿着外出的裤子，女式衬衫外面套了一件开襟羊毛衫。鲜红的血迹和米黄色的衣服形成了鲜明的对比，更让人触目惊心。青年用颤抖的手把她的身体翻过来，胸口上插着一把刀锋泛蓝的水果刀。被吓得魂飞魄散的青年立马拨打了112。

根据尸检结果，推测宣惠英的死亡时间为前一天，也就是10月7日夜里11点到10月8日凌晨1点。死因正是胸口的刀伤。凶器上一点指纹都没有。引起警察注意的是，宣惠英服用了相当多的安眠药。

玄关门开着，宣惠英就趴着死在那里，玄关门里面的把手上染着类似血迹的东西，所以警察推测，宣惠英被刀刺伤后，挣扎着想到外面去，在推玄关门的时候，倒在地上死去了。

警察最先怀疑的就是河成南，河成南是宣惠英的丈夫，两人正处于离婚诉讼中，首先他的作案动机比谁都强。

"作案动机？你知道全国现在有多少对夫妇处于离婚诉讼中吗？那他们全部都可能成为杀人犯吗？"

河成南强烈否认了，并辩解道："那天，我和跟我一起同居的女人金珠熙，叫了几个人到我们在南扬州市的家里举行乔迁宴呢。"当时跟他们在一起的朱海美和金镇久都异口同声地这么说，所以警察就先保留了对他们的搜查，把视线转向了送报纸的青年郑具炳。"最先发现尸体的人是凶手。"这个公式很俗，但是命中率很高。警察假想的情况是，青年想要对宣惠英进行性骚扰，就潜入宣惠英家中，两人打架的过程中出现了杀人情况。

"你为什么那么早就去送报纸呢？"

郑具炳哆哆嗦嗦地陈述起来。他根本不认识那个叫宣惠英的女人，只不过因为 K 经济型公寓住宅离报纸发行所比较近，所以才经常那么早就去送报纸。虽然送报纸的人换过，但是 102 号住户订阅报纸超过两年，是一户很老的读者。没有可疑的地方。警察的视线再次转向了河成南和金珠熙。

"警察为什么会认定河成南和金珠熙是凶手呢？"

"有目击者。有人看到那天，10 月 7 日下午，河成南和宣惠英并排外出。"

"目击者？"

"目击者叫黄新慈，是一位 50 多岁的家庭主妇，就住在宣惠英家对面的 101 号里。她说是往窗台外面看的时候，偶然看到的。她和宣惠英夫妇做了很长时间的邻居了，所以不可能是认错人。而且她知道，不久以前，河成南离家，跟其他的女人同居，这引起了她的好奇心，所以她才更留心地看了一眼。那栋经济型公寓住宅很小，也没有监控器，所以黄新慈是唯一的目击者。"

"那离宣惠英被害的时间是不是也太久了？两个人一起出去的时间是在下午，可是凶杀时间是在当天晚上 11 点到第二天凌晨 1 点呢。"

"反正警察觉得这种情况很可疑。最后和被害人见面的是河成南，河成南有杀人动机，所以警察就带着对河成南的怀疑展开了调查，结果不就发现了另一个证据嘛。"

"又发现了什么证据？"

"按照黄新慈所说，她很好奇离婚诉讼中的夫妇俩一块儿外出，就一直留意着 102 号的动静。但是一直到很晚，宣惠英都没有回来的迹象。黄新慈趁晚上 10 点多去外面扔垃圾，顺便往 102 号的窗户看了看，里面一点灯光都没有，也就是说宣惠英直到那时还没有回家。黄新慈说她之后就睡觉了，不知道之后的情况。不管怎么说，宣惠英最早也是 10 点以后才回家的。

警察认为，有可能是，一起外出的河成南和宣惠英一块儿回到了 102 号，然后在家里争吵的时候，河成南用刀子刺向了宣惠英。刚刚我也说了，宣惠英是穿着外出的衣服被刺了一刀。当然，宣惠英跟着河成南一起出去了以后，也有可能在外面跟其他的人见面，带其他人一起回家，但这种情况的概率太小了，而且根据调查，没有发现宣惠英跟其他人见面的迹象。警察经过走访调查，并检查了宣惠英的通话记录，并没有发现她去见其他人，更何况跟她打过电话的人也只有她姐姐。

如果不是这样，宣惠英是自己一个人回家的，有人在晚上去拜访她，并用刀刺死了她。这种说法虽然也成立，但如果假设凶手是偷偷溜进她家的，那凶手肯定有她家玄关门的钥匙，但是有钥匙的人除了宣惠英，就剩下河成南了；如果假设是宣惠英从里面开的门，大晚上的能让宣惠英开门的也就只有河成南了。"

"但也有可能是这样，凶手在其他地方杀死了她，然后把尸体运回了她家里。"

崔仁烨有点吃惊，他推了推眼镜，望着镇久说：

"你真聪明啊。"

"聪明什么啊，像杀人以后抛尸什么的，不是很常见嘛。"

面对律师过分的称赞，镇久有点不好意思地摸了摸后脑勺。

"不过如果假设尸体被移动过，那基本就可以确定凶手是河成南了。有他们家钥匙的人，除了宣惠英，就只有河成南了。"

作为河成南和金珠熙的辩护律师，崔仁烨绝对无法接受这种说法。镇久又问道：

"也有可能是这种情况，凶手杀死宣惠英以后，拿到了102号的钥匙，然后到宣惠英家，打开玄关门，把尸体放在了那里。这样来迷惑警察，让人以为凶手是有玄关门钥匙的人，也就是河成南。"

"虽然也有这种可能，但是有一个问题。假设是你说的这种情况，那么凶手肯定知道宣惠英和河成南分居了，而且知道那时候宣惠英家里没人，此外，凶手还必须知道，河成南虽然不在家里住了，但是宣惠英没有换锁，所以河成南可以打开玄关门。可是符合这些条件的人太少了，只有宣惠英的父母和她的姐姐，而这些人都是宣惠英的亲人，不仅没有杀人动机，而且都有很确定的不在场证据。"

聊着聊着，崔仁烨好像也主张河成南和金珠熙是凶手了。如果不站在辩护律师的立场上，可能连辩护律师都认为河成南和金珠熙是凶手呢。

"总之，跟河成南和金珠熙有关的证据虽然比较充分，但都不是十分肯定的证据，水果刀上也没有指纹之类的东西啊。"

"上面的确没有指纹，但凶器问题是我们最难解决的。在宣惠英被害两天之前，河成南和金珠熙在蚕室那边买了一把和凶器一模一样的水果刀。"

"是吗？难道真的是……"

听说他们甚至购买了凶器，镇久心里的天平也开始倾斜了，凶手不会真的是河成南、金珠熙二人吧。

"那把水果刀很特别，手柄部分比较长，凹凸不平。刀锋部分也很特别，如果用来削水果的话，就太过锋利了，所以买的人不多。可是为什么偏偏就在凶杀案发生前的两天，河成南和金珠熙在蚕室石村湖后路的五金店里买了一把一模一样的水果刀呢？"

"嗯，连这个都调查清楚了？"

"是警察经过彻底的走访调查出来的，这帮警察也确实厉害。这件事被调查出来之前，河成南和金珠熙撒谎，说他们根本不知道那把水果刀，这一点对我们来说十分不利啊。他们后来又犯了个错误，他们根本没法否认自己买了水果刀，所以推脱说只不过是买了一把和凶器一模一样的水果刀，但是并没有行凶杀人。警察就让他们拿出自己买的水果刀，他们二人却哆嗦了一下，拿不出来，然后又犹豫着说水果刀丢了，可能是凶手偷去杀了宣惠英。这些都是我接手这件案子之前的情况。"

对河成南和金珠熙委托自己当辩护律师之前，出现了陈述上的错误，崔仁烨感到十分可惜，并暗暗地突出了自己的作用。总之，如果镇久是警察的话，他也会认定河成南和金珠熙就是凶手。

他们两个人有很明确的作案动机，而且在案发当天的傍晚，河成南去找被害人，并跟被害人一起外出，一直到晚上很晚都没有回去。玄关门是开着的，这直接说明了，凶手要么是有玄关门钥匙的人，要么是值得被害人在大晚上给他开门的人。更要命的是，他们在案发前两天买了和凶器一模一样的水果刀，却又撒谎隐瞒，这些可疑的言语、行动……

"刚刚说的从宣惠英的尸体上检测出了安眠药的成分，这是什么意思？"

"就是表面的意思。宣惠英在死亡之前，服用了大量的安眠药，但又不像自杀的时候服用的那么多。假设说她是想睡觉，可是她又是一身出门的打扮，可能是凶手让她喝下去的吧，警察内部的分析也是众说纷纭呢。"

"意思是说凶手让她喝下安眠药，然后对她进行性骚扰，并杀死了她吗？"

"不知道呢。"

"……应该还有其他的嫌疑人啊。"

"警察调查过，宣惠英的家人和熟人朋友在那个时间段都有不在场的证据，虽然大部分都是在自己家里。"

"但是河成南和金珠熙也有不在场的证据啊，他们和我们一起在举办乔迁宴啊。"

"……警察认为你们是和他们串通好的。"

"那就是说警察根本不相信我和海美的证词呗。"

镇久垂下视线，失望地摇了摇头。

"是啊，警察陷入一种先入为主的误区，认为河成南和金珠熙是凶手，立刻就不理会你们两个人的证词了。河成南和金珠熙跟你们的关系很不错，所以警察和检察官就认为他们给了你们钱，让你们帮忙做伪证。其实这种推测也不是毫无根据，本来就有很多人在法庭上做伪证……"

镇久理解地点了点头，心里却在想着，要是让海美听到，她肯定会怒气冲天，要捅破屋顶了。为了几毛钱折腰，在凶杀案中做伪证？自称正义少女的海美？

虽然是大白天，但是河成南在南扬州市的家里空荡荡的，笼罩在寂寥的黑暗之中，气氛颇为萧索。两位主人因杀人嫌疑被拘留，而不在家中，让人感觉更加萧索了。当然，如果海美的证词，和即将出庭做证的镇久的证词，不被当成伪证的话，房子的主人很快就能回来了。

镇久在通向河成南家的路的入口处下了出租车，然后绕着房子转了一圈，看了一下周围的环境。上次来参加乔迁宴的时候，是晚上到，凌晨离开，所以这还是他第一次在白天仔细地观察这栋房子。看了一圈，周围只有稀稀拉拉的几栋住宅，但都被树林和丘陵自然地分开了，相互独立开来。镇久也理解了他们所说的"搬来以后也没人来串门"的话了。河成南的家就在进来的小路的尽头,孤零零的,被屏风一样的丘陵和树林呈椭圆形围在中间。房子不大,但是周围有很大的空地,房子后面,失去了主人的君爵在深秋阳光的照耀下,依旧闪亮。

那天,凶杀案发生的时候,在南扬州的这栋房子里面,镇久面前说笑喧闹的人分明就是河成南和金珠熙。时间和地点都离凶杀案的时间和地点太远了。但是听了辩护律师的介绍,就连镇久都怀疑他们就是真凶。连镇久都感受到了这个矛盾,如果他还糊里糊涂地出庭,说一番看起来前后矛盾的证词,那认定了河成南和金珠熙是凶手的警察肯定不会善罢甘休的。如果检查官认为是证人撒谎,导致了杀人犯逍遥法外,怒气冲天的检察官们可是什么都能干得出来。肯定会给镇久和海美扣上伪证罪的帽子。其实几天之前,检察官不就以嫌疑人的身份传唤了海美,还审问了她嘛。尽管镇久之前说了一通豪言壮语,但随着时间流逝,海美还是被一股深入骨髓的不安感,折磨得像被霜打过的茄子。不说镇久,纯真无辜的海美还是很难承受这种压力的。

镇久从口袋里掏出了一块小铁片和一根铁丝,插进玄关门的锁孔里。这里很幽静,也没有必要注意周围是否有人,所以他很放心地开起了锁。上下地活动几下铁片,门很快就被打开了。

镇久脱掉鞋子，小心翼翼地走进了客厅。客厅里面，人所散发的气息消失殆尽，只剩下深秋特有的冰凉气息，多少有点凌乱。

首先映入眼帘的是巨大的客厅。客厅的一侧是厨房水槽和餐桌。这一切都很熟悉。那天晚上，他们四个就是在厨房和客厅里来来回回，说说笑笑，吵吵闹闹地一起度过了几个小时。唯一不同的就是，那天晚上放在客厅中央的折叠餐桌被收起来了。厨房水槽里，还凌乱地放着几个没洗完的碟子。餐桌上的两个咖啡杯里，咖啡已经干掉了，杯子上粘着一圈褐色的痕迹。可能两个人刚吃完饭，正在喝咖啡的时候，就被闪电般地逮捕了。

左边是卧室，卧室的对面是小房间，小房间旁边是洗手间兼浴室。不管怎么看，房子的结构都非常简单。那天河成南和金珠熙炫耀这里的空气好，但这种郊区的小房子，最大的优点应该还是"便宜"吧？

镇久开始对房子展开地毯式搜索，一个角落也不放过。那天来的时候，匆匆看了几眼，就开始举行宴会，今天主人不在，可以仔细地看看了。他挪开沙发检查，打开橱柜，一一地仔细看过去，却发现跟普通的房子没什么不同。没有沾染血迹的东西，也没有藏着毒药。

卧室里孤零零地放着一张超级大床和一个床头柜，看来河成南、金珠熙二人对夜生活不怎么感兴趣，这是最没意思的地方了。寝室对面的小房间稍微有意思一点。一走进去，朝北的大窗户就映入眼帘，透过窗户，可以看到房子周围的丘陵，茂盛的树木生长在斜斜的丘陵上，传达着深秋的意境。窗子外面钉着一层细密的铁窗，在这么僻静、人迹罕至的地方，这种防盗手段也是可以理解的。如果主人是凶手的话，就相当于杀人犯害怕小偷了。想到这里，镇久也不自觉地苦笑了起来。房间的左侧有一个靠墙的衣柜，约8尺长的衣柜几乎占了整面墙壁。打开衣柜门，不出所料，里面的一半放着被子，一半挂着衣服。衣柜的对面是一个窄窄的衣帽架和一个五层的抽屉柜，里面放的也是衣服、手绢、袜子之类的东西。

小房间旁边的洗手间也很熟悉，那天喝酒用了好几次。宽度和旁边的小房间一样，从结构上看十分宽。浴室的入口处是一个浴缸，窗子的左侧是坐便器，右边竖着一个稍高的清洁工具箱。镇久记得上次来的时候，浴缸是空的，工具盒不知被放在了哪里。手工制作的木质清洁工具箱上面，有一个小小的铰链，锁是开着的，只有铰链摇摇晃晃地挂在上面。里面会有什么呢？镇久这么想着，就拿下了铰链，打开了工具箱。一打开工具箱，靠在工具箱门上的塑料笤帚和被称为橡皮踹的压缩器就朝前倒过来，正好打在镇久身上。有几分不快的镇久连忙把工具都放了回去。坐便器的斜上方是一个及胸高的小窗户，斜斜地开着一半，可能是用来遮阳的吧。还是因为防盗的需要，让人绝对无法通过。窗户外面，之前镇久绕着房子一周时看到的君爵车映入眼帘。从这里看出去，让镇久想起了那天的记忆。那天晚上，在坐便器前面小便的时候，他往窗外看了一眼，那辆君爵车就在窗子下面，压迫性地停在那里。就因为那个家伙的君爵车，自己又被海美欺负了……

到处看遍了，却没有收获，镇久渐渐感到自己无能为力。之前镇久还怀着期待，到现场来看看的话，会不会发现跟材料不一样的地方，但是现在，就连这种渺茫的期待也渐渐消失了。

这时，卧室里传来一阵沙沙声。正在试着推拉浴室窗户的镇久猛然紧张起来，他停下手中的动作，缩了一下肩膀。刚刚肯定有动静。河成南二人这时候不可能被释放回来，那么难道是警察来了？那就难办了，他立马就会成为私闯民宅的现行犯，如果警察问他，身为证人为什么要到凶手的家里来，就更没有办法解释了。而且在警察看来，他和海美本来就有做伪证的嫌疑。他要是解释说自己是来了解真相的，警察肯定不会相信，反而会给自己加上一项私闯民宅的罪名，并立案侦查，从而让自己没法去"做伪证"。各种想法都冒了出来，他首先屏住了呼吸。

外面传来沙沙声以后，接着从厨房里传来了咯噔咯噔的响声，还有卧室和小房间被打开的"吱呀"声。看来这个人是不会很快离开了，客厅、厨房、卧室、小房间，按照这个趋势，接下来就是……

在浴室里和那位不速之客面对面的话，就不妙了，想想那个场景也很搞笑。旁边的小房间传来沙沙声，镇久趁这个机会悄悄地打开了浴室门。外面一个人也没有，看来那个人还在房间里。镇久蹑手蹑脚地朝玄关走去。反正他又没有开车过来，只要从玄关里出去，就不会暴露自己的身份。镇久看到玄关处多了一双闪着青铜色光泽的绅士皮鞋，这很明显不像是警察或者是刑警的鞋子。

他看清了皮鞋上的品牌是"berluti"，正想跨过去的时候，身后传来一个低沉而又鲜明的声音。

"不要踩那双皮鞋。"

镇久一下子转过身去，一个瘦长的男人正站在客厅里。男人笑眯眯地又加了一句。

"要么就踩了之后，给我 2000 美元。"

镇久一下子没认出他来，但是这张脸有点熟悉。静默了两三秒之后，镇久不自居地开口了。

"啊……你是在法庭上……"

海美出庭做证的时候，坐在旁听席上的那个男人，当时他一直在很专注地听。黝黑的脸庞上，深深凹陷下去的双颊，还有一双小眼睛，这些特点都和记忆中那个人重叠在一起。他当时好像是在白色的无领衬衫外面穿了一身西装。不知为什么，镇久悬着的心落了地。

"金镇久先生，见到你很高兴。你作为凶杀案的证人，怎么来了这里呢？"

"你怎么知道我的名字……？啊，那天在法庭上，法官允许我在下一次开庭的时候出庭做证，你应该是那个时候知道我的名字的。不过你是谁？"

男人笑了，嘴唇歪向一边。有点像表达善意，但是如果心情不好的时候看到，也会让人感到不舒服。

"我叫高进，是一位辩护律师。"

他说话的时候还是笑眯眯的，整张脸都笑成了一个干瘪的圆形。

"律师？为什么来这里？"

"其实那件凶杀案是我的朋友李儒宪警监手底下的案子。我听他说了这件案子以后，觉得里面有很多有意思的地方，所以就趁着有时间，去法庭凑了个热闹。"

"那这么说来，你觉得有意思，所以甚至都到这里来了？"

"哈哈，你不也是单纯觉得有意思，才来这里的吗？"

镇久本来想说不是，但是他闭紧了嘴巴，而是说起了别的。

"看来，你是觉得我和我的女朋友在撒谎，所以想要来拆穿我们的吧。因为这种偏见……"

高进张开手，轻轻地摆了摆。

"不是啊，我觉得你们的'谎言'是'事实'，所以才觉得有意思。要不是这样，这件案子又有什么魅力？在杀人的时候制造了完美的不在场证据。在这个想象力枯竭的时代，凶手的这一壮举不正是给无聊的事实注入了一记强心针吗？"

高进一板一眼地说着戏剧台词般的话语，仿佛空房子的主人一样，请镇久坐在了客厅的沙发上。听到他相信海美和自己的话，镇久首先感到很高兴，就坐在了沙发上。高进骑坐在餐桌旁边的椅子上，打开了话匣子。

"那天，你和你那个可爱的女朋友，叫什么来着？啊，朱海美，你们两个经历的事情的全部经过，你尽可能仔细地说说吧。"

镇久对这位"警察的朋友"的怀疑还没有完全打消，不过现在正好有时间，推理也碰壁了，所以对于高进的要求，他内心并不犹豫。而且他觉得，说出事实，并不会给自己带来损失或者危险。镇久反而在不知不觉间放下心来，仔细地说了起来。其实，不知为什么，他从这个第一次，第二次见面的男人身上，感受到的某些相似性和信任感，超过了怀疑。这个男人刚刚说，他相信孤立无援的海美和自己说的话，也可能是因为镇久想相信他一次吧。在镇久讲述的过程中，高进的表情变化十分丰富，时而严肃，时而感兴趣。很明显的是，两个人都很专注。镇久说完以后，高进问道：

"果然十分精彩啊，对这个案子，你有什么想法？要是没什么想法的话，也不会到这里来了。"

高进的语气在不知不觉间就没那么尊敬了。不过，与其说这是对镇久的无视，还不如说是一种亲切的语气，这种语气让人更舒服。

"的确有几个想法，不过还没整理清楚……"

"嗨，没事儿，这件案子，幸亏是你这么聪明的人在现场啊，不过对凶手来说，这大概是他们最大的失误了。"

"原来你认为河成南和金珠熙是凶手啊。"

"他们要不是凶手的话，杀死宣惠英用的那把水果刀，就得乘坐时光机器，或者是瞬间移动机器飞过去了，但是这种东西不是还没发明出来嘛。"

镇久受到鼓舞，眼前一亮，说了起来。

"其实……我也是这么想的。移动凶器是不可能的，反而移动尸体是可能的。所以我的第一个想法就是，在这里杀死以后，再把尸体运回去。"

"果然！"高进用力点着头赞叹，并用眼神催促着镇久继续说。

"接下来，我说说宣惠英服用了大量安眠药的部分。她的死亡时间，也就是行凶时间，是晚上 11 点到第二天凌晨 1 点之间，可是在那段时间，河成南和金珠熙明明就在这里，跟我们一起吃东西、喝酒。如果他们两个是凶手，想要杀人的话，还是有一个方法的。那就是，那天傍晚，让宣惠英服下安眠药以后，提前把她藏在这栋房子里的某个地方。然后等到了晚上，杀死宣惠英，在凌晨 4 点以前，再把她的尸体运回安山市 K 经济型公寓住宅 102 号。可是问题是，按照我的记忆，这完全是不可能的。"

"不可能的理由是什么？"

"第一，就算是把宣惠英带到这里来，也没有藏她的地方。那天晚上到了这里以后，我们就参观了这栋房子，包括卧室、小房间和浴室，全都打开看了一遍。这是最基本的问题。

"第二，就算是他们把宣惠英放在一个我没看到的地方，也没法在我看不到的地方杀死宣惠英。河成南和金珠熙那天真的一直都只在客厅和厨房里来来回回。当然也去了几次洗手间，但是时间都很短。至于卧室和小房间，他们好像连去都没去。如果在喝着酒的时候，他们去过卧室或者是小房间的话，我肯定会看到的，但是我的确没有看到。也就是说，他们当时绝对没法杀人。

"第三，退一万步讲，假设他们真的成功杀死了宣惠英，但是他们不可能把尸体装到君爵车上，并在凌晨 4 点前运回安山市。河成南开着君爵车把我和海美送回蚕室的时候，已经快到凌晨 3 点了。就算他们立刻去安山市，40 多千米的距离，的确能在凌晨 4 点之前到达。但问题是，我并不认为那时候车里装着尸体，因为没有放尸体的地方。车上唯一的空间就是后备厢，但是我们来这里的时候，后备厢里装满了我们从超市里买的东西。下车的时候，我们还确认过后备厢里是空的。当然宣惠英的尸体也可能不是放在车里，而是被他们藏在南扬州市的这栋房子里。这样的话，情况就是这样了，他们把我们送到蚕室的时候已经接近凌晨 3 点了，他们凌晨 3 点从蚕室出发，重新回到京畿道东边的南扬州市，把藏在家里的尸体装到车上，然后把尸体运到京畿道西边的安山市去。但是这样一来，尸体是凌晨 4 点被发现的，时间上根本对不上啊。

"当然，如果有第三个共犯的话，这一切就可以说得通了。第三个共犯那时候去安山市，杀死宣惠英就行了。可是这种情况不是很难想象吗？说到杀人共犯的话，两个人都嫌多了，更何况是三个人呢。他们两个人想要在一起生活，连妨害他们的人都被隐秘地杀死了，他们又会相信谁，并让这个人成为第三个共犯呢？"

高进抄着手，一声不吭地听着镇久的话。镇久吞了口唾沫，接着说：

"从可能性来看的话，针对我刚刚说的第一点和第二点，也就是'在何地如何杀死了宣惠英'的问题，我接下来的推理是可以成立的。宣惠英不是服用了大量的安眠药吗？这么说的话，我觉得就是那天下午，河成南让宣惠英和他一起外出，然后骗宣惠英服下了安眠药，然后他把睡着的宣惠英装到车里，运到了这栋房子里。要么是在外面让她服下安眠药，运到了这里，要么就是干脆在这栋房子里让宣惠英服下了安眠药。反正是让她服下安眠药以后，就把完全睡着了的宣惠英藏在了这栋房子里的某个地方。我刚刚仔细想了想，这栋房子里能够藏人的地方只有一处。小房间里不是有衣柜吗？藏在那里的话就能说得通了。那天我们来参加乔迁宴，虽然到处都看了，但是并没有打开衣柜看。因为就算是参加乔迁宴，也不能在别人家做这么失礼的事情。大概就是藏在了衣柜里，然后等到傍晚，他们再回到蚕室，去见我和海美，并开车把我们接到这里来。那天晚上，就在我们正吃着、喝着的时候，河成南或者金珠熙悄悄地到小房间里去，打开衣柜，用准备好的水果刀，刺在了正在里面睡觉的宣惠英的胸口上，杀死了她。如果提前用塑料或者是防雨布把宣惠英裹起来的话，衣柜里就不会沾上血迹了。如果是这样的话，就能说得通杀人时间在那天晚上 11 点到第二天凌晨 1 点之间了。

"可是这么推理的话，只能是我记错了才有可能。刚刚我也说过了，我记得河成南和金珠熙没有去过卧室和小房间。当然也有可能是我喝酒以后记不清楚了，不能说这种情况完全没有可能。可是……"

镇久好像在确认高进是否在认真听他说，就稍微停顿了一下。

"你还不赶快说下去，我等不了了。"

高进从怀里掏出一盒烟，叼起一根烟，点着了。

"……今天又来这里看了一下，就连刚刚的推理也是不可能的。就算假设那天晚上，河成南和金珠熙用刚刚我说的方式，在这栋房子里杀死了宣惠英，但是想要把尸体运回安山市的话，他们必须把尸体从这栋房子里搬出去，装在车上，但是根本没有办法把尸体从家里搬出去。客厅里有我和海美，他们不可能从客厅里搬出去；如果他们是把尸体偷偷地从小房间的窗户里搬出去的，可是那个窗户外面钉着铁窗，也不可能；如果是从卧室的窗户里搬出去的，我们出去的时候也会发现的。我也想过，他们可能是从浴室的窗户里，把尸体偷偷搬出去的，可是浴室窗户的尺寸很小，而且只能斜开到一半的程度，别说人的尸体了，就连一只猫想要穿过，也不容易呢。"

"真是精彩啊。"高进长长地吐了一口烟。

"另外，就算是他们用某种很巧妙的方式把尸体运到了房子外面，但是又有问题了。他们要想在那天凌晨把尸体运到安山市，只能用汽车来运，可是他们究竟是什么时候把尸体装到车上的呢？房子后面有一块用来停车的空地，我想到了一种可能性十分小的情况，那就是，他们把尸体搬出来以后，藏在了某个地方，之后把尸体装到车上。可是这种推理完全说不通啊。我很明确地记得，那天河成南和我们到这里的时候，差不多是晚上10点，我们在入口处打开了后备厢，让我们取出东西来以后，直接从房子的右边把车开到了后面。然后过了十几秒，他就出来了。十几秒的话，他肯定是停好车就出来了。虽然那时候宣惠英服了安眠药，睡着了，还活着，可是不管怎么说，他都绝对没有时间把宣惠英搬到车上放好。我们回去的时候也是一样，海美和我，还有金珠熙，我们三个在玄关那里等着，河成南去房子后面开车。过了十秒左右，他就开着车出来了。那时，宣惠英已经死了，可是河成南还是没有装尸体的时间啊，而且河成南的动作，也没有不自然或者奇怪的地方。不管是去停车的时候，还是开车出来的时候，都只花了十几秒。这十几秒的时间，只够他把车开到房子后面，停车然后走出来，或者是走到房子后面，发动车开出来。不管是睡着的活人还是死去的尸体，要想装到车上，时间上都不可能啊……"

高进被一圈白色的烟雾包围着，整个人跟他落在餐桌上的影子一样，一动不动。听完了镇久长长的分析，他吐出了一句话。

"我现在应该退休了啊。"

"……"

高进没有什么可说的，镇久就问了一句："咱们走吧？"说着，他从沙发上缓缓地站了起来。反正他说刚刚那番话也不是为了找到一个答案，顺便自然地整理一下自己的想法，而且对方好像相信自己所说的话，所以他心里也松快了一些。垂着视线的高进捻灭了香烟："好啊。"说着，便跟着镇久站了起来。

镇久走在前面，高进跟在他后面走出了房子。镇久在玄关那里等着，高进出来以后，他从里面把玄关门的锁按了一下，锁住以后，把门关上了。高进呆呆地看着他锁上门说：

"真是，锁门的技术也挺厉害啊。要不是你把门打开了，我都没法进去呢。还听你讲了那么有意思的故事，作为谢礼，我就顺便开车把你送回首尔吧。"

"说什么谢礼啊……谢谢。"

镇久没有多做推辞。高进的车就停在小路的入口处，上次来的时候，河成南的车也停在差不多的位置。连车的型号也是一样——君爵。

"你的车和河成南的车一样呢。"

"是吗？我不久之前开的是别克，但是出了故障，又出了车祸，把我吓到了，尤其是载女生不太好。说起汽车啊，还是咱们韩国的车好。"

镇久点了点头，坐到了副驾驶位子上。坐在驾驶员位置上的高进发动了汽车。

我曾经想这样

想要回去

你的冷淡，是的，都是有理由的……

白智英的《不再爱了》飘了出来。高进跟着哼起来，镇久看到这儿说：

"得升级了，这歌也太老了吧。"

"我喜欢白智英的声音，所以就把她的歌放在 U 盘里，偶尔会打开听。"

"真是太巧合了，那天河成南也打开了白智英的歌。"

"是吗？你的记忆力也太好了吧，还是年轻人的脑子好使啊。"

"也不是好使不好使，那天晚上，我们到的时候，正好放到……正好放到《不要忘记我》，我本来想听完，但是没放完就到了，觉得有些可惜，然后我们就下车了。等走的时候，歌就跳到一首流行歌曲了，没能听到，所以才记得比较清楚。"

满满滑动的车子一下子停住了。镇久瞥了一眼坐在驾驶员位置上的高进，他的视线越过了面前的挡风玻璃，正望着远处，偶尔传来几声玩世不恭的笑声。这个人怎么从刚刚开始就老是笑呢？镇久甚至想到，之前还有给人一种同类感觉的高进，现在怎么让人觉得有点奇怪呢？但是，镇久一句话也没说，看着高进的侧面。

"你差不多已经揭开谜底了。"

高进还是嘴撇向一边，笑了起来。

"我？怎么……"

"我是说真的，只不过是因为你没有车罢了。你不知道开车的时候是什么样子，所以差点错过最后这个线索。"

高进把车停在小路中央，关掉了发动机。白智英哀切的声音消失了。高进展开胳膊，伸了个懒腰，到处扭了扭以后，说：

"那么，现在出发吧。"说着，他又发动了汽车。

现在说着不再爱了的我

再也不会爱上别人

因为再也无法遇到和你一样的人……

白智英的《不再爱了》接着飘了出来。白智英的歌声虽然增加了深秋的凄凉感，但对车里的两个同性来说，却有着特殊的意义。

"在这样的秋天，再次听到白智英消失了的歌声，感觉怎么样？很开心吧？"

高进笑嘻嘻的黝黑脸庞上，露出了一个淘气包看到玩具的笑容。稍后，蒙了的镇久"嗯"地呻吟了一声，把头转向了高进。

"把车子停下吧。"

"当然得停下了。"

"好，咱们得去河成南的车确认一下。"

"哈哈，反正有你在，想要打开车门，也是小菜一碟。"

高进嗤嗤地笑着，关掉了发动机，把身体埋进了座椅里。

"证人金镇久，请到前面来。"

审判员一叫到镇久的名字，他就放开了海美的手，从座位上站起来，安静地走到了证人席上。

法庭里充满了奇妙的热浪和兴奋，跟渐渐凉下来的天气形成了鲜明的对比。可能是因为案件本身的趣味性引起了一部分舆论的关注，旁听席的前排单独准备的记者席位上，几位挂着"PRESS"标志的记者前面摆着笔记本电脑，准备打字做记录。被告人河成南、金珠熙的亲人和熟人、朋友们听到消息，也来到这里。宽阔的法庭里，旁听席坐满了人，都让人觉得透不过气来。外面的走廊里，进不来的人们，都一脸惋惜地回去了。如果有人管着卖座的话，看到这个场面，应该会心满意足地笑出来吧。但是所谓裁判，必须好好审判才是本分，所以法庭还是以顺利运行作为目标。三位裁判官和枢密官、事务官可能担心这次受人关注的裁判过程中，会出现不好的事情，眼神都很紧张。穿着白色制服、身体结实的法庭警卫员，用炯炯有神的眼睛扫视着法庭里面的情况。

镇久宣誓完毕以后，坐在了法庭中央的证人席上，辩护律师崔仁烨紧接着站了起来。检察官都庆录用犀利的眼神盯着镇久。检察官确认被告人就是凶手，但是他们充满自信的起诉，上次却被证人朱海美的不在场证词撼动了，这件事引发的趣味，让今天的旁听席上坐满了人。如果今天镇久重复上次海美的证词，那么检察官就会在许多记者和听审观众面前完全丢掉面子，审判也会难以挽回。证人的不在场证词，符合刑事诉讼法中要求的"合理的、不被怀疑的基础上的证明"原则，或者就算是对证词表示怀疑，这次起诉也已经输掉了。能否判定被告人有罪，就取决于镇久的证词了。上次检察官以伪证罪传唤海美，来暗示镇久，想让镇久害怕，从而说出符合检察官心意的证词，原因也在于此。所以检察官当然会用一种犀利的眼神看着镇久了。

崔仁烨问的问题和上次问海美的内容差不多，他十分自信。正如他期待的那样，镇久的陈述和海美上次的陈述大同小异。

"我那天从晚上一直到凌晨都在南扬州市被告人的家中参加乔迁宴。两位被告人也一直待在客厅里，中间没有离开过。两位被告人把我和我的女朋友海美开车送到蚕室的时候，差不多已经凌晨 3 点了。"

崔仁烨对镇久的回答十分满意，他坐回了座位上，凸出来的肚子也跟着叠了起来。并排坐在旁边的被告人席上的河成南和金珠熙也放心了，不过很明显受过律师的指点，不能在法庭上流露出高兴的神色，所以他们只是轻轻地低下头，抚摸着身上的灰色囚服。

到了检察官询问证人的程序。检察官都庆录并没有站起来，而是坐在座位上开始提问。他好像在盘算着安静地、有逻辑地找出镇久的漏洞。

"证人，你和被告人河成南、金珠熙关系亲密吗？"

证人和被告人的关系越亲密，证词的可信性就越差。

"难说呢，算是介于熟悉和不熟悉之间吧。我是因为我女朋友的关系，跟他们见过几次，但是直接接触的机会并不多。"

镇久一被"关系亲密"这一记侧踢击中，都庆录就又玩起了刹车。

"证人的话很奇怪啊，不管是什么原因，见过好几次的话，不就是说关系亲密吗？"

"如果按照你的意思，那就是亲密吧。"镇久紧接着就承认了。

"证人，你了解本案件吗？"

"了解一些。"

"为了给你说出真相的机会，我接下来将再次提醒你本次案件的情况。证人和被告人举行乔迁宴的那天，也就是 10 月 7 日，周五晚上 11 点到第二天凌晨 1 点之间，被告人河成南的妻子宣惠英被刀刺死。第二天凌晨 4 点，在安山市古栈洞 K 经济型公寓住宅被害人家中，被害人的尸体被送报纸的青年发现。但是据证人现在所述，从10月7日晚上到第二天凌晨，证人一直和被告人一起在京畿道南扬州市参加乔迁宴。证人，你明白你的证词的意义吗？你是说，现在被检察官以故意杀人罪起诉的两位被告人，并没有杀人。也就是说，在杀人罪和无罪的分岔路上，被告人将会因为证人的陈述，而获得天差地别的命运。所以，请证人保持极为慎重的态度。因为证人的证词十分重要，如果中间掺杂了任何谎言，将会以伪证罪被追查。我劝证人，你现在还有机会。只要你在这次询问结束之前，推翻之前的证词，说出真相，那么从法律上尚不能构成伪证罪。我现在劝你说出真相，是为了正义，也是为了你好。"

镇久只是淡然地听着，都庆录开始提问了。

"那天晚上，两位被告人真的一直没有离开过吗？"

"是的，我确定。"

都庆录额上青筋耸动，旁听席上传来低声的"哦"声。虽然检察官拐着弯地各种威胁证人，但是证人仍然肯定地说他一直和被告人在一起，这让大家有些惊讶。"看来的确是不在场呢。""到这个地步的话，就相当于检察官要输掉了吧？"种种想法都在大家的心头闪过。但是镇久还没有说完。

"但是两位被告人都曾经轮流离开过位子。"

"是吗？"检察官都庆录高兴地说，带着一种"终于要说出真相了"的期待感，额头一下子就舒展开来。

"他们都去过一会儿洗手间，因为都喝了很多啤酒。"

旁听席上爆发出一阵笑声，传来一阵骚动。检察官怒气冲冲地说：

"证人！请不要在法庭上开玩笑！你这是在侮辱法庭的尊严！"

"我没有开玩笑，我在很严肃地说这件事。"

镇久正色道。都庆录和旁听席上的人们也都安静下来。

"我在说被告人是如何能杀人的。"

"什么？"

"你这是什么意思，证人！"

检察官和辩护律师反应都很激烈。镇久并没有理会他们，接着说道：

"虽然我现在说的就是事情的真相，但是却受到了检察官做伪证的怀疑。上次，我的女朋友朱海美也同样受到了怀疑。虽然不像因为杀人罪而坐到被告席上的被告人那么严重，但是我和海美也沦落到了会受到刑事处罚的境地。所以我想更具体地说一下当时的情况，阐明真相，从而让我和我的女朋友，从不光彩的'做伪证嫌疑'中摆脱出来。"

虽然这番话很突然，但是想要获得大家的同意，理由还是很充分的。看来针对陷入胶着状态的不在场问题，证人会有新的陈述，都庆录作为检察官，当然也没有理由去反对。

"证人请讲，因为证人就是为了说出事实而出庭的。但是，只能说事实。"

镇久轻轻地点了一下头，讲了起来。

"我再重申一次，到现在为止，我说的所有话都是真的。上次出庭的证人是我的女朋友，她比我要正直一百倍。但是，上次有一些部分，没有被问及，所以她没能说出来。但是这一部分对本案更为重要。"

法庭里鸦雀无声，就连吞咽唾沫的声音都能听得清清楚楚。

"有几个细节。第一点，南扬州市房子的洗手间有一个稍高的清洁工具箱，上面挂着铰链和锁；第二点，我去洗手间上厕所的时候，看到了河成南帅气的黑色君爵车正停在外面；第三点，那天晚上，我们到达南扬州市的房子的时候，车里刚开始播放白智英的《不要忘记我》，但是等我们离开的时候，车里播放的确是一首不知名字的流行歌曲；第四点，南扬州市的那栋房子，西面没有窗户。"

这次，旁听席上到处都传来扑哧的笑声。都庆录也一脸失望地推了推眼镜。

"证人金镇久先生，我能够理解你想仔细陈述的心情，但是这些东西还是不需要说出来的。法庭并不需要所有的事实，只需要跟案件有关的、有意义的事实。既然现在也明白了证人的心意，那么现在……"

"所以我才说出了这些事实，只不过你们现在还不知道这些事实的意义罢了。"

"那些事实都没有意义，所以……"

"就算能通过这些事实，了解被告人是怎么在南扬州市的房子里杀死宣惠英，并在之后把尸体运到安山市去，也不需要我说吗？"

"你说什么？"

都庆录一下子跟河马打哈欠一样，张着嘴僵在那里。河成南和金珠熙一下子抬起头，怒视着镇久。律师崔仁烨本来想站起来，但是现在检察官正在进行询问，还没轮到自己插进去的时候，便作罢了。

"我刚开始的时候想错了，没有意识到一些很重要的线索。我一开始想的是，河成南和宣惠英下午一起外出，然后让宣惠英服下安眠药后，把她藏在了南扬州市房子里的某个地方，具体是藏在了那栋房子小房间的衣柜里,用塑料什么的裹起来了。因为我们那天晚上参观他们的房子，唯一没有看的地方就是小房间里的衣柜。河成南把睡着的宣惠英放在衣柜里以后，等到了傍晚，再回到蚕室，开车把我和我的女朋友，还有金珠熙接到南扬州市。然后那天，趁着我们正在客厅里玩得兴致勃勃的时候，河成南和金珠熙两人中的一人，偷偷地到小房间里去，在睡在衣柜的宣惠英的胸口上刺了一刀，把她杀死。用的就是几天前在石村湖对面的五金店里买的那把锋利的水果刀。如果是这么杀的话，10秒钟就足够了。杀死宣惠英以后，再装作若无其事地回到客厅里，跟我们继续玩就可以了。这不正是最棒的不在场证据吗？谁会想到，在我们尽情吃喝，什么都没意识到的时候，就在旁边房间的衣柜里上演了一场杀人的戏码。这么想的时候，我也觉得浑身凉飕飕的。

"但是很快，我就意识到这个推理过程中有一个大问题。尸体是在凌晨4点的时候，在安山市古栈洞的K经济型公寓住宅里被发现的。也就是说，尸体在那之前就已经被运回了安山市，但是被告人搬运尸体唯一的方式就是那辆君爵汽车。被告人想要实现这一切，就必须把藏在衣柜里的尸体在那天晚上先搬到房子的外面，可是他们根本没有这个机会。客厅和门口那边，有我和我的女朋友海美，当然不能从那里搬出去；从小房间的窗户里搬出去也是不可能的。那个窗户外面钉着一层铁丝细密的铁窗，是用来防盗的。我也曾想过他们是从卧室那边的窗户把尸体运出去的，但是这不仅很容易地被正在客厅里的我们发现，而且根本没法进行事后处理。我们从房子里出来的时候，就能看到被扔在门口旁边的尸体，所以我觉得不可能是这种情况。其实，这两种情况，早就应该从可能的情况中划掉了。因为按照我的记忆，河成南和金珠熙两个人，除了一开始让我们参观房子的时候，就根本没有再去过卧室或者是小房间，我女朋友的记忆也跟我记得的情况相符。剩下的地方，就是浴室了。但是如果从浴室里运出去，还是存在容易被客厅里的人发现的危险，另外，浴室的窗户也决定了不可能从那里运出去。浴室里有一个及胸高的窗户，有绘画纸大小，但是结构跟遮阳板一样，只能向外斜着打开一半，那个大小是无法把尸体运出去的。就在我苦苦思索尸体到底是怎么运出去的时候，我发现了一个东西，那就是放在浴室角落里的清洁工具盒。”

“清洁工具盒？难道尸体被藏在了那里面？”

检察官都庆录完全陷入了镇久的分析中。从说明被告人有罪这一点来看，不管对不对，镇久都跟检察官是一伙的了，所以对他的好感也急剧上升。但是镇久却摇了摇头，这让检察官很难堪。

“不可能是那样。就算是霍比特人也没法在那个窄窄的清洁工具盒里进出。我一开始想错的地方就在这里，宣惠英从一开始就不在那栋房子里面。"

"证人！请不要反反复复！"

都庆录硬邦邦地说，好像在担心镇久说着说着就会背叛检察官。

"宣惠英虽然不在房子里面，但就在离房子不远的地方。"

"那是在哪里？"都庆录问。

"河成南的君爵车的后备厢里。"

旁听席上一阵骚动。辩护律师崔仁烨忍不住一下子站了起来，虽然没轮到他说话，他还是高声插了进去。

"这不是证人你想错了吗？证人自己刚刚不是也那么说了吗？在去参加乔迁宴之前，你们在乐天玛特里买了很多食物和饮料，装在了君爵车的后备厢里，等到了南扬州市的房子里，把东西都取出来以后，才去停的车。那么宣惠英究竟是什么时候，怎样进到后备厢里的呢？"

针对这个问题，都庆录帮腔了。

"他们应该是把服了安眠药，睡着的宣惠英，先放在了房子后面的空地上吧。等开车把参加乔迁宴的客人接来了以后，把东西都取出来，然后把车开到房子后面去，在那里把宣惠英装进后备厢里，我说的对吗？"

镇久拒绝了检察官的好意。

"不是那样。那天，我们到南扬州市的房子的时候，把后备厢里的东西取出来，河成南到房子后面去停车，然后出来，明明只用了一眨眼的时间。虽然我没有测量，但是可能也就十秒多一点吧？我很确定。正好就是到后面停下车出来的时间。虽然宣惠英是个女的，比较轻，但是他绝对没有把一个人装进后备厢里的时间。而且，除了这些物理学上的限制，还有一点更说不通，不管房子后面的空地上有多僻静，想要秘密杀人的人，怎么会把被害人放在一个开放的地方，待几个小时呢？"

尴尬的都庆录嘴唇抽搐着，刚想说什么，镇久却先开口了。

"但是可以肯定的是，服了安眠药睡着的宣惠英，的确是被装在车的后备厢里了。因为只有这样，才能实现那天晚上的杀人计划。"

崔仁烨再一次勃然大怒地站起来。

"什么杀人计划！证人，你究竟有什么资格一直在那里胡言乱语！证人是为了说出事实而出席的，而不是为了裁判而出席的！法官大人，我申请中止证人询问。"

但是法官好像对镇久的话更感兴趣。

"请辩护律师克制一下，现在是检察官的证人询问时间。还有，请证人以事实为主进行叙述。证人并不是为了说自己的意见而出庭的。"

"我只是通过'我所看到的'事实，说明我并没有做伪证。我再重申一遍，浴室里有一个清洁工具箱，里面放着笤帚和橡皮蹄等东西，但是被告人却为什么一定要在工具箱上加上铰链和锁呢？"

法庭再次安静下来。河成南和金珠熙的脸色近似淡然，看起来又很阴沉，让人难以读懂。

"人的确没法进入清洁工具箱里，但是，凶器却可以放进去，就是那天晚上用的凶器。为了藏那把凶器，他们才在上面加了锁，免得我和海美在无意中打开清洁工具箱，看到凶器。"

"凶器？"都庆录摇头晃脑地说。

"是的，这真是一种十分绝妙的装置，只要在木棍的一头绑上那把有疑问的水果刀，固定牢就可以了，就跟鱼叉一样。就跟我刚才说的一样，君爵车停在浴室窗户外面，就在那辆车的后备厢里，服了大量安眠药的宣惠英正在里面睡觉。河成南和金珠熙两人中的一人，应该是力气比较大的河成南做的吧。在客厅里说笑吵闹的河成南假装去洗手间，来到浴室，把门反锁。

"他用钥匙打开清洁工具箱，取出早就绑好了水果刀的木棍。然后按下车钥匙上的遥控按钮，打开了君爵车的后备厢。就算后备厢没有完全打开，他只要把笤帚之类的长棍状物体伸出窗外，插到后备厢打开的缝隙里，然后把后备厢挑上去就可以了。这样的话，睡熟的宣惠英就完全露出来了。然后，他把绑着水果刀的木棍伸出浴室的窗外，刺向后备厢里睡着了的宣惠英的胸口，杀死了她。当然，为了不让血溅到后备厢上，他提前用塑料或者防雨布之类的东西把宣惠英裹起来。然后，再把笤帚之类的长棒状物体伸出窗外，关上后备厢的盖子。虽然我说得很长，但其实过程并不复杂。用遥控器把窗外的汽车后备厢打开，然后把做成鱼叉状的凶器伸出窗外，刺在后备厢里熟睡的宣惠英的胸口，杀死了她。只要伸开胳膊，把鱼叉或者木棍伸出窗外就可以了，所以浴室的窗户开到一半就足够了。河成南停车的时候，应该也是一开始就计算过位置和角度，让君爵车的后备厢正对着浴室窗户。

"然后他把鱼叉凶器上的水果刀取下来，小心地包起来，装在裤兜之类的地方，然后把木棍重新放进清洁工具箱里，锁起来。如果浴室里不小心沾上血迹，只要冲洗掉就可以了。就算花的时间稍微长一点，我们最多会想到'小便的时间有点长啊'。这样就完成了杀人过程，只剩下了两个十分肯定的证人，可以证明在被害人被杀死当时，被告人正在举办乔迁宴，高兴地吃吃喝喝，说笑玩闹。"

法庭里的观众仿佛全都消失不见，周围陷入一片寂静中。

法庭上仿佛演出了一场独角戏，镇久则成了这场独角戏的主角，这并非镇久的本意。意识到这种状况的他稍微停顿了一下。辩护律师崔仁烨看了一下法官的脸色，趁镇久还没有说完，就提高了嗓门。

"证人的话再听下去也没有价值了，因为这本身就是相互矛盾的。就算是用这种方式杀人的，凶手也没有办法把被害人宣惠英装进汽车后备厢。证人去参加乔迁宴的时候，是亲自把食物和饮料从汽车后备厢里取出来的，并确认过后备厢是空的。然后被告人河成南直接把汽车开到了房子后面，停好车马上就出现在了玄关门口，这是证人自己证明过的情况。那么，服了安眠药睡着的宣惠英，究竟是在哪里，又是什么时候，被装进君爵车的后备厢里的呢？"

"所以我刚刚才提到，我们到那栋房子的时候，车里放的是白智英的歌，但是回去的时候，河成南开出来的车里面，播放的却是一首我不知道名字的流行歌曲。"

"什么意思？"

崔仁烨一下子蒙了，问了一句，就闭上了嘴。

"这究竟是怎么回事？"

这次换成法官发问了。

"河成南正在车里用 U 盘播放音乐，很明显听的不是电台。

我不久之前偶然得知，车载音乐有个特点。用U盘播放音乐的时候，突然关掉发动机的话，音乐就会停；重新启动车子的话，音乐就会从上次断掉的地方接着播放，也有的车载音响是从断掉的那首歌的开头重新播放。这么说来，我所了解的事实本身就是一个巨大的矛盾。这不是一种理论上的矛盾，应该说是在现实中根本无法实现的情况。那天河成南去停君爵车只用了十几秒，然后就出现在了玄关门口。结束了乔迁宴回来的时候，也是一样，只用了很短的时间就开着车出来了。那么，我们到的时候播放白智英的歌，出来的时候，播放的应该也是白智英的歌才对。不管是从断掉的地方开始播放，还是从头开始播放，都应该是白智英的歌。可是出来的时候，播放的却是一首奇怪的流行歌。就好像在那段时间里，汽车自己跑出去了很远，然后又自己开回来了。这个矛盾就是我在法庭上做证的内容。"

"的确很奇怪啊，可是这又意味着什么呢？"

都庆录小心翼翼地问了一句。

"如果我们在客厅里的时候，河成南或者金珠熙曾经出去过一小会儿，就可以说得通了。如果那时候车开过的话，就可以解释为什么换了一首歌。但是，我和海美都说过，他们两个人别说是出去了，除了去过几次洗手间，中间都没有离开过客厅。所以，只要没有第三共犯，那段时间，就不可能有人在外面开过车。

"当然，把我们送回去的时候，河成南到房子后面去开车出来的短短时间内，也有可能跳到下一首歌。我也确认过这种小概率的可能情况。但是很抱歉的是，我几天前，偷偷到河成南的车里，拔下 U 盘，看了一下里面的文件。就在河成南从房子后面开出来的那辆车里，我仔细听过了，包括白智英的歌在内，所有的歌都是 MP3 格式的，但是里面没有流行歌曲。也就是说，河成南在这段时间内，并没有手动换过歌。那么，唯一的解释不就只剩一种了吗？"

镇久说到这里顿了一下，环视了一下法官、检察官和辩护律师，但是他们都只是在等着镇久继续说，没有人想要站起来插几句。

"那就是有两辆车。两辆一模一样的黑色君爵车。"

"啊！""哦！"，法庭里到处传来低低的感叹声。

"他们应该是买了没有过户的二手车，车辆没有正常的手续，也无法辨明车主是谁。为了一场完美的犯罪，这点钱他们还是愿意出的。不过户的二手车，颜色和车型不能随意买到，所以他们应该是先买好了不过户的二手车，然后又以自己的名义，买了一辆跟二手车的颜色、车型一模一样的君爵车。为了方便说明，我接下来就用二手车指代没有过户的二手车，用君爵车指代他们以自己的名义购买的那辆手续正常的车。

"至于使用车辆的顺序应该是这样。那天下午，河成南去见宣惠英的时候，开的是那辆二手车。在某个地方把服了安眠药的宣惠英，用塑料或者防雨布一圈圈裹起来，装进后备厢里，然后回到南扬州市，把二手车停在房子的后面。之后，他开着君爵车去蚕室见我、海美，还有共犯金珠熙。他们要举办乔迁宴，却不提前准备好食物，直到乔迁宴当天，才去乐天玛特一包包地买回来，这是为了让我们确认后备厢是空的。我们也不过是从头到尾都被当成不在场的证人，被彻底利用了的傀儡罢了。总之，开着那辆车到了南扬州市以后，河成南把君爵车也停在了房子后面。"

"慢着，这么说的话，房子后面不就停着两辆君爵车了吗？装着宣惠英的二手车，和载着证人来的合法君爵车。但是证人那天去洗手间的时候，不是看到窗外只有一辆君爵车吗？"

检察官都庆录问。

"这很简单。我刚刚不也说过一个事实了吗？房子的西面没有窗户。"

"啊……"

"是的，只要把君爵车停在房子西边的空地上就可以了。因为西边没有窗户，虽然我们来参加乔迁宴会到处参观，但是绝对看不到那里。河成南只要把车停在那个视觉盲区就可以了，所以并不会花太长的时间，也不必去做'把藏在某个地方的宣惠英移到车上的复杂事情'。所以那天晚上，我去洗手间的时候，透过窗户看到的君爵车，不是载着我们去的那辆车，而是后备厢里装着宣惠英的二手车。"

"那么，他们把证人送回蚕室的时候，开的应该也是那辆二手车吧。""是啊，所以播放的音乐不是之前听到的白智英的歌，而是一首流行歌。不是他手动换了歌，而是整辆车都被换掉了。河成南说要把我们送回去，就把装着宣惠英尸体的那辆二手车开了出来。虽然汽车被偷偷换掉了，但是我们只会想到，那辆车就是我们去参加乔迁宴的时候，坐过的那辆'后备厢空着的君爵车'。虽然车牌号应该不一样，但是没有人会注意那个的，更何况，二手车第一次出现在我们面前的时候是深夜，根本也看不清车牌号。这样就让我们完全混淆了。被告人用装着宣惠英尸体的二手车送我们去蚕室，不到凌晨3点，把我们送到蚕室后，他们紧接着就开车去了安山市，并把尸体放在了K经济型公寓102号的玄关处，离开了。这样，在凌晨4点以前就能做完这一切了。想一下凌晨空荡荡的马路吧，他们的时间非常充足。当然，他们也把那把用过的水果刀带到了安山市，然后重新插在了尸体的胸口上。伤口本来就是用那把刀刺出来的，所以插上正好合适。

"利用两辆车，造成了不在场的证据，这真是一场巧妙的犯罪。连每一个细节都很严密呢，不仅准备了相同颜色、相同型号的君爵车，还装了相同的导航，还在我坐的副驾驶位子前面的仪表台上放了一模一样的粉红色兔子玩偶，让我理所当然地以为是同一辆车，却因为车载音响里的音乐不一样而露出了马脚。就因为那一首歌，全盘皆输。

"那天晚上，我们推辞过，但是他们却坚持要开车把我们送到蚕室，而且奇怪的是，连金珠熙也偏偏要坐到车上，当然，这是制造两人都不在场证据的必要条件。河成南开车送我们回去的时候，金珠熙可能开着另外的车，把尸体送回安山市，而金珠熙跟我们一起回蚕室，就让我们从一开始就打消了这种疑虑。'两位被告人一起开着没有装着什么尸体的、后备厢空着的君爵车，载着金镇久和朱海美，在凌晨3点左右到了蚕室'，只有制造出这样的事实，才能在'宣惠英被杀，尸体于凌晨4点被发现一案'中，制造出完美的不在场证据。河成南十分了解，自己居住过的安山市K经济型公寓住宅102号，凌晨4点就会有人去送报纸。所以他们把宣惠英的尸体放在玄关处，并让玄关门开着，只要血流出去，送报纸的人就能在凌晨4点发现尸体，这是他们算计好的又一个不在场证人。我和海美会证明凌晨3

点在蚕室的君爵车的后备厢是空的。如果相信这两种证词都是真的，那么被告人就不可能杀人。因为就算警察会推测到，被告人可能在南扬州市的家中如何如何杀死了宣惠英，但是他们不可能在凌晨 4 点前，把宣惠英的尸体运回安山市。如果警察问，他们是不是把尸体放在了南扬州市的家里，然后把我们送回了蚕室。但是从凌晨 3 点到 4 点，最多也就是一个小时的时间，不管开得多快，都不可能从蚕室出发，回到京畿道东边的南扬州市，装上尸体，然后再从南扬州市到达京畿道西边的安山市，所以这种推测是无法成立的。

"杀人时间和搬运尸体的时间，他们为不在场的证据上了双保险。他们相信，即使警察勉强起诉，只要他们在法庭上拿出不在场的证据，就可以摆脱出来，逍遥法外……

"被告人最近对待海美十分和气，也是有目的地接近她的，只是想邀请她去参加乔迁宴，让她成为被告人不在场证据的证人罢了。托他们的福，我的女朋友海美只是说出了事实，却冤枉地有了做伪证的嫌疑，让她好几天担惊受怕，吃不下饭，瘦得只剩下骨头了。"

坐在旁听席角落里的海美，一脸圆滚滚的，正伸长脖子看着镇久。

"有证据吗？证人凭什么做出这样的判断？请把这一部分

从询问证人调查报告上删除。"

崔仁烨站起来喊着说，但是他好像自己都知道，这对法庭上的任何一个人都没有说服力。他的喊叫反而只是让被告人更深地感受到了旁听席上冷冰冰的寂静。镇久回头扫了一眼旁听席，他之前看到的一边嘴角上扬、笑眯眯的那个脸庞黝黑的男人已经消失不见了。

检察官都庆录开口了。

"请辩护律师反驳金镇久先生今天的证词吧，就是不知道能不能反驳得了呢。至于证据？不管是被告人处理掉了，还是藏起来了，只要按照他们现在的那辆君爵车的特征，在全国搜查未过户的二手车，用不了几天就能搜出来。金镇久先生虽然是被告人的证人，但是他为了正义，完成了这件困难的事情。虽然被告人的犯罪计划堪称完美，但是在选择不在场证人的时候，却选择了最差的一个人啊。这一点，比起在选取音乐上的小失误来，是一个更大、更致命的失误。询问证人就到此为止。"

法官点着头对镇久说。

"证人金镇久先生，辛苦了。"

镇久从座位上站了起来，这时，被告人席上"哐"的一声，金珠熙拍着桌子站了起来，全身因为愤怒而颤抖。

"镇久！你有什么资格？凭什么去调查别人的事情！"

镇久离开了证人席，幽幽地回答说：

"因为你们招惹了海美。"

旁听席上的海美，忧愁一扫而光，扑哧地一声笑了出来。

通风管道

（一）

　　仔细打量着工厂的水泥外墙，仿佛在欣赏壁画一样。傍晚的朦胧烟雾中，我，黄奉圭留心注意着并不好看的公寓型工厂大楼，让人很难不会产生"真是个奇怪的家伙"的想法。但是我留心的并不是这栋建筑物本身，而是它里面如同动脉一般遍布着的通风管道。虽然从外面看不到，但是从1层到12层的外墙里面，就密布着相互连接的被称为管道的白铁通风管。

　　在城南市的上大院洞，新建了一栋公寓型的工厂大楼。承接这栋大楼的通风管道设备安装工程的公司，正是我打零工的那家公司。我的工作只是给当技术工人的大哥们善后，并悄悄地注意通风管设备的构造而已。

工厂大楼的每一层都有通风管道，通风管都横布在天花板上方，进口处呈一字形。每一层的通风管都聚集在大楼的一侧，然后有一根竖着的通风管，把1层到顶层都连接起来，最后在屋顶的通风管里实现换气。这里地处工业区，工厂和废气比较多，以开发商要求的"清洁的室内空气"为宗旨，在这栋大楼上安装了相对比较大型的通风管道设备。安装的正是在地下停车场里常见的那种型号很大的通风管，也就是说，通风管的尺寸可以允许一个成人男子在里面艰难地爬行。这家公司应该花了很多冤枉钱。

由于马路和周围建筑的原因，剩下了一块窄窄的狭长的土地。开发商非要在那上面挤着建一栋地下3层、地上12层的公寓型工厂大楼。这样一来，大楼就走样了，好像一座狭长的圈舍。就拿1层来说，从101号到109号，9个工厂办公室一字排开，天花板上面的通风管道，也是呈一字形安装的。

咔嚓咔嚓。

我正这么想的时候，不知道从哪里隐约传来如同幻听般的弹簧刀的声音。之前在这里安装换气设备的时候，也经常听到这个声音，让我神经过敏。发出这个声音的主人公，正是金昌怀。

他年过六旬，却依然虎背熊腰，肩膀宽阔，身强体壮。他和我一样，也是打零工的。但是我刚刚三十出头，年龄上的差距让我们并没有那么亲近。老金一到休息时间，就絮絮叨叨的，从怀里掏出折叠刀，咔嚓咔嚓地在手里把玩。他也曾因为携带凶器而经过几次局子，但是都玩成习惯了，改不了。看到上了年纪的男人却跟个孩子似的玩弹簧刀，应该会很搞笑，但是我却笑不出来，因为我知道他以前曾经在某个暴力组织里混过。他年轻的时候，甚至去日本学过怎么用刀，被称为刽子手。施工的某天傍晚，他喝米酒喝得心满意足的时候，大着舌头跟我透露了这件事。我来了兴致，叫了他一声"大哥"，然后把环着他肩膀的胳膊悄悄收了回来。

老金大概是在人生的某个时刻，下定决心，洗心革面的。应该说是浪子回头吗？他结婚了，也有了孩子，有了一个体面的家庭，但是他只会打架的刀法，在生鱼片店都用不上，所以勤恳的人生之路也并不平坦。说真的，他要是一直留在暴力世界里，可能早早地就被其他的混混，神不知鬼不觉地杀死在城市的某条小胡同里了。他并不平坦的人生可能比那要稍微强一点吧。但是人根本无法完全抛开"往年"，刽子手变成圣贤的事情，在电影里还是可能的吧。老金虽然很能忍，但是一生气，就会跟疯子一样失去理性。我曾经看到过他一下子掀翻酒桌，从怀里掏出弹簧刀的样子，直到现在，我还是觉得他很可怕。要是不走运的话，今天可能就会在某种不好的情况下见面了。

老金长得颇为凶狠，但是做每件事都很努力，这一点感动了开发商的头儿。那个顶着发展商会长头衔的老头儿，他大概是觉得老金上了年纪、有块头，又为人诚恳，很对他的胃口。反正会长老头儿没有看到老金不顺眼的地方。就这样，本来打零工的老金，在通风设备上工作的时候，被会长老头儿特别录用，摇身一变，成了建筑管理人。但是老金的这种幸运，让他成为我今天想做的事情上，唯一需要留心的绊脚石。

几乎在新建这栋大楼的同时，101号办公室就租了出去，并开始进行室内装修。这是一栋工厂大楼，与其说是室内装修，倒不如说是装修收尾工程。

"要在101号做什么工作啊？"

"说是什么宝石加工工序呢，跟外国一样展出宝石，还兼卖宝石呢，但是不知道能不能批准呢。"

一起工作的老工友就这么两句带过去了，但是那一瞬间，我的脑海里跟爆米花一样"砰"地炸开了。至于许可什么的，我并不需要了解。可能因为租了101房间的企业，工作十分紧张，所以收尾工作一结束，企业就把设备搬进去，开始工作了。101房间里，经过处理的宝石散发着绚烂的光泽，这一切总是在我眼前浮现，我根本无法不去想。虽然我身材矮小，身体干瘦，但是我曾经作为运动员参加过全国运动会。尽管上学的时间不长，但是我的头脑也还算灵活，经常觉得别人的东西就是我的东西。当然，这并不是指我会像珍惜自己的东西一样，珍惜别人的东西。

从101号到109号办公室，所有房间的门上，都挂着施工时统一使用的锁，钥匙则是在老金等管理人的手里。但是被分到101房间的公司可能还是不放心，换上了一把特殊的锁。从表面的防盗状况看，很难想出偷101号的方法。但是，这个商场里有漏洞。而在现场工作的我，知道得清清楚楚。

那个漏洞就是通风管道。

呈一字形排开的大型通风口，从101房间的天花板一直连接到109房间的天花板，对身体矮小的人来说，在通风管道里攀爬是一件很容易的事情。我等待的机会很快就到了。109房间就在紧急出口旁边，为了出入方便，109被当作一个临时仓库，存放清洁工具和剩下的室内装修材料。有一次，老金把109房间的钥匙给了我，让我去取一桶油漆。我趁那个机会，赶快去钥匙店里偷偷配了一把钥匙，虽然老金责怪我太慢，但是事情也就这么过去了。

大型通风管和运气不错弄到手的109房间钥匙。这不正是偶然心怀好意，为我准备的吗？如果 109 房间被分出去了，换了锁的话，我的计划就泡汤了。我必须尽快下决心，抓住这个没剩下多少时间的绝好机会。

　　我的计划是这样的。当然，我要用到通风管道。通风管道从 101 房间的天花板上面一直通到 109 房间的天花板上面。在 109 房间，通风管的方向变成竖的，竖直直通 12 层，连接到楼顶的通风口进行通风。这样的话，就不能从楼顶的通风管进去。如果我把屋顶的通风口拆开，从那里进去的话，那么迎接我的就是从 12 层到 1 层的自由落体。因此，我只能从 1 层的通风管道下手。

　　整栋工厂大楼，101 房间前面的大厅里有一个正式的门，旁边还有一个管理室。不过最头上的 109 房间旁边的走廊里，还有一个通向大楼后面的紧急出口。我必须得避开 101 房间那边的门，从 109 房间那边的紧急出口进去。因为通风设备施工的时候，经常要走那个紧急出口，所以我早就找了个机会，把钥匙配好了。所以我的计划就是这样：从紧急出口进去以后，用配好的钥匙打开 109 房间进去。拆开 109 房间的通风口，然后沿着通风管往 101 房间爬过去。从 109 房间到 101 房间的通风管道是呈一字形连接的，所以我根本不用担心在爬的过程中会迷路。爬到头就到了 101 房间的天花板，把天花板上面的通风口打开，出去就可以了。装好宝石，我再从 101 房间的天花板沿着通风管爬回 109 房间，然后从 109 房间的天花板上出来，从紧急出口出去就大功告成了。

我唯一还需要准备的，就是爬到天花板所需要的折叠式梯子。我身材矮小，又十分敏捷，可以在通风管里灵活地攀爬，这是我天生的优势。至于通风管道的构造，我早就在施工的时候记在脑子里了。

基本上没有什么危险。基本上？当然并不是完全没有危险。就因为那个刽子手老金……要是碰上老金值班就有点难办了。想到他那高超的耍刀手艺和火暴的脾气，我心里也不禁直突突的。老金并不是唯一的保安。从早上 6 点到第二天早上 6 点，是由两个人轮流值班的。但很可惜的是，我还没有确认好老金是什么时候值班。要是我在今天动手的话，就得心惊胆战了……但是我没有那么多时间去一一确认了。

我一直等待着晚上的到来。虽然已经是晚春了，夜里还是冷飕飕的。为了方便在狭窄的通风管道里攀爬，我只穿了一件 T 恤，浑身凉飕飕的。我全身上下都穿了黑色。虽然是新建的大楼，但是通风管里的灰尘应该会很多。虽然是晚上，但是如果穿着白色的衣服，被蹭黑了以后还是很显眼的，我不必冒这个风险。

　　我确定了周围没人以后，溜到大楼后面，只见市中心路灯的余光照着 109 房间旁边的紧急出口。白天的时候，我已经悄悄地把折叠式梯子放在紧急出口旁边了。大楼刚刚施工完毕，所以就算有人看到大楼后面有架梯子，也不会觉得奇怪。新配的钥匙没那么好用，但我还是很快就把紧急出口的门打开了。我搬着梯子蹑手蹑脚地进了大楼里。109 房间就在紧急出口旁边，我用配好的钥匙打开门进去。109 房间里面没有任何防盗措施，室内装修材料和椅子之类的东西堆在一个角落里，房间里飘着一股油漆和木材的味道，显得很冷清。

　　我把梯子放在中央，爬上去，用螺丝刀把通风口拆开。通风口的盖子是比较常见的类型，一圈铁板里面固定了致密的铁丝网，所以在拆开的时候花了点时间。我最后用力打开的时候，发出了"啪嗒"的声响。声音不大，但在深夜里还是显得有些响亮。我停下手里的动作，等了一会儿，所幸周围一直很安静。我小心翼翼地把拆下来的盖子放在了地上，这个过程没有再发出任何声响。我钻到天花板上面，这并没有想象中那么容易。方形的通风管本来就很狭窄，我好不容易钻到里面去，打开了小小的 LED 手电筒，朝前面爬去。在爬的过程中，手里拿着东西不方便，所以我直接用嘴叼着手电筒。这个过程花的时间比想象中要长。虽然 109 房间离 101 房间很远，但我还是压抑不住心底的紧张。这个时候，在深夜的黑暗中，又是在最最黑暗的通风管道里面，除了我，又会有谁在这里面辛苦地爬行呢？待会儿就能弄到手的宝石就是我这番努力的结果。这和通过抢劫不劳而获是不一样的。

漫长的爬行后，我终于来到了一个死胡同的地方。现在我就在 101 房间的天花板上面，身子底下就是通风口的盖子。透过缝隙，101 房间里一片漆黑，只能看到通风口正下方放着一张大大的灰色工作台。我关掉手电筒，掏出螺丝刀伸到盖子的缝隙里，斜撬一下。伴着一声沉闷的"吭"，通风口被打开了。完了！本来应该拿在我手里的盖子，一不小心掉了下去。

哐！当啷……

盖子砸在工作台上，又弹到地上，发出巨大的响声，声音像湖水的波纹一样沉沉又缓缓地传了开来。

我像被冻住了一样，全身僵在那里，我等了一会儿，周围还是很安静。我放下心来，下到 101 房间里。这是一个很大的办公室，差不多有 165 平方米。我用手电筒照了照周围，放着加工机器的工作台就有好几张，展柜在一个角上，呈直角状。因为是晚上，宝石都收起来了。展柜的玻璃可能和防盗装置连接在一起，如果打破的话，会有大麻烦。我看到展柜下面的柜子被锁起来了。宝石会不会在这里面呢？我开始用螺丝刀撬柜子上的锁。

就在这时，101 房间外面传来可怕的脚步声。脚步声在 101 房间前面停了下来。我的心里一片冰凉。看来刚才通风口盖子掉下来的声音被听到了。会是保安吗？听脚步声这么沉稳，会是老金吗？

咔啦，房门处传来开锁的声音。他妈的，这个保安不管是老金还是其他人，我偷东西的事情都会被泄露出去。要是还不放弃就在眼前的宝石，就会发生让我后悔一辈子的事情了。我赶紧把柜台处的椅子放在通风口下面的工作台上。就在我爬上椅子，刚把头伸进通风口里面的时候，101 号的房门一下子被打开了

"谁啊！"

他一进来就大喊一声，打开了开关，灯立马亮了起来。刚把头伸进通风口里的我被吓了一跳，扭头看过去。他也被吓了一跳，望向我。他妈的，是老金！

老金一下子瞪大了牛眼，看到是我，就叫了起来。

"你！黄奉圭！你这个浑蛋！"

我的心里直打鼓，一下子窜到通风管里面去了。刚刚在

109 房间里，往通风管里爬的时候多少费了点劲儿，但是在现在这种紧急状况下，我"嗖"地一下子就钻了进去。我只能拼命地往前爬。101 的房门被可怕的老金堵住了，现在只剩下爬通风管道这一条路了。"求你了老金！就放过我吧！我会悄悄回去的！"我心里这么祈求着。

但是现实跟我所期待的却完全相反。老金因脾气火暴而出名，他的做法把我吓得要抖成筛子了。"哐当！"铁板瘪掉的声音从我身后传来，我朝后瞥了一眼，我熟悉的巨大身躯把通风管塞得满满的——老金也爬到通风管里面来了！

"黄奉圭！你这个浑蛋！给我站住！"

从身后传来的震破耳膜的喊声把我吓得肝胆俱裂，魂飞魄散。

看来老金的脾气爆发出来了。自己好不容易才获得了一份稳定的工作，却要因为我这个年轻的家伙偷东西而泡汤，他可能想到这里就忍不住了。

"咔嚓。"

身后传来了记忆里让我毛骨悚然的声音。我脊背发凉，叼着手电筒朝后看去。老金掏出了弹簧刀，正握在右手里。手电筒照着他瞪圆的眼睛，里面一半是白色的眼珠，一半充满了怒火。完了。老金疯了。他有可能用那把刀杀死我的。就算不杀死我，万一他在后面割断我的脚腕，怎么办？

我的脚腕已经感受到寒意了。我拼命地爬，心情焦急的我，手脚并用，乱蹬乱窜。万幸的是在通风管里，还是我爬得更快一点。对身材瘦弱的我来说，还是有更有利的空间的。通风管是方形的，上下左右都大概有60~70厘米。身材瘦小的我可以顺利地前进，而老金宽阔的肩膀正好卡在狭窄的通风管道里，看起来很艰难。

在深夜的通风管里，展开了一场赛跑。虽然我跑得更快，却是被追赶的一方，心理上的压力让我处于极度的不利地位。直线延伸的通风管怎么爬都看不见尽头。禽！这是一栋蛇形的长长的工厂建筑。109房间究竟什么时候才能出现？只要到了109房间，我从打开的通风管下去，然后从紧急出口逃出去就好了，这样老金就再也追不上我了。在麻利方面，还是我比较有优势。

慢着。

假设我已经逃出去了。但是老金知道我是谁，对他来说，我并不是一个第一次见面的无名小偷，而是跟他一起在安装工程的时候一起工作过的黝黑的后辈，他知道我叫黄奉圭。被逮捕只是时间问题。要是因为这件事进去的话，这得在里面待几年啊?.

在追着我的刀子底下，我拼命逃跑的同时，满脑子都是各种想法。在遇到危险的瞬间，脑海里一片空白什么的根本就是扯淡，反而有很多算计在那一瞬间涌了出来。不管怎样，我都看不到亮光，在通风管里是这样，我今后的人生也是这样。

为什么今天值班的偏偏是老金呢？只要值班的不是他，那该有多好啊，只不过是偷不到宝石而已嘛。就因为今天值班的是老金，我还不知道得吃几年牢饭呢！他妈的！应该提前确认一下今天的保安是谁，就因为这个小小的懒惰，整个计划都出现了大漏洞。真是，只要不是老金……

慢着，只要不是老金？……只要没有老金？只要把老金弄没了？

到目前为止，除了老金谁都不知道。老金还没有给警察和安保公司打电话，火暴的脾气被激了起来，直接来追我。他被气疯了，他相信自己的块头和耍刀手艺。我知道我必须要逃走，但是……不能把老金做掉吗？

不管怎么想，我都觉得没有胜算。我们在体格和武器上的差异，完全可以超过三十几岁和六十几岁在年龄上的差异。但是不管怎样，只要做掉了老金……

老金现在什么都看不到。他很有可能不光是想要抓住我，如果现在我光顾着匆匆忙忙地逃走，说不定反而得挨老金的刀子。得在这里决战才行！不逃了！正面决战吧！然后把老金做掉！"拥有大猩猩肌肉的专业刽子手老金"又算得了什么！这可是在通风管里面！做掉老金吧！拥有大猩猩般的肌肉的专业刽子手老金，和我这个身材矮小的小偷，进行一场正面的决战吧！

想到这里，我蜷缩的身子一下子停在了原地。我往后瞥了一眼，通风管里传来哐哐的响声，但是在黑暗中根本看不到老金。我再次把手电筒叼在嘴里，一只手握紧了螺丝刀。

对！他妈的！只要把螺丝刀插在脖子上，别说是老金了，就是一头野猪也得倒下！

（二）

"你好，我是设计专业的朱海美。"

"你好，我叫金镇久，你真漂亮。"

这是很快就要就业的大四学生的最后一次相亲会。镇久是个第一眼看上去就很有好感的相亲对象。高高的鼻梁给人一种在某个领域会很厉害的感觉，而单眼皮的眼睛给人一种素净善良的感觉。这应该是个有着某种志向，而又在这一领域有些底蕴的男人吧？海美对镇久的外貌有很好的印象，自己这么想象着。镇久高高的个子让海美很满意，V 领 T 恤外面搭了一件轻便的短上衣，这种时尚感也合格了。这时，镇久的一句"真漂亮"

的称赞，而不是她听腻了的"真可爱"，虽然会有点腻，但是让她心情很好。

"你叫金镇久……不知道为什么，这个名字很亲切呢。你是什么专业啊？"

"我曾经是经济学专业的，第二专业还学过法学。"

"那你的大学生活过得很充实，学习很努力呢。可是，为什么都是曾经呢？"

"我上了三年就退学了，那个，没有交学费，也不去上学，学校就当成自动退学处理了。"

吹大的气球"咻"地平静下来。海美很失望。虽然毕业证并不重要，但是不管喜不喜欢大学的学习生活，毫无原因地退学，是不是说明了他意志薄弱呢？镇久可能读懂了海美的表情，接着道：

"我想要尝试一下不同的人生。"

"啊，这样。"

海美都懒得问那种不同的人生是什么样的。她适当地控制了一下表情，开始思索怎样才能迅速离开。

"大学毕业以后，在一个差不多的公司找份工作，差不多结个婚，生个孩子——本来的人生应该是这样的吧，但是这种生活对我并没有什么吸引力。我觉得只要具备一些想象力，还是会有不同方式的人生。"

"难说呢，会有什么样的事情发生呢？"

镇久的话一直滔滔不绝，海美没头没脑地问了一句。

"骑着大象翻越阿尔卑斯山，虽然几乎不可能，但是如果成功了的话，就能像汉尼拔将军一样给古罗马重重一击。我们卑微的人生，最后的结果也有可能像他一样呢。"

"你有买大象的钱吗？"

镇久絮絮叨叨了好久，说的都是一些不具体的东西。海美只是马马虎虎地应付两句"嗯，嗯"。镇久说的都是些一离开这里就会被海美忘掉的东西。毫无意义的30分钟就这样过去了。忍不下去的海美突然扔出来了一句话：

"可是，在我听来，只有一句话，就是你讨厌学习。"

突然，镇久正色道：

"我喜欢你。"

"什么？……第一次见面就对我说这个，你是不是太勇敢了？"

海美特别无语，失笑道。

"我喜欢你毫不做作的性格，当然也喜欢你的美丽。大大的五官，不高，身材却很好，我喜欢你的一切。"

"我真是！你知道你现在站在称赞和性骚扰的分界线上

吗？"

"我是真心的，我最讨厌的事情就是性犯罪。"

"哦，知道了，那就当你是称赞我了，谢谢。不过今天，我本来家里有事儿，结果忘了就出来了，我现在得回去了。今天很愉快，再见。"

镇久连忙摇了摇胳膊。

"咱们刚刚见了30分钟呢。"

"我真的有事儿，家里发生了不太好的事情。虽然我帮不上太大的忙，但是也不能这样安安心心地自己出来玩。"

海美要离开的真正理由是对镇久不满意，不过家里有事儿也是真的。大伯的大楼里发生了一件横死的命案。大伯开了一家发展商公司，正是这栋公寓型工厂大楼的开发商。虽然名义上是开发商，但实际上，他对这个工程所知并不多。只要任命对建筑领域很熟悉的人施行整个工程就可以了，所以大伯只是凭借运营资金借了个开发商的名头。但是大楼刚建好，有个叫金昌怀的保安就在大楼里横生变故。保安被杀了。发生了这样的事情，作为名义上的开发商，所有的责任就都落在了大伯身上。可是奇怪的是，说是抓到罪犯了，但是警察却一直拖着没有结案，时间也就一直拖了下来。结论模糊不清的话，就会出现各种纷争。本来，光是开发商的保安死了这件事，就够大了，更别提死者家属还缠上了作为开发商会长的海美大伯。"建筑公司实际上不就是你一个人的公司吗？"家属要求大伯个人负责，"反正一开始就是你们开发公司的一个沙子一样的小小职员，我们不管，就得你负责！"家属还威胁要以"工作过失致死"为由起诉，大伯一家不仅被卷进了民事问题里，还被卷入了刑事问题里。虽然大伯还有一个儿子在德国，但已经和当地的女人结婚了，人不在家，心也不在家，根本帮不上忙。

在束草的爸爸对海美下了命令："晚上的时候，去你大伯家走一趟，你也去安慰安慰他们。"这是给海美付生活费的爸爸下的命令，所以是死命令。就算不懂法律也不懂人情世故的海美并不能带来实际的帮助，但是活泼可爱的年轻侄女在身边的话，应该也能带来些许的心里安慰吧。虽然天有点晚了，但海美还是想顺便去一下大伯家。虽然她原来打算的是，如果镇久是个很不错的男人，就再晚点去大伯家。

"海美小姐，你不是说你自己一个人住在蚕室吗？可是你刚刚说家里有事？"

"是我大伯家出了事儿。"

"请问出了什么事啊？"

镇久一副打破砂锅问到底的架势，看来不仔细说说，是没法轻易说得过去了。海美没办法，只能简略地把事情的经过说了一下。镇久听完，立刻说：

"我跟你一起去见你大伯怎么样？"

"什么？为什么？"

"不管怎么说，我的第二专业都是法学，而且学了三年呢，说不定能帮上忙。我还有个很熟的学长是辩护律师。"

耳根子软的海美被这一番话迷惑了，其实，比起镇久学过法律这个事实来说，他认识一个很熟的律师这一点更能打动海美。反正不是自己的家，就算让镇久知道地址也不会有什么坏处。而且虽然镇久作为一个男人，的确不怎么样，但是看起来很善良，也不会干什么乱七八糟的坏事，起码还是个"无害"的男人。海美是这么想的。

"好吧，那我就相信你一次，虽然不知道这是不是你的新泡妞方法。总之，如果帮不上忙，就立刻解雇你。"

"你是法学专业的？"

海美的大伯朱兴福对端端正正地坐在对面沙发上的镇久不太信任地问。海美隐藏了镇久退学的事情，就是为了最大限度地维持他的可信性。坐在海美身边的朱兴福的妻子用布满皱纹的手把茶杯推到镇久面前。

"是的，只要您开口，我就尽力帮您，如果我水平不够，我还有个学长是很厉害的律师，我可以把他介绍给您，让他给您算低一点律师费。"

"好……光听你说就觉得很靠谱呢。"

朱兴福叹了一口气，叹息般地说：

"死了个人呢……"

"人是怎么死的呢？"

"人活在世，真是什么事儿都能遇上。死在了工厂1层的通风管道里。只是把通风管做得粗了一点，谁曾想到就出了这档子事儿。保安老金在通风管里被凶器扎到脖子死了。说是追小偷的过程中被杀死的，凶手也已经抓住了……"

"那还有什么问题啊？"

"不知道啊，警察一直磨磨蹭蹭的，虽然已经抓住凶手了。我问是什么情况，警察就说让我再稍微等一段时间，说是还有困难。我跟那个负责这件案子的刑警很熟，可是他也就跟我说了这么多。事情就这么搁下来了，结果死者家属却来大闹，说什么是因为给我们当保安才死的，属于殉职，要赔偿损失，还说要刑事起诉。我还是第一次遇到这种事，心里完全没有主意。因为结论一直没有明确出来，才会有后面这些事儿。不管怎么说，警察都应该弄清楚才行啊……"

"您跟负责的刑警熟悉吗？"

"嗯，那个刑警叫李澈勇，以前帮过我们的呢，也不知道这次是为什么把事情搞成这样，到底是调查了没有啊。"

朱兴福的话里透露着对刑警的不满。

"请您介绍我和那个刑警认识吧。"

"哦？要不就介绍你们认识吧？"

朱兴福布满皱纹的脸上恢复了一点血色。年迈的他觉得不管是谁，只要能出面把事情解决了，就行了，镇久主动站出来，正是他急切盼望的。就像抓住了一根救命稻草。海美作为试探带回来的这个男孩，出乎意料的热情，这让她心里隐隐地有些痛快。为了得到我的心，还挺努力的呢。反正应该也是做做样子，还有点可爱呢……

警察没能迅速表明立场，李澈勇刑警的搜查也一直迟迟不前，这让陷入困境的海美大伯心里对他们有了怨恨。但其实，李澈勇刑警也面对着让老人无法理解的困难，陷入了苦恼中。凶手被抓住了，但是凶手却打出了一张出人意料的挡箭牌。

（三）

"人不是我杀的。"

"什么？都这个情况了，你还想抵赖？你这个家伙！"

听到犯罪嫌疑人堂堂正正地抵赖，血气方刚的刑警队老小的脸上一下子涨红了脸。身材矮小、结实的李澈勇用缓慢的手势制止了小刑警。作为城南市中院区警察局的刑警队长，李澈勇假装平和，其实心里还是觉得很为难。证据非常丰富，可是被捕的黄奉圭却一直巧妙地否认自己采用了一种困难的方式进行犯罪。

"我的确是想偷宝石才进去的，但是我被金大叔发现了以后，只不过是逃跑了，绝对没有杀人。你们认定是我杀了金大叔，可是我究竟要用什么方法才能杀死他？"

如果找不出具体的作案方法，就无法起诉黄奉圭。光凭借"在何时何地杀人"这个借口，当然无法起诉，必须还要有"以何种方式"这一要素。但是犯罪嫌疑人黄奉圭十分清楚"以何种方式"是这件案子的弱点。直到逮捕他的时候，警察还一直以为他不过是个不小心杀死了人的小偷，后来才惊讶地发现，他还有很多不一般的地方。他虽然身材矮小，但是并没有那么弱小。

第一次到现场去的时候，李澈勇觉得鉴定和现场保护是最难的工作。刑警们也很为难。案发现场在 107 房间，房间里堆满了梯子、桌椅等杂物，不方便出入，但是刑警们的为难却另有原因。通风管里的尸体？这究竟要怎样调查现场啊？其实，要说起为难来，鉴定组的人更为难。他们首先好不容易打开通风管的盖子，把保安金昌怀凌乱的尸体从通风管里拽了出来。这项工作并不简单。鉴定组的组员嘟囔着：

"身体太强壮了，也是个问题啊。"

"是啊，通风管几乎都被堵住了。"

本来就是肌肉男的金昌怀，死后身体僵硬了，尸体趴着，塞满了近似方形的通风管。那是一根从101房间通到109房间的一字形通风管，被刺中脖子的尸体，是在107房间天花板上面的通风管里被发现的，恐龙一样的脖子就倒在通风口处。

警察推测尸体在夜里死亡，发现尸体的时候，已经是尸体死亡的夜里过后的第二天上午时分。跟金昌怀换班的保安李训成发现，应该跟自己换班的金昌怀不见了，觉得很奇怪，等他打开101房间的房门进去，却发现通风管的盖子被卸了下来掉在地上，工作台上放着一把椅子，于是他连忙去检查其他的房间。把房门一一打开进行检查的李训成，发现血透过107房间天花板上面的通风管缝隙滴落在地上，形成令人触目惊心的图案。他用颤抖的手打开电灯，抓着乱跳的心脏，用手电筒照向通风管的铁丝网，仔细看去，紧接着，他不自觉地打了个嗝，发出了一声"嗝"。透过黑漆漆的铁丝网，他的视线正好对上了翻着白眼死去的金昌怀的脸。

按照鉴定组复原的情况，金昌怀是在通风管爬的过程中，头偏向右侧死去的。仔细观察金昌怀的头部，警察发现金昌怀左侧的脖子上有一个锥子状的凶器深深地刺进去留下来的伤口，血就是从那里流出来的。血可能是喷出来的，连金昌怀的身前都积了一滩血。

虽然没有发现凶器，但是很显然脖子上的伤口就是死者致命的原因。金昌怀的两条胳膊直直地伸向前面，像是在跟人搏斗，右手里紧紧地握着一把弹簧刀。很明显，在通风管里，拿着刀追小偷的金昌怀，和拿着凶器的凶手进行了一场决战，结果输了，把命都搭了进去。

"应该是在通风管里和凶手搏斗的过程中死去的吧？"

"真像是电影里的场景啊。"

刑警谈论着，并努力行动起来。107 房间的通风口盖子被放在一个角落里，刑警队长李澈勇却看着上面的一个小孔陷入了沉思。

警方介入调查之后没几天，就锁定了犯罪嫌疑人。

在工厂大楼设备工程的承包公司里打过零工的黄奉圭。那天晚上，在城市残留的熹微灯光下，有人目击黄奉圭行色匆匆地从工厂大楼里离开。杀死金昌怀的凶器并没有被找到，不过反正是杀人后被凶手藏在了一个只有自己知道的地方。警察搜查过黄奉圭的自炊房①，没有找到他当天穿的衣服、手套和鞋

————————————

①自炊房是韩国的一种居住形态。

子等，应该是提前处理掉了。看来比起黄奉圭的家来，在通风管里才能找到绝对证据。警察在通风管里发现了几根头发，经过 DNA 检测，发现是黄奉圭的。黄奉圭想要偷东西，就通过 109 房间的通风管进入 101 房间，途中被金昌怀发现，重新逃回通风管里，金昌怀也跟着进了通风管去追他。这些事实已经准确无误了。

还有，金昌怀就死在通风管里。

在这种情况下，警察相信，犯罪嫌疑人黄奉圭只要不是傻瓜，肯定就不会否认自己的罪行。但是黄奉圭却击中了这件案子的要害。

"我的确是想进去偷东西来着，也的确是被老金大叔发现了以后，从通风管里逃出来了，但这就是全部。我拼命逃到 109 房间的通风口那里，下来以后就从大楼的紧急出口那里逃走了。"

"除了你没有人会杀死金昌怀！"

"至于这些我就不知道了，反正我绝对没有杀死金大叔，也没法杀死他啊。金大叔在通风管里拿着刀追我呢，我身体再怎么小，都没法在里面转身啊。反而是金大叔在后面攻击我，我只能单纯地被攻击罢了。可是如果是我杀死了金大叔，我要用什么方法才能杀死他？在当时那种情况下，我为了活命，只能在通风管里拼命地往前爬，什么搏斗不搏斗的，连这种念头都没有啊。况且，金大叔的身体非常强壮，就算跟金大叔打起来，我这种人要用什么方法才能打赢金大叔呢？而且我身上一个伤口都没有啊。"

看着泰然自若地否认杀人的黄奉圭，李澈勇转了转舌头，心里只能叹服，这黄奉圭比想象中脑袋灵活得多啊。

虽然偷东西的事儿被很不走运地发现了，但是黄奉圭想免除自己杀人罪的拼命抗辩，还是十分有效的。被追赶的黄奉圭身上连个小伤口都没有，他怎么可能在通风管里杀死金昌怀？如果找不到这个问题的答案，就很难以杀人罪起诉他了。

黄奉圭十分清楚自己只能承认的部分和可以否认的部分分别是什么。进去偷东西是无法否认的，被金昌怀发现后从通风管里逃走，这也是只能承认的部分。因为在通风管里发现的毛发的 DNA 检测结果摆在那里。但是杀人就不一样了。黄奉圭没有在案发现场留下一滴血，而且凶器没有被找到。

"不管怎么说，除了这一点，还是有可信的部分的。"

刑警队长李澈勇慢慢地摇着头，使了个眼色。一位刑警走出审讯室，过了一会儿又回来，手里拎着一个粗大的通风口盖子。

李澈勇接过那个盖子，推到了黄奉圭面前。

"这是什么？"

"107 房间通风口的盖子。"

"所以呢？"

李澈勇静静地指着那个被拆下来的盖子。铁丝网上有一个小孔。

"这个小孔一看就不是自然产生的，而是用锋利的东西刺出来的。而这个孔的位置离金昌怀的脖子被刺的地方不远。"

按照刑警队长的假想进行复原的结果是，金昌怀的脖子上被刺出来的伤口和通风口盖子上的小孔位置一致。

"您想说什么啊？"

"你也可能杀死金昌怀。你到 107 房间里去，来到通风口盖子下面。不管是用梯子还是椅子，你爬到上面，拿着凶器，注意着天花板上的动静，然后等待着。在通风管里趴着往前爬的金昌怀的脖子位置出现的时候，你就从铁丝网的缝隙里把凶器刺了过去。用的应该是偷东西的时候用过的螺丝刀之类的东西吧。无论金昌怀多么厉害，在往前爬的时候突然被刺中脖子，也没有办法啊。"

黄奉圭看着面前的通风口盖子，脸都皱了起来。

李澈勇在案发现场发现了 107 房间通风口盖子上的小孔，

所以推理凶手的作案方式为：凶手到 107 房间里，穿过通风口盖子上铁丝网的缝隙，用凶器刺死了爬行的金昌怀。但是一直审讯到刚才，他都避开了这一部分，只说金昌怀在通风管里被刺中脖子死了。他一直在等着黄奉圭抗辩说"我没有在 107 房间通过缝隙杀死金昌怀"。如果他黄奉圭说出这句话，那么可以确定凶手就是黄奉圭，因为这算凶手自己说明了具体的作案方式。但是黄奉圭却一副什么都不知道的样子，一直辩解道："我在通风管里逃跑的时候，怎么可能杀死金大叔？"看来他不是个莽撞的人，在警察亮出底牌之前，他连自己底牌的边缘都不会给警察看。最后，李澈勇选择进行正面攻击，把杀人方式公布开来。

黄奉圭把视线从眼前的通风口盖子上移开，好像回过神来似的大喊起来：

"我没有！"

但是黄奉圭高喊的声音却在发颤。李澈勇像是要盖过他的声音似的，也提高了嗓门：

"我们从这个小孔的边缘检测出了少量金昌怀的血，应该是你刺中他的脖子以后，拔出凶器的时候沾上的吧，你以为警察会错过这一点吗？"

突然蜷缩了一下的黄奉圭立刻就恢复了之前的态度。

"又不是去抓一只老鼠，这可能吗？在那么黑暗的地方，能看到爬行的人的脖子吗？"

"透过铁丝网的缝隙完全可以看到，你要么就是打开了电灯，要么就是带着手电筒吧。"

"你们为什么就断定是我杀死了他呢？"

"你在开玩笑吗？会杀死金昌怀的人，除了你这个偷东西被追的人还会有谁？"

面对李澈勇的穷追不舍，黄奉圭稍微转开了视线，然后好像突然想到什么似的，提高了嗓门：

"你们休想抓住了我这个小偷，就想让我去做替罪羊！我没有 107 房间的钥匙，根本就进不了 107 房间！"

"你应该是偷偷配了 107 房间的钥匙吧，能配得了 109 的，难道就配不了 107 的？"

"不是的，109 的钥匙是我趁金大叔让我跑腿的时候配的，但是 107 没有啊，你以为我配钥匙能跟买冰激凌一样啊？冰激凌的颜色可以随便挑，难道钥匙还能随便配啊？而且，如果我有 107 的钥匙，我从一开始就拆开 107 的通风管，从那里进去就可以了啊，有谁会在那根不方便的通风管里，非要从 109 爬到 101 啊？"

黄奉圭瞪大眼睛辩解着，李澈勇的话被堵住了，黄奉圭说的有道理。李澈勇暂时中断了对他的审问，把管理人李训成叫来，问了一下钥匙的保管情况。他的回答让李澈勇很失望。

"钥匙不可能被偷出去。"

"你为什么这么肯定？"

"现在正在往外卖房间呢，如果钥匙的保管疏忽了，我们这管理人也不用干了。我们现在是采用保险箱保管钥匙，有两三重保险呢。"

李训成仿佛被伤害了自尊心一般，生硬地回答说。

十分自信地准备好了一切的警察遇到挫折了，就因为黄奉圭不可能进出 107 房间这一点。李澈勇很泄气。

其他的刑警也七嘴八舌地说起来。

"受刺激了啊，看情况肯定是黄奉圭啊，没跑儿。"

"嗯，本来都快问出来了，真郁闷。"

李澈勇很郁闷，咕嘟咕嘟地一连喝了好几口水。

"明明连作案手法都找出来了啊，可是却找不到他进入 107 的方法。"

"这样就没法把他送上法庭了啊，辩护律师不会放过这一点的。"

"黄奉圭没法进入 107 房间，所以他不是凶手——律师应该会抓住弱点这么辩护吧。"

"通风口盖子上的小孔会不会是有其他的用途呢？"

"其他的用途？"

"那个……我就不知道了。"说话的刑警面露惭色，闭上了嘴。

弄不清作案方法的话，就无法起诉黄奉圭。就算是到了法庭上，也很可能会被辩护律师的无罪主张击倒。不，检察官那里就不会承认这些调查，更别说向法庭起诉了，只会一个劲儿地下达调查的命令吧。李澈勇很为难。一开始的时候，因为黄奉圭有偷窃未遂的罪行，所以在逮捕的同时，上面就批准了拘留令。但是在法律上，警察最长的拘留时间也不过是 10 天而已。在这 10 天内，究竟能找出黄奉圭是怎么进 107 房间杀死了金昌怀的吗？如果找不出来的话，杀人罪就会翩翩飞走，只能以偷窃这一项罪名起诉黄奉圭，还会背上"把看起来很无辜的人当成杀人犯胡乱进行调查"的污名。

（四）

"这真是一栋有趣的建筑啊，在圈舍一般的大楼里居然还装了超大型通风管道。"

镇久对大楼的外观和通风管道的结构表现出了极大的兴趣，海美只是直愣愣地站在他身边。

这是一栋狭长的大楼，就像是在一片建筑里面加了个楔子。虽然从表面看不到，但是里面安装了超大型通风管道，贯通了天花板上面的空间，一直连接到屋顶。镇久就好像看到了一堆庞大的乐高积木，视线里充满了好奇，除了好奇，什么都看不出来。李澈勇用矮墩墩的身子殷勤地为镇久介绍着，心里却开始后悔了，"白带他来了啊"。

李澈勇以前还是刑警的时候，朱兴福曾经帮过他。他们一家差点沦落到睡大街的时候，朱兴福借给他全税房子的押金，让他们一家避免了露宿街头。虽然当时，他心里着急，一下子借了一笔很大的钱，也还是稍微怀疑过"这不会是为了贿赂我，才借给我的吧？"但是朱兴福从来没有问过关于警察的事情，甚至一句都没提过什么时候还钱。尽管一直过了六年，他才把所有的钱分批还回去，但是会剩下自己心里的感激和一份厚厚的人情债。

朱兴福的工厂大楼里一发生命案，他就觉得现在轮到他帮老人了，把案子接了过来，却不曾预料到，这次竟然陷入了一场伏击的苦战之中，甚至都没办法向朱兴福说明其中的道理。

警方的调查没能迅速得出结论，朱兴福因此被金昌怀的家属缠上了，这些他都知道。虽然朱兴福并没有表现出来，但是从朱兴福的立场来看，他心里肯定很不高兴。

朱兴福给他打电话，拜托道："死者家属说要起诉我，所以我没办法，就请来了一个人。他是一个很懂法律的年轻人，你把情况仔细跟他说说，让他准备一下诉讼吧。"李澈勇反而很欢迎镇久的到来，虽然没有办法过多地公开调查内容，但这是个可以让老人明白警察为什么一直没能下结论的好机会。

他和朱兴福的侄女海美，还有镇久一起见面，吃了个晚饭。海美是个活泼可爱的女大学生，但是对案件本身并不怎么感兴趣。对海美来说，比起解决这件案子来，她更担心的是大伯的情绪和身体。那个叫镇久的年轻人给人的印象很好，看起来很聪明。趁一起吃晚饭的时候，李澈勇把情况大概讲了一下，镇久立马就听懂了是什么意思，李澈勇都不用重复警察在法律上和现实中遇到的障碍。

虽然李澈勇希望的是镇久回去以后能委婉地向朱兴福解释一下，镇久却突然说想要去现场看看。海美也毫不犹豫地附和着镇久的话。虽然他们两个看起来像是提前商量好的，但是顾及到朱兴福的颜面，而且两个人又看起来很聪明，李澈勇没有冷漠地拒绝他们，而是带着镇久来到了这栋大楼。但是真正来到现场的镇久，看起来却不过是个观众。

镇久长腿阔步，绕着工厂大楼的外围转了一圈，然后从大楼的大门进了盗窃现场101房间。宝石暂时被清理掉了，只剩下空空的展柜。镇久仿佛一个来现场学习的学生，用生动的眼神打量着房间，问道：

"尸体在哪里呢？"

李澈勇带镇久去了107房间，指着黑漆漆的天花板。

"看到那个通风口的盖子了吧？中间是铁丝网，外面是一圈铁板的那个。原来那个盖子作为证物被我们保管着，现在这个是重新装上去的。尸体就在这上面，脸部就在盖子附近，铁丝网上有一个小孔。"

李澈勇又把107房间的钥匙不太可能被黄奉圭偷走这一点加上。

"应该流了很多血吧。"

"当然了，死者的脖子被刺中了，还很不走运地被刺中了颈动脉，这可是个致命伤啊。在尸体前面都有一滩血呢。"

"'很不走运'是什么意思？"

"脖子被刺中不一定都是致命伤。虽然一般人不知道，但是比起刺来，割更可怕。脖子被刺中的话，如果运气好，还可以避开重要部位；但是如果割得深，就会出现颈动脉和周围的颈静脉、迷走神经等多处被割伤、割断的情况，更容易造成致命伤。总之，金昌怀就是很不走运地被凶器刺中了颈动脉，所以流了很多血，应该是立即死亡。"

"真可怕。"

听着李澈勇若无其事地介绍这些，站在镇久身边的海美打了个冷战。

镇久接下来又看了一下 109 房间和紧急出口，除了通风管道里面，算是把黄奉圭那天晚上去过的地方都看了一遍。

镇久从 109 房间出来，从旁边的紧急出口走出大楼，向李澈勇问道：

"案子有什么问题呢？"

"……你到现在究竟都听了些什么啊？"

李澈勇很无语，看着这个年轻人挺聪明，才把情况跟他说了一下，结果却是个榆木疙瘩。这样一来，别说是去劝劝朱兴福了，能不能做好诉讼准备都是问题呢。李澈勇烦闷地说：

"黄奉圭不可能进入 107 房间刺死金昌怀，因为 107 房间的门是锁着的，而且黄奉圭没有钥匙。我们也曾经想过他是在通风管道里杀死了金昌怀，但是这个更说不通了。爬在前面的黄奉圭究竟用什么方法才能把凶器刺进金昌怀的脖子呢？所以现在警察的处境很艰难……其实，与其说是处境艰难，不如说是对杀人这件事，想要下结论，判定谁是谁非，还需要一些时间。请你把这些情况转告朱老板。"

镇久突然漫不经心地说：

"可以让我跟黄奉圭见一面吗？"

"哦？为什么要见他啊？"

连海美都对镇久突然的要求感到很惊讶，问道。

"如果黄奉圭本人同意的话，是没有问题的……"

李澈勇看着镇久的目光，带上了怀疑。

镇久和黄奉圭的见面就在第二天上午，不是在拘留所，而是在城南市中院区警察局的审讯室。因为李澈勇怀疑镇久和黄奉圭是同谋，他觉得镇久的目的不是调查案子，而是在于从朱兴福那里获得利益，两人可能在进行着某种不为人知的交易。

黄奉圭穿着灰色的囚服，脸色很憔悴，他一脸的正气凛然，走进审讯室。绳子解开后，黄奉圭坐在一侧的椅子上，自然地把两脚放在了桌子上。李澈勇坐在黄奉圭的对面，二人隔着一张桌子，镇久站在李澈勇的旁边。

熟悉的李澈勇身边站了一张生面孔，这张生面孔怎么看都不像是刑警，而是一个和自己同辈的年轻男人，但是黄奉圭看起来丝毫不介意。

那张从没见过的生面孔，也就是镇久，突然朝着黄奉圭的脸轻轻地扔过去一个东西。黄奉圭下意识地用左手猛地抓住了。是一个白色的乒乓球。黄奉圭只是轻轻地抬了抬眼。

李澈勇想着"这是干什么？"心里对黄奉圭超强的运动神经十分赞叹。镇久荒唐的行为吸引了黄奉圭的视线，他重新从黄奉圭手里接过乒乓球，说：

"果然，你是左撇子呢。"

"什么？"

"我叫金镇久，就是申请跟黄奉圭先生见面的人。"

"咱们认识吗？我对你没有印象。我以为会是我认识的人，所以才出来见你的。"

"现在开始认识就可以了，我是工厂大楼开发商那边的代理人。我只是很好奇您是个什么样的人，所以才想见您一面。那么您请回吧，再见。"

镇久轻轻地点了点头，打开审讯室的门走了出去。其他人都没来得及制止或是说话。黄奉圭没有说话，只是用荒唐的眼神看着剩下的李澈勇。不知道该说什么的李澈勇盯着镇久关上的审讯室房门看了好久。

（五）

"刑警叔叔，您能到 101 房间来一下吗？"

镇久跟黄奉圭荒唐地见面之后第二天的下午，李澈勇刚回到空空的刑警队办公室，用纸杯和绿茶包泡了一杯绿茶，正在喝茶的时候接到了海美的电话。

"现在去那里干什么？"

"镇久先生说有重要的话要跟您说。"

"让他通过电话跟我说，还有，他为什么不亲自打电话，还麻烦别人？"

"电话里说不清楚呢，而且他本人正忙着呢……"

海美很不好意思地说。李澈勇虽然很生气，心里的某个角落却涌出了一股好奇，怀着依稀的期待。镇久前一天见黄奉圭的时候，虽然开玩笑地扔了一个乒乓球，但是表情还是很真挚的，那是一张带着隐隐的自信的脸。他是不是有什么想法呢？就当自己被骗了一次，答应吧。李澈勇穿上了警服。

可能是因为出了命案，再也没人到工厂大楼租房子了，显得很萧条。入口处只有宝石加工工厂的招牌高高耸立着。李澈勇虽然两天前才带海美和镇久来过这里，但是看到刚建起来的大楼里就有种被废弃了的气氛，心里还是很不舒服。想到朱兴福那年迈伤心的脸庞，他感觉心里更加难受了。他推开玻璃大门进去，里面没有开灯，黑漆漆的一片，也没有一丝动静，十分安静。

难道大家都到 101 房间去了吗？

李澈勇穿过走廊来到 101 房间前面。他打开房门，一个男人正站在黑暗中。一丝阳光透过窗户，照在男人的脸上，是镇久。

"镇久？你在那里干什么！"

虽然是镇久约他到 101 房间见面的，但是李澈勇对镇久大喊，是因为镇久的行为举止十分奇怪。他浑身上下穿着纺线制成的黑色衣服，戴着手套的手里拿着一个像是小盒子的东西。101 房间通风口底下的工作台上放着一把椅子，镇久就站在上面。镇久看到李澈勇进来，瞥了一眼，就"嗖"地窜到天花板的通风管里了。

"你干什么呢？"

李澈勇靠近了镇久的身体消失的通风口，这时他身后传来了女人尖锐的叫声。

"小偷！剩下的宝石都被偷走了！"

那是海美焦急的声音。李澈勇朝后看去，101 的房门是关着的，看来海美是在门外的走廊里喊的。

小偷？镇久那个家伙？在朱兴福身边周旋，结果是为了偷东西？李澈勇一瞬间就想到了这里，他转动 101 房门上的把手。因为他想到只要出去到 109 房间等待就可以了，镇久进到了那根通风管里，沿着直线连接的通风管前进，出口就在 109 房间里。

"啊？"

哐当哐当。只有聒噪的声音传来，101 的房门却没有打开，只是开了一道小缝。海美在外面高喊：

"门可能没关好，现在打不开了！"

没有办法了，只能顺着通风管去追了。仔细想想，镇久可能拆开 102 到 109 之间的某个通风口盖子，半路就出去了呢，提前到 109 房间去等待也不能保证一定能抓住镇久，还是从通风管里面追，比较有保障。

李澈勇一下定决心，就爬上了镇久站过的椅子，爬到了 101 房间的通风管里。跟好像涂了润滑油一般轻松滑进去的镇久不同，李澈勇吭哧吭哧着爬了进去。尽管如此，李澈勇不愧是身经百战的刑警，虽然在通风口那儿磨蹭了一会儿，但是很快就成功地整个身子都爬了进去。前面传来"咚咚"的声响，那是镇久在往前爬的声音。李澈勇开始朝前爬去。

"早知道就脱掉警服，再进来了。"

他的身体本来就比较宽，矮墩墩的，再加上穿了警服，爬起来就特别艰难。他看不到镇久，反正只要往前爬就行了，不一定非要看到。这是一个没有一丝光线的空间。

李澈勇手脚并用，努力朝前爬去。正好卡在肩膀上的通风管铁皮让他感觉很不舒服。他爬了好一会儿，到了某个地方的时候，突然想了起来。这里不就是上次金昌怀死去的地方吗?

真是脊背发凉。但是紧接着，他就毛发直竖起来。

他感觉腿上传来某种触感，一个软软的物体慢慢地从身后爬上了自己的身体。

他毛发直竖起来，连耳朵里面都一阵悚然。

"啊！什么东西！"

通风管里李澈勇的尖叫声形起了巨大的回响。软软的物体从后面爬上了李澈勇的身体，最后完全趴在了他的身体上。他感觉脖子附近传来一阵凉意，有个冰凉的东西触了一下他的脖子。他好像一下子浸到冰凉的水里，浑身都起了鸡皮疙瘩。

"Chec 公里 ate[①]。"

是镇久低沉的声音。镇久从李澈勇的身上滑下来，越过他朝前爬走了。伴随着轻快的咚咚声，镇久迅速而优雅地消失了。

李澈勇在黑漆漆的通风管里呆呆地趴了一会儿，很快就回过神来，他往前又爬了一点，看到了一个通风口，他把通风口盖子拆开，爬了下去。他用黑漆漆的玻璃窗照了照脖子，真无语，上面用红色的印泥印着一个"死"字。镇久给李澈勇盖了一个死亡图章。

李澈勇虚脱地笑了笑。镇久亲身交给了他黄奉圭的杀人方

①在国际象棋中，一方被另一方将死，通常被称为 chec 公里 ate。

法，简单地让人无语。

就像今天镇久和李澈勇的对决一样，从速度上来看，黄奉圭要比金昌怀快得多，因为金昌怀的身体很大，几乎是卡在通风管里。当天的情况应该是这样：黄奉圭迅速爬到 109 房间的通风管里，爬出通风管以后，又回到 101 房间，再次进入通风管。然后他凭借自己的速度，从后面追上了金昌怀。就算金昌怀号称刽子手，力气也很大，但是在身体都无法蠕动的狭窄通风管里，又能怎么办呢？黄奉圭从后面爬上了正趴着往前爬去的金昌怀的身上。在接近正方形的通风管里，上半部分还是有空间的。黄奉圭在金昌怀上面，用螺丝刀之类的东西刺中了金昌怀的脖子。金昌怀脖子的位置可能本来不是在 107 房间通风口盖子的正上方，而是在稍微过去一点的地方，从金昌怀尸体前面有很多血就知道了。应该是黄奉圭把金昌怀的尸体往后拉了一点，让他的脖子正对着 107 房间的通风口盖子，然后用凶器在通风口盖子的铁丝网上刺出一个小孔。这是为了让现场看起来像是凶手进了 107 房间，然后从下面刺中了正在往前爬的金昌怀的脖子。这样一来，就算自己因为盗窃被捕了，也会因为无法进入 107 房间而摆脱杀人的嫌疑。然后，他越过金昌怀的尸体，一直爬到 109 房间，悠闲地从紧急出口逃走了。

爬到上面，刺中脖子左侧。

即，黄奉圭是左撇子。镇久是为了确认这一点才朝黄奉圭开玩笑似的扔过去了一个乒乓球。

"干得不错，海美。"

镇久和海美肩并肩走出工厂大楼，说道。

"这有什么，我只是按照你说的去做了而已。在 101 房间外面别了一根擀面杖，让刑警叔叔出不来，然后等你跑过来的时候把擀面杖取下来，让你进去。"

海美说着说着，好像突然想到什么，睁大了眼睛看着镇久。

"可是咱们为什么说起语伴来了？"

"咱们不是在交往吗？"

镇久第一次露出了笑容，抓住了海美的手。